하이디
Heidi

Heidi

하이디

요한나 슈피리 지음 | **정지현** 옮김 | **김민지** 일러스트

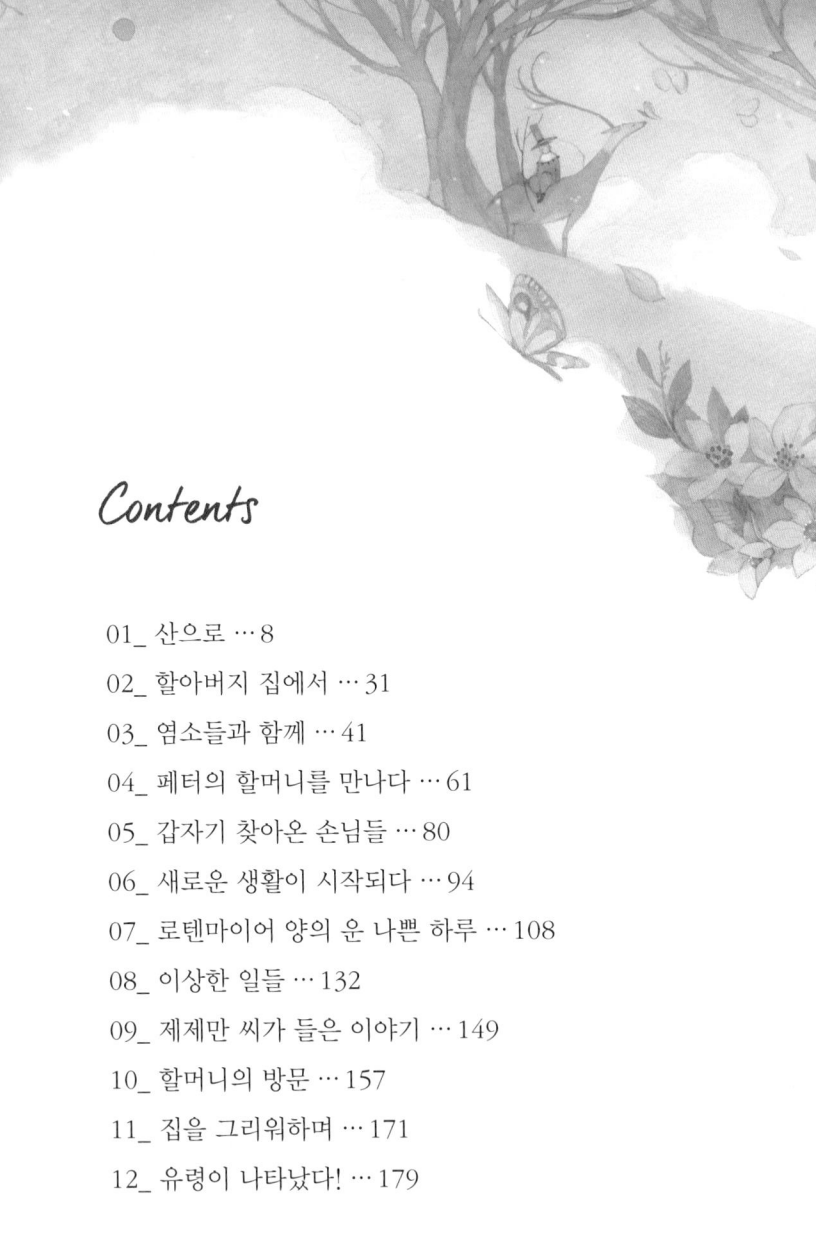

Contents

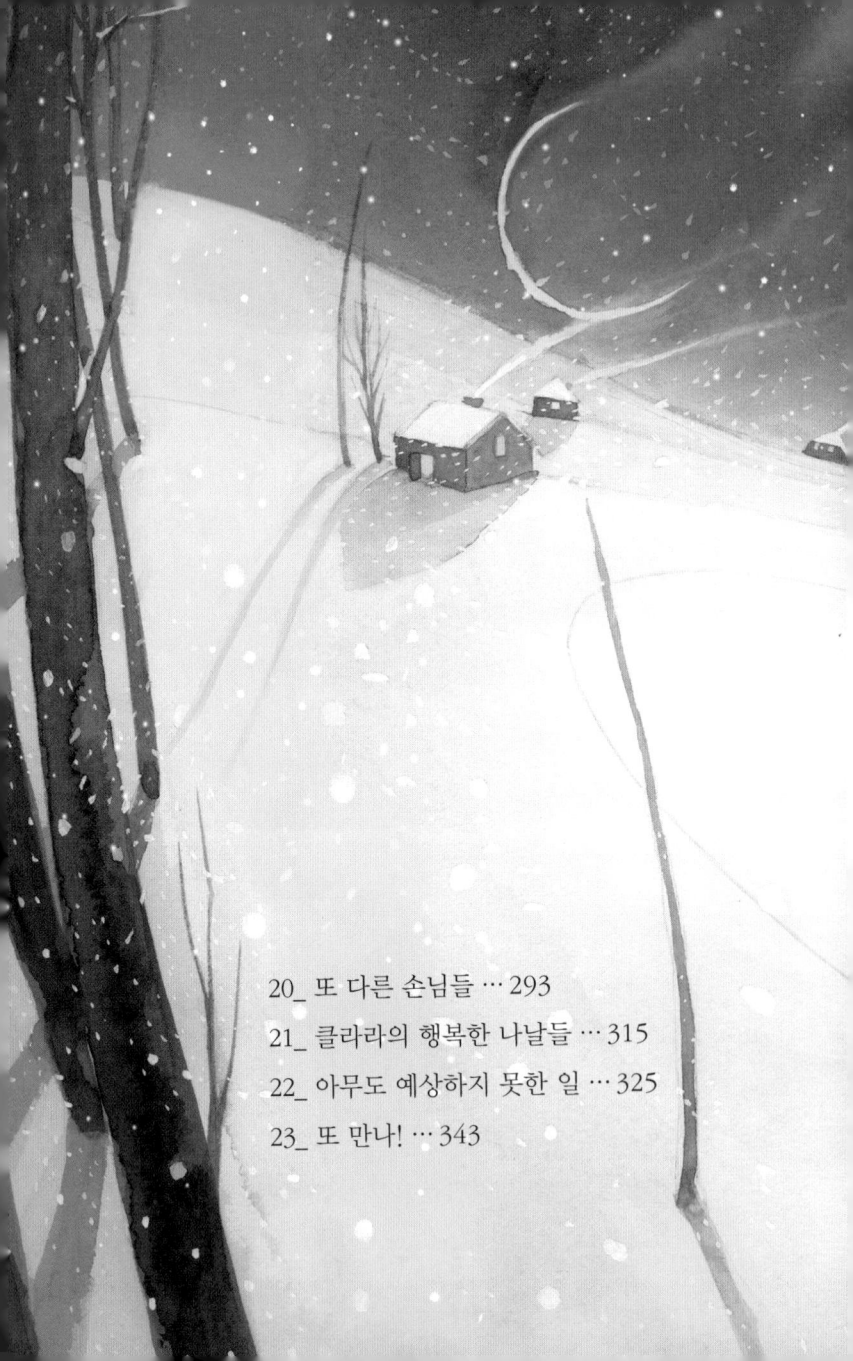

01

산으로

    스위스 어느 산자락에 마이엔펠트라는 작고 예쁘장한 마을이 있다. 골짜기 위로 울퉁불퉁 바위투성이 산봉우리가 높게 솟아오른 마을 뒤편으로는 좁은 오솔길이 산꼭대기까지 구불구불 이어진다. 오솔길 아래로는 풀이 듬성듬성하지만 위로는 야생화가 지천으로 깔려 곳곳에 향기를 내뿜는다.

햇살 가득한 6월의 어느 날 아침, 큰 키에 튼튼해 보이는 젊은 여자가 이 오솔길을 오르고 있었다. 한 손에는 짐 꾸러미를 들고 다른 한 손에는 다섯 살쯤 되어 보이는 여자아이의 손을 잡은 채였다. 아이의 가무잡잡한 얼굴은 온통 벌겋게 달아올라 있었다. 무더운 여름날에 한겨울처럼 꽁꽁 껴입었으니 그럴 만도 했다. 원피스를 두 개나 껴입은 데다 큼지막한 빨간색 목도리를 친친 둘러서 얼굴도 잘 보이지 않았다. 마치 사람이 아니라 징 박힌 부츠를 신은 뚱뚱한 옷더미가 산을 올라가는 듯한 모양새였다.

한 시간쯤 지나서야 두 사람은 산 중턱에 자리 잡은 되르플리라는 작은 마을에 도착했다. 그곳은 젊은 여자의 고향이었다. 저 위로 자리한 집들 사이에서 그녀를 알아보고 부르는 소리가 들려왔다. 그녀는 짤막하게 대답한 뒤 가던 길을 재촉했다. 마지막 집을 지날 때였다.

"잠깐만, 데테! 위로 올라갈 거라면 나도 같이 가."

데테는 그곳에 멈춰 섰다. 아이는 이때다 싶었는지 잡힌 손을 얼른 빼낸 뒤 바닥에 주저앉았다.

"힘드니, 하이디?"

"아니, 더워."

"거의 다 왔어. 계속 이렇게 걸어가면 한 시간 후에는 도착할 거야."

그때 통통하고 선하게 생긴 여자가 집에서 나오더니 두 사람을 향해 다가왔다. 데테와 그 여자는 마을 사람들에 대한 이야기를 나누며 걷기 시작했다. 아이도 길바닥에서 일어나 뒤를 따랐다.

"꼬마랑 어디 가는 거야, 데테? 죽은 네 언니가 남긴 딸 맞지?"

"맞아, 바르벨. 아저씨한테 데려가는 길이야. 이제부터 아저씨랑 살게 하려고."

"뭐, 산 아저씨랑 살게 한다고? 너, 미쳤구나! 어떻게 그런 생각을 할 수 있어? 아마 그 말을 듣자마자 쫓아낼걸?"

"아니, 왜? 친손녀인데 더 이상 나 몰라라 하면 안 되지. 지금까지는 내가 키웠지만 도저히 거절할 수 없는 좋은 일자리를 제안받았거든. 그렇게 좋은 기회를 놓칠 순 없어. 이제 할아버지로서 도리를 해야지."

"보통 사람이라면 그러겠지. 하지만 산 아저씨가 어떤 사람인지는 너도 잘 알잖아. 그 노인네가 어떻게 애를 키우겠어? 그것도 저렇게 어린애를! 저 애도 못 견딜 거야. 그나저나 어떤 일자리인데?"

"독일 프랑크푸르트에 사는 가족의 집안일을 거들어 주는 일이야. 작년 가을에 내가 일하는 라가츠의 호텔에서 만났거든. 내가 담당한 층에 묵었는데 나를 데려가고 싶어 했어. 하지만 아이 때문에 거절할 수밖에 없었지. 올해 그 가족이 또 왔는데 다시 부탁을 하더라고. 이번엔 꼭 갈 거야."

"애만 불쌍하게 됐네! 산 아저씨가 왜 저러고 사는지는 아무도 몰라. 사람들하고 일절 왕래를 안 하는걸. 교회에 안 나온 지도 몇 년이나 됐고. 그나마 가끔씩 커다란 지팡이를 짚고 산에서 내려오면 모두 무서워하며 슬슬 피하지. 희끗한 눈썹에 무시무시한 수염 때문에 정말 사나워 보이거든. 산에서 혹시라도 혼자 있을 때 마주칠까 봐 겁난다니까."

"어찌 됐든 할아버지니까 손녀를 돌봐야지. 애한테 무슨 일이 일어나면 그건 아저씨 책임이지 내 책임이 아니야."

"도대체 산 아저씨는 왜 아무도 만나지 않고 산꼭대기에서 혼자 사는 걸까?"

바르벨이 곧바로 이어서 말했다.

"소문은 무성하지만 넌 진실을 알고 있겠지? 네 언니가 산 아저씨 얘길 자주 했을 테니까."

"물론 알아. 하지만 말 안 할래. 내가 말했다는 게 아저씨 귀에 들어가면 무사하지 못할 테니까."

그러나 바르벨은 노인에 대해 알 수 있는 절호의 기회를 놓칠 수가 없었다. 골짜기 아래쪽에 위치한 프래티가우 출신인 그녀는 되르플리로 시집온 지 얼마 되지 않아서 아직 마을 사정에 밝지 못했다. 그녀는 노인이 왜 산에서 은둔 생활을 하는지, 왜 마을 사람들이 유독 노인에 대한 이야기를 꺼리는지 몹시 궁금했다. 사람들이 노인을 가까이하려 하지 않으면서도 나쁘게 이야기하는 것을 두려워하는 이유는 뭘까? 무엇보다 노인은 왜 '산 아저씨'라는 이름으로 불리는 걸까? 마을 사람들 전부가 노인의 조카도 아닐 텐데 모두 그렇게 불렀다. 바르벨도 예외는 아니었다.

반면, 바르벨의 친구인 데테는 노인의 친척인 데다 되르플리에서 태어나 작년까지 줄곧 살았다. 그러다가 1년 전 어머니가 돌아가신 후에야 라가츠에 있는 커다란 호텔에 들어갔다. 그날 아침도 하이디를 데리고 라가츠에서 오는 길이었다. 마이엔펠트까지 건초를 싣고 가는 마차를 얻어 타고서.

바르벨은 데테의 팔짱을 끼더니 구슬리듯 말했다.

"적어도 어디까지가 사실이고 어디까지가 소문인지는 말해 줄 수 있잖아. 산 아저씨가 왜 사람들을 피하는지, 왜 모두 산 아저씨를 무서워하는지 말해 봐. 처음부터 그랬던 건 아니지?"

"나도 정확히는 몰라. 난 스물여섯이고 아저씨는 적어도 일흔은 되셨을 테니, 젊은 시절에 대해서는 나도 모르지. 그래도 그 밖의 것은 좀 알아. 우리 엄마가 아저씨랑 같은 돔레슈크 마을 출신이거든. 하지만 프래티가우까지 소문이 퍼지면 안 돼. 그 약속을 하면 말해 줄게."

그러자 바르벨이 약간 기분이 상한 듯 발끈했다.

"날 뭘로 보는 거야, 데테? 프래티가우 사람들이 전부 그렇게 수다쟁이인 줄 알아? 더구나 난 마음만 먹으면 얼마든지 벙어리가 될 수 있다고. 말해 봐, 아무한테도 말하지 않을 테니까."

"알았어. 그럼 약속 꼭 지켜야 해!"

데테는 하이디가 들을까 봐 주변을 살펴보았지만 하이디는 보이지 않았다. 뒤에서 따라오다가 뒤처진 모양인데 두 여자는 이야기에 정신이 팔려 눈치채지 못한 거였다. 데테는 멈춰 서서 주변을 둘러보았다. 산 아래로 좁은 길이 구불구불하게 이어져 되르플리 너머는 시야에 들어오지 않았다. 어디에도 하이디의 모습은 보이지 않았다.

그때 바르벨이 소리쳤다.

"아, 저기 있네. 안 보여?"

바르벨이 손가락으로 아래쪽의 작은 형체를 가리켰다.

"봐봐, 페터하고 염소들이랑 같이 올라오고 있잖아. 페터가 오늘은 어쩐 일로 이렇게 늦었는지 모르겠네. 아무튼 페터가 봐줄 테니까 걱정 말고 말해 봐."

"페터가 힘들 일은 없을 거야. 하이디는 다섯 살밖에 안 됐지만 뭐든 혼자서도 잘하거든. 또 무척 영리해서 힘든 상황에서도 견디는 방법을 잘 알아. 잘됐지, 뭐. 이제 가진 거라고는 오두막이랑 염소 두 마리뿐인 할아버지와 살아야 하니까."

"그럼 산 아저씨의 형편이 예전에는 좋았니?"

"그랬을 거야. 돔레슈크에서 가장 큰 농장집 아들이었으니까. 아저씨가 장남이고 남동생이 하나 있었어. 남동생은 성실하고 얌전했대. 아저씨는 무리 지어 사방팔방 돌아다니기만 했고. 그러다 나쁜 친구들과 어울리면서 술과 도박에 빠져 농장을 몽땅 날렸다나 봐. 부모님은 수치심과 슬픔에 괴로워하다 돌아가셨고, 동생은 어디론가 떠나버렸는데 그 뒤로 소식이 뚝 끊겼어. 아저씨도 자취를 감추었지. 빈털터리가 된 데다 남은 거라곤 나쁜 평판뿐이었으니까. 아저씨가 어디로 갔는지 아무도 몰랐는데, 나중에 군대에 들어가 나폴리에 있다는 소문이 들려왔어. 그러고는 12년인가 13년쯤 소식이 끊겼지."

어느새 데테는 자기 이야기에 푹 빠져 버렸다.

"계속해 봐."

바르벨도 숨 가쁘게 재촉했다.

"그런데 어느 날 아저씨가 어린 사내애를 데리고 돔레슈크에 나타난 거야. 친척들에게 아이를 돌봐 달라고 부탁하려고 했다나 봐. 하지만 모두 문을 걸어 잠근 채 내다보지 않았어. 아저씨랑 엮이고 싶지 않았던 거지."

"어머나!"

바르벨이 놀라워했다.

"화가 머리끝까지 난 아저씨는 다시는 돔레슈크에 발붙이지 않기로 결심했대. 그리고 토비아스라는 이름의 아이를 데리고 되르플리로 가서 살았지. 사람들은 아저씨가 남쪽에서 아내를 만나 결혼한 거라고 생각했어. 확실한 건 아니지만 아내는 아이를 낳고 얼마 후 세상을 떠났다고 생각했고. 어쨌든 아저씨는 모아둔 돈이 좀 있어서 아들에게 목수 교육을 시켰대. 토비아스는 심성이 착해서 누구나 좋아했지. 하지만 아저씨를 믿는 사람은 아무도 없었어. 사람을 죽이고 나폴리의 군대에서 탈영했다는 소문도 돌았거든. 전투 중이 아니라 말다툼을 하다가 말이야. 어쨌든 그래도 우리는 아저씨를 가족의 일원으로 받아 주었어. 아저씨의 할머니와 우리 외가 쪽 증조할머니가 친자매였거든. 그래서 우린 아저씨라고 불렀지. 되르플리에서는 대부분 몇 다리를 건너면 친척이니까 온 마을 사람들이 그 영감님을 아저씨라고 부른 거야. 나중에 산으로 올라가 살게 된 후로는 산 아저씨가 된 거고."

"그럼 토비아스는 어떻게 됐어?"

바르벨이 성급하게 물었다.

"숨 좀 돌리자! 그렇지 않아도 말하려던 참이야."

데테가 날카롭게 대꾸했다.

"토비아스는 멜스에서 목수 견습생이 되었어. 견습 생활을 마치고 되르플리로 돌아와 우리 언니 아델하이트랑 결혼했지. 둘이 어릴 적부터 좋아하던 사이였거든. 결혼해서 행복하게 살았는데 행복은 오래가지 못했어. 결혼한 지 고작 2년밖에 되지 않았을 때 토비아스가 집 짓는 공사 현장에서 떨어진 대들보에 깔려 죽고 만 거야. 한순간에 송장이 되어 실려 온 남편을 본 언니는 충격을 받아 쓰러져 일어나지 못했지. 원래 허약한 체질인 데다 그 충격으로 잠자는 건지 깨어 있는 건지 모를 이상한 상태가 계속됐어. 그러다 몇 주 후 남편을 따라 세상을 떠난 거야. 그 일로 사람들은 한참 동안 수군거렸지. 아저씨가 인생을 잘못 살아서 벌 받은 거라고. 아저씨 얼굴에 대고 직접 그랬다니까! 목사님도 깨끗하게 속죄하고 양심을 회복하라고 권유했어. 그 말을 들은 아저씨는 불같이 성을 냈지. 아저씨는 목사님이 찾아간 후로 아무하고도 말하지 않았어. 이웃들도 아저씨를 피하게 되었고. 그러던 어느 날 산으로 올라간 아저씨가 내려오지 않는다는 소문이 돌았어. 그때부터 지금까지 거기서 살고 있는 거야. 하느님과 사람들을 멀리하면서. 결국 언니의 딸 하이디는 엄마와 내가 데려와서 키울 수밖에 없었지. 태어난 지 1년 만에 고아가 된 아이를 말이야. 그런데 작년에 엄마가 돌아가셨고, 나는 시내에서 취직하려고 하이디를 프파페

르도프로 데려가 우르술라 아주머니에게 돌봐 달라고 부탁했어. 시내에서는 겨울 동안만 일하면 되거든. 난 바느질 솜씨가 좋아서 수선일은 언제든 구할 수 있으니까. 그런데 올해 초에 프랑크푸르트의 가족이 다시 온 거야. 작년에 내가 거절했던 사람들 말이야. 아까도 말했지만 이번에 다시 부탁을 받았고, 내일모레 떠나. 장담하건대 일급 일자리야."

"그러니까 저 아이를 영감님한테 툭 던져 놓고 가겠다고? 어떻게 그런 생각을 할 수 있는지 정말 놀랍다, 데테."

바르벨이 데테를 나무라듯 말했다.

"그럼 나더러 어쩌라고?"

데테가 화난 표정으로 되물었다.

"난 몇 년 동안 최선을 다했어. 다섯 살짜리를 데리고 이 일을 맡을 순 없어! 아, 이제 절반쯤 도착했네. 바르벨, 넌 어딜 가는 거야?"

"페터 엄마를 만나러. 겨울마다 실을 자아 주거든. 이제 여기서 헤어져야겠다. 잘 가, 데테. 그리고 행운을 빌게."

데테는 그 자리에 서서 바르벨이 길에서 약간 떨어져 있는 조그만 갈색 오두막으로 가는 모습을 지켜보았다. 초라한 집이지만, 움푹 팬 곳에 위치한 덕분에 산에서 휘몰아치는 사나운 바람을 피할 수 있으니 그나마 다행이었다. 그러나 바람이 불 때마다 모든 문과 창문이 덜컹거리고 썩은 들보가 삐걱거려서 그 집 사람들은 무척 고생스러울 것 같았다. 움푹 팬 곳에 지어지지 않았다면 벌써 오래전에 골짜기 아래로 날아가 버렸을 것이다.

그곳이 바로 염소치기 페터네 집이었다. 열한 살인 페터는 매일 아침마다 되르플리로 내려가 염소들을 몰고 초원으로 올라갔다. 그리고 저녁에는 염소들을 몰고 껑충껑충 뛰며 내려왔다. 마을에 도착해서 손가락으로 휘파람을 불면 주인들이 나와 염소들을 데려갔다. 대부분은 아이들이 데리러 나왔다. 염소는 온순한 동물이어서 어린아이들도 전혀 무서워하지 않았다.

덕분에 평소에 만나는 벗이라곤 염소뿐인 페터가 여름 동안만은 또래 아이들을 만날 수 있었다. 집에는 엄마와 눈먼 할머니가 있었지만 페터가 가족들과 보내는 시간은 많지 않았다. 아침 일찍 빵 한 조각과 염소젖 한 잔을 부랴부랴 챙겨 먹고 나가는 데다 되르플리 마을에서 가능한 한 아이들과 오랜 시간을 보냈기 때문에 집으로 돌아왔을 때는 저녁을 먹고 잠자리에 드는 것만으로도 바빴다. 역시 염소치기였던 페터의 아버지는 몇 해 전 나무에 깔려 세상을 떠났다. 페터의 엄마 브리기트는 이름 대신 주로 '염소치기의 엄마'로 불렸다. 페터의 할머니 역시 아이건 어른이건 그저 '할머니'라고 불렀다.

데테는 바르벨이 떠난 후 걱정스럽게 두리번거리며 두 아이와 염소들을 찾았다. 하지만 어디에도 없었다. 좀 더 높이 올라가 두리번거렸지만 흔적조차 보이지 않아서 조바심이 나기 시작했다.

아이들은 길에서 멀찌감치 떨어진 곳에 있었다. 매일 산을 오르는 페터는 염소들이 뜯어 먹기에 가장 좋은 풀과 덤불이 있는 곳을 찾아야 했다.

처음에 하이디는 잔뜩 껴입은 옷 때문에 헐떡거리면서 페터를 쫓아갔다. 얼굴에 불평하는 기색이라곤 전혀 없었다. 오히려 맨발에 편한 바지 차림으로 염소들과 자유롭게 뛰어다니는 페터를 부러운 눈길로 쳐다볼 뿐이었다. 염소들도 작은 다리로 가뿐하게 비탈길을 오르며 덤불과 바위 사이를 지나갔다.

하이디는 갑자기 자리에 앉더니 부츠와 긴 양말을 벗었다. 그리고 두꺼운 빨간색 목도리를 풀고 맨 위에 입은 원피스도 벗었다. 원피스는 하이디가 가진 가장 좋은 옷으로, 짐을 줄이기 위해 데테가 평상시 입는 원피스 위에 껴입게 했다. 원피스 두 벌을 전부 벗어버린 하이디는 가벼운 속치마만 입은 채 즐거운 표정으로 팔을 마구 흔들었다. 그러고는 벗은 옷을 차곡차곡 접어놓은 뒤 페터와 염소가 있는 곳으로 깡충깡충 달려갔다. 아이가 뭘 하고 있는지 몰랐던 페터는 속치마 차림으로 달려오는 아이를 보자 빙긋 웃었다. 그리고 풀밭 위에 차곡차곡 쌓아놓은 옷을 보고는 입이 귀에 걸릴 정도로 활짝 웃었다.

공기처럼 가벼워진 몸 덕분에 훨씬 기분이 좋아진 하이디는 재잘재잘 질문을 퍼부었다. 덕분에 페터는 염소가 모두 몇 마리인지, 염소를 어디로 데리고 가는지, 목적지에 도착해서 무엇을 하는지 전부 대답해 줘야만 했다. 이윽고 오두막 근처에 다다른 아이들의 모습이 데테의 시야에 들어왔다. 아이들을 보자마자 데테가 날카롭게 고함을 질렀다.

"대체 무슨 짓을 한 거니, 하이디? 그 꼴이 다 뭐야? 원피스

는 어쨌어? 목도리는? 여기 온다고 내가 새로 사준 부츠하고 직접 떠준 양말은 또 어디 있는 거야? 도대체 다 어디에 벗어 던졌어?"

하이디는 태연하게 옷을 벗어둔 장소를 가리켰다.

"저기."

데테의 눈에도 무언가 쌓여 있는 모습이 보였다. 맨 위에 보이는 빨간색 물체는 목도리 임에 분명했다.

"이런 말썽꾸러기 같으니! 왜 옷은 전부 벗어버린 거야? 어쩔 생각이야?"

"필요 없어서."

더 이상의 설명은 필요 없다는 말투였다.

"너, 생각이 있는 거야, 없는 거야?"

데테가 아이를 나무랐다.

"저 옷을 누가 가지고 오니? 내가 다녀와도 30분은 족히 걸릴 텐데. 페터, 네가 빨리 달려가서 가져와야겠다. 그렇게 가만히 서 있지만 말고."

"전 지금도 늦었단 말이에요."

데테가 하이디를 야단치는 동안 페터는 줄곧 주머니에 양손을 찔러 넣은 채 서 있었다.

"그렇게 쳐다보고만 있으면 빨리 못 갈 텐데. 내가 너한테 뭘 줄 건지 한번 보렴."

그녀는 설득력 있는 말투로 반짝이는 동전을 내밀었다. 페터는 동전을 보더니 잽싸게 비탈길 아래로 달려갔다. 그러고는 옷가지를 낚아채다시피 들고 눈 깜짝할 사이에 돌아왔다. 동전을 줘도 아깝지 않을 만큼 빨랐다. 페터는 씩 웃으면서 동전을 주머니 깊숙이 쑤셔 넣었다. 그렇게 큰돈이 수중에 들어올 기회는 흔치 않았다.

"페터, 아저씨네 집까지 이걸 들고 가주렴. 너도 거기 가는 길이잖니."

데테는 페터네 오두막을 뒤로 한 채 산을 오르기 시작했다.

페터는 군말 없이 옷가지를 들고 뒤따랐다. 왼쪽 팔에는 꾸러미를 걸고 오른손으로는 염소를 몰 때 사용하는 지팡이를 휘저었다. 산 아저씨의 오두막이 있는 언덕에 도착했을 때는 거의 한 시간이 지나서였다. 탁 트인 곳에 자리한 오두막은 불어오는 바람을 고스란히 맞을 수밖에 없었다. 하지만 사방에서 햇볕이 내리쬐었고 골짜기 아래가 한눈에 내려다보이는 장점이 있었다. 오두막 뒤편에는 엄청나게 크고 오래된 전나무 세 그루가 서 있었고, 그 뒤로는 산꼭대기로 이어지는 비탈길이 보였다. 오두막 바로 위에는 푸른 방목지가 펼쳐지다가 복잡한 덤불숲을 지나 가파른 바위산 꼭대기로 이어졌다.

오두막 앞에는 골짜기가 한눈에 내려다보이는 기다란 나무 의자가 놓여 있었다. 일행이 도착했을 때, 산 아저씨는 파이프 담배를 물고 양손은 무릎에 올린 채 한가롭게 의자에 앉아 있었다. 데테는 맨 뒤로 처지고 페터와 하이디가 달려갔다. 하이디가 노인이 있는 곳에 제일 먼저 도착했다. 하이디는 곧바로 노인에게 달려가 손을 내밀었다.

"안녕하세요, 할아버지?"

"아니, 너 지금 나를 뭐라고 불렀지?"

노인이 아이의 손을 잡고 빤히 쳐다보면서 무뚝뚝하게 물었다. 노인의 기다란 수염과 희끗희끗하고 텁수룩한 눈썹이 신기해서 아이도 물끄러미 쳐다보았다. 그 사이 데테가 도착했고 페터는 제자리에 서서 바라볼 뿐이었다.

"안녕하세요, 아저씨? 토비아스의 딸을 데려왔어요. 한 살 때 보고 처음이니 못 알아보실 만하네요."

데테가 말했다.

"여긴 왜 데려왔지?"

노인은 거칠게 묻고는 페터에게 소리를 버럭 질렀다.

"넌 염소를 몰고 그만 가봐라. 늦었잖아. 내 염소들도 몰고 가."

페터는 노인의 험상궂은 표정에 재빨리 자리를 떴다.

"아저씨네 집에서 살게 하려고요."

데테는 즉시 본론으로 들어갔다.

"지난 4년 동안 제 할 도리는 다했어요. 이제 아저씨 차례예요."

"내 차례라고?"

노인이 데테를 날카롭게 노려보며 물었다.

"분명히 널 찾으며 울어댈 텐데, 나더러 어쩌란 말이냐?"

"그건 아저씨 문제예요. 제가 한 살짜리 아이를 떠맡았을 때도 어느 누가 어떻게 하라고 가르쳐 주지 않았거든요. 엄마와 저 자신까지 돌보면서 아이를 키웠으니 할 만큼 했다는 건 하느님도 아실 거예요. 그런데 이젠 일자리 때문에 떠나야 해요. 아저씨는 이 애의 가장 가까운 친척이잖아요. 아저씨가 데리고 있지 못하겠다면 마음대로 하세요. 하지만 아이가 잘못되기라도 하면 책임지셔야 할 거예요. 설마 또다시 양심에 찔리는 일을 하고 싶진 않으시겠죠?"

데테도 사실 하이디를 그곳에 맡긴다는 것이 썩 내키지는 않았다. 그래서 생각했던 것보다 더 심한 말을 하고 말았다.

데테의 마지막 말에 노인이 벌떡 일어났다. 노인의 표정에 겁먹은 데테는 몇 발자국 뒤로 물러났다.

"당장 돌아가. 그리고 다시는 내 눈앞에 나타나지 마."

노인은 삿대질을 하면서 사납게 내뱉었다.

데테는 그 말을 두 번이나 듣고 있을 생각은 없었다.

"그럼 안녕히 계세요. 잘 있어, 하이디."

그녀는 서둘러 인사를 하고 되르플리까지 단숨에 내려왔다. 되르플리에 도착하자 아까보다 훨씬 많은 사람이 데테를 부르며 아이를 어떻게 했는지 물었다. 모두 아이에 대해 잘 알고 있었다.

"하이디는 어디 있어? 하이디는 대체 어떻게 한 거야?"

여기저기서 문과 창문이 열리며 질문이 터져 나왔다.

질문이 계속될수록 데테는 점점 더 내키지 않는 목소리로 대답했다.

"산 아저씨네 집에 두고 왔어요. 그래요, 맞아요. 아저씨한테 맡기고 왔다니까요."

사방에서 여자들이 혀를 끌끌 찼다.

"어떻게 그럴 수가 있어, 데테? 불쌍한 것 같으니. 힘없는 어린애를 그런 노인에게 맡기다니!"

여기저기서 듣기 거북한 소리가 들려왔다. 겨우 소리가 들리지 않는 곳까지 오자 감사한 마음까지 들었다. 데테는 자신이 방금 한 일에 대해 생각하지 않으려고 애썼다. 그녀는 임종을 앞둔 엄마에게 하이디를 잘 보살피겠다고 약속했다. 하지만 이 일을 맡아서 돈을 많이 벌면 아이에게 더 잘해 줄 수 있다고 자신을 위로했다. 그녀는 사람들의 말을 들으면 마음이 변할까 봐 서둘러 그곳을 떠났다.

02

할아버지 집에서

데테가 사라지자 할아버지는 도로 의자에 앉았다. 파이프로 뻐끔뻐끔 연기를 내뿜으면서 말없이 땅만 내려다보았다. 한편, 하이디는 몹시 즐거운 표정으로 여기저기 둘러보았다. 오두막 옆에 지어진 염소 우리에 가 보았지만 텅 비어 있었다. 오두막 뒤쪽으로 돌아가서 오래된 전나무 가지가 바람에 흔들리는 소리를 가만히 들었다. 이윽고 바람이 잦아들어 오두막 앞으로 돌아와 보니 할아버지는 아까와 똑같은 자세로 앉아 있었다. 하이디가 뒷짐을 지고 가만히 쳐다보자 할아버지가 고개를 들고 물었다.

"뭘 하고 싶으냐?"

"오두막 안을 보고 싶어요."

하이디가 대답했다.

"그래, 들어가 보자."

할아버지가 자리에서 일어났다.

"옷가지를 들고 오너라."

"이젠 필요 없어요."

하이디가 말했다.

할아버지가 뒤돌아서 뚫어지게 바라보니 아이의 까만 눈동자는 기대감으로 반짝였다.

"바보는 아니구먼."

할아버지는 혼자 중얼거리고는 아이에게 소리 내어 물었다.

"왜 필요가 없지?"

"전 염소처럼 뛰어다니고 싶거든요."

"뛰어다니면 되지. 그래도 옷은 가지고 오거라. 벽장에 넣어 두면 되니까."

하이디는 옷 꾸러미를 들고 할아버지를 따라 집 안으로 들어갔다. 안은 커다란 방 하나로 이루어져 있었다. 식탁과 의자가 하나씩 보이고 한쪽 구석에는 침대가 놓여 있었다. 반대편에는 화로가 놓이고 그 위로 커다란 냄비가 걸려 있었다. 할아버지는 한쪽 벽에 난 문을 열었다. 할아버지의 옷을 걸어 놓은 벽장이었다. 벽장에는 선반도 있었다. 한쪽 선반에

는 셔츠와 양말, 손수건이 보이고, 다른 선반에는 접시와 사발, 유리잔이 눈에 띄었다. 맨 위쪽 선반에는 둥근 빵 한 덩어리와 훈제 고기, 치즈가 있었다. 사실 벽장에 든 것이 할아버지가 가진 전부였다. 하이디는 열린 벽장으로 다가가더니 다시는 보고 싶지 않은 듯 옷가지를 깊숙이 밀어 넣었다. 그리고 할아버지에게 물었다.

"전 어디에서 자요, 할아버지?"

"네 마음에 드는 데서 자려무나."

하이디는 그 대답이 마음에 들었다. 어디가 좋을지 방 안을 둘러보다가 할아버지 침대 옆의 사다리를 발견했다. 곧장 사다리를 타고 올라가 보니 마른 풀을 놓아두는 다락이 나왔다. 말린 지 얼마 되지 않아 달콤한 냄새를 풍기는 풀이 잔뜩 쌓여 있었다. 창으로는 골짜기가 한눈에 내려다보였다.

"여기서 잘래요. 정말 멋져요. 올라와 보세요, 할아버지."

하이디가 소리쳤다.

"나도 알고 있다."

할아버지가 대답했다.

"침대를 만들 거예요. 침대보는 할아버지가 가져다주세요."

"그러마."

할아버지는 벽장을 뒤져 결이 거친 천을 찾았다. 가보니 벌써 하이디가 마른 풀로 매트리스와 베개를 만들어 놓았다. 누웠을 때 벽에 난 창이 잘 보이는 자리였다.

"잘했다. 하지만 좀 더 두꺼워야지."

할아버지는 등이 딱딱하게 배기지 않도록 풀을 두툼하게 덮었다. 할아버지가 가져온 천은 하이디가 혼자 들 수 없을 만큼 무거웠다. 하지만 두툼해서 마른 풀에 찔리는 일은 없을 터였다. 두 사람은 함께 천을 깔았다. 하이디가 천의 끝자락을 자신이 만든 '매트리스' 밑으로 집어넣으니 깔끔하고 아늑해 보였다. 하이디가 잠시 생각에 잠긴 얼굴로 침대를 바라보더니 말했다.

"빠진 게 있어요, 할아버지."

"그게 뭐냐?"

"덮고 잘 이불이 없어요, 이불을 덮고 자야 하잖아요."

"그렇구나. 하지만 이불이 없는데 어쩌지?"

"그럼 됐어요, 할아버지. 풀을 덮고 자면 돼요."

하이디가 풀을 모으려고 하자 할아버지가 말렸다.

"잠깐만 기다려 보거라."

할아버지는 사다리를 타고 내려가 자신의 침대에서 마로 된 커다란 포대를 가져왔다.

"이게 풀보다 낫지 않겠니?"

두 사람은 포대를 침대에 깔았다. 하이디는 완성된 침대가 무척 만족스러웠다.

"정말 멋진 이불이에요. 근사한 침대가 만들어졌어요. 빨리 들어가서 자고 싶어요."

"그 전에 뭘 좀 먹어야겠구나. 어떠냐?"

하이디는 그 말을 듣고 나서야 몹시 배가 고프다는 사실을 깨달았다. 지금까지는 한껏 들떠 있어서 배고픈 줄도 몰랐다. 아침에 빵 한 조각과 연하게 탄 커피 한 잔만 마시고 먼 길을 왔으니 배가 고플 만도 했다. 하이디는 서둘러 대답했다.

"네, 좋아요."

"자, 뭐가 있는지 가보자꾸나."

할아버지는 하이디의 뒤를 따라서 사다리를 딛고 내려왔다. 화로로 다가간 할아버지는 그 위에 매달린 커다란 냄비를 치우고 작은 냄비를 걸었다. 등받이 없는 세 발 달린 의자에 앉아 '후후' 하고 불어대니 불이 빨갛게 타올랐다. 냄비가 보글보글 끓기 시작하자 할아버지는 포크에 끼운 큼지막한 치즈 한 덩이를 이리저리 돌려가며 노르스름하게 구웠다. 처음에 하이디는 가만히 서서 신기한 듯 쳐다보았지만 이내 무슨 생각이 떠올랐는지 벽장으로 달려갔다. 할아버지가 김이 푹푹 나는 냄비와 포크를 식탁으로 가져왔을 때, 식탁에는 접시와 나이프, 빵이 두 개씩 놓여 있었다. 벽장에서 본 것을 기억하고 하이디가 준비한 것이었다.

"혼자 알아서 하다니, 다행이구나. 하지만 빠진 게 있다."

하이디는 김이 나는 냄비를 보고 다시 벽장으로 갔다. 사발 하나와 유리잔 두 개가 보이기에 사발 하나와 유리잔 하나를 식탁으로 가져왔다.

"잘했다. 도움이 되는 법을 아는구나."

할아버지가 말했다.

"그런데 어디에 앉을 거지?"

하나밖에 없는 의자는 할아버지가 앉아 있었으므로 등받이 없는 세 발 달린 의자를 가져와서 앉았다.

"앉을 데도 생겼구나, 비록 낮긴 하지만. 하긴 내 의자에 앉아도 식탁이 높긴 할 게다."

할아버지는 자신의 의자를 하이디 앞에 끌어다 놓았다. 그리고 의자에 염소젖이 가득 담긴 사발과 노르스름하게 구운 치즈를 올린 빵이 든 접시를 올려 주었다.

"이제 식탁도 생겼으니 먹어라."

할아버지는 이렇게 말하고 식탁 모서리에 걸터앉았다.

하이디는 몹시 목이 마른 듯 사발을 들고 마시기 시작했다. 숨도 쉬지 않고 전부 들이켠 뒤 숨을 길게 내쉬고 빈 사발을 내려놓았다.

"맛이 좋으냐?"

"지금까지 먹어 본 것 중 최고예요."

"그럼 더 마시려무나."

할아버지가 사발을 다시 채워 주었다.

하이디는 염소젖을 마셔 가며 맛있는 빵과 치즈를 먹었다.
매우 만족스러운 표정이었다.

식사를 마친 할아버지는 염소 우리로 향했다. 하이디도 따
라가 할아버지가 빗자루로 바닥을 쓸고 염소들을 위해 새 짚
을 깔아 주는 모습을 가만히 지켜보았다. 이제 할아버지는 오
두막 한쪽에 붙은 헛간으로 가서 둥근 나무막대를 몇 개 잘라
냈다. 단단한 나무 널빤지에 구멍을 뚫고 막대를 끼우자 키 높
은 의자가 완성되었다. 하이디는 아무 말도 못한 채 놀란 눈으
로 바라보았다.

"이게 뭐 같으냐?"

다 끝나고 할아버지가 물었다.

"저를 위한 특별 의자잖아요. 정말 뚝딱 만드셨네요!"

하이디가 감탄스러운 듯 말했다.

'아주 영리한 아이군.'

할아버지는 속으로 생각했다. 그다음에는 오두막 이곳저곳을 손보느라 바빴다. 여기저기 못을 박고 문의 나사를 꽉 조였다. 하이디는 할아버지 뒤를 졸졸 따라다니며 주의 깊게 쳐다보았다. 모든 일이 신기하고 재미있었다.

그렇게 오후가 지나갔다. 또다시 세찬 바람이 불어와 전나무가 마구 흔들렸다. 하이디는 그 소리가 몹시 듣기 좋아 춤을 추고 깡충깡충 뛰었다. 할아버지는 헛간 앞에 서서 그 모습을 바라보았다. 그때 날카로운 휘파람 소리가 들리더니 염소 떼에 둘러싸인 페터가 나타났다. 하이디는 기쁨의 탄성을 지르며 아침에 만난 친구들에게로 달려갔다. 갈색 염소와 하얀 염소가 염소 떼 속에서 빠져나와 할아버지에게로 다가갔다. 그러고는 소금을 쥔 할아버지의 손을 핥았다. 할아버지는 매일 그렇게 집에 돌아온 염소들을 맞이했다.

페터가 남은 염소들과 함께 사라지자, 하이디는 염소 두 마리에게 달려가 부드럽게 쓰다듬었다.

"우리 염소예요, 할아버지? 두 마리 다요? 이제 염소 우리 안으로 들어가나요? 매일 우리랑 같이 사나요?"

하이디가 쉬지 않고 질문을 퍼붓는 통에 할아버지는 대답할 틈이 없었다. 할아버지가 입을 연 것은 염소들이 소금을 다 먹고 나서였다.

"가서 사발하고 빵을 가져오너라."

하이디가 잽싸게 그렇게 했다. 할아버지는 하얀 염소의 가슴에 사발을 대고 젖을 가득 짜더니 빵조각과 함께 하이디에게 주었다.

"먹고 자거라. 잠옷이 필요하면 네 이모가 가져온 보따리를 찾아보면 있을 게다. 난 염소를 우리에 넣어야 한단다. 그럼 잘 자거라."

"안녕히 주무세요, 할아버지."

할아버지가 염소를 몰고, 걸어가자 하이디는 냉큼 따라가 염소들의 이름을 물었다.

"하얀 녀석은 데이지고, 갈색 녀석은 더스키란다."

"잘 자, 데이지. 잘 자, 더스키."

하이디는 우리로 사라져 버린 염소들에게 인사했다. 그런 다음 오두막 밖에 놓인 의자에 앉아 저녁을 먹었다. 그때 날아가 버릴 만큼 세찬 바람이 불어온 통에 하이디는 재빨리 빵과 염소젖을 먹고 집 안으로 들어가 다락으로 올라갔다. 그러고는 침대에 눕자마자 잠에 빠져들었다. 세상에서 가장 좋은 침대라도 되는 듯했다. 할아버지도 날이 어두워지기 전에 잠자리에 들었다. 그리고 다음 날 아침 해가 뜨는 것과 동시에 자리에서 일어났다. 여름에는 해가 일찍 산꼭대기에 걸렸다.

간밤에는 바람이 심하게 불어 오두막이 흔들리고 들보가 삐걱거렸다. 굴뚝에서는 날카로운 소리가 울려 퍼지고 전나무 가지도 한두 가닥 부러졌다. 바람 소리에 잠에서 깬 할아버지는 '애가 무서워하지 않으려나.' 하는 생각에 사다리를 타고 아이의 침대로 가보았다.

때마침 지나가는 구름에 가려져 있던 달이 모습을 드러내며 창을 통해 하이디의 얼굴을 비추었다. 푹신한 이불을 덮은 아이는 통통한 팔 위에 발그레한 뺨을 댄 채로 곤히 잠들어 있었다. 기분 좋은 꿈이라도 꾸는 모양인지 무척 행복한 얼굴이었다. 할아버지는 구름이 달을 가려 집 안이 컴컴해질 때까지 지켜보다가 다락방 아래로 내려왔다.

03

염소들과 함께

다음 날 하이디는 날카로운 휘파람 소리에 잠을 깼다. 눈을 떠보니 창으로 쏟아져 들어오는 햇살에 마른 풀이 황금색으로 빛이 났다. 처음에 하이디는 자기가 어디에 있는지 알 수가 없어 어리둥절했다. 하지만 밖에서 들려오는 할아버지의 굵직한 목소리를 듣자, 산으로 살러 왔다는 사실이 떠올라 금세 즐거워졌다.

하이디는 늙은 우르술라 할머니 집을 떠난 사실이 기쁘기만 했다. 귀가 잘 들리지 않고 추위를 많이 타는 우르술라 할머니는 온종일 부엌 난로나 거실 화로 옆에 앉아 있었다. 하이디는 항상 우르술라 할머니가 보이는 곳에 있어야 했기 때문에 밖에 놀러 나가고 싶어도 꾹 참아야 했다. 하지만 이제는 눈앞에 기다리고 있는 온갖 신나는 일에 들떠서 자리를 박차고 일어났다. 서둘러 옷을 갈아입고 사다리를 내려와 밖으로 나갔다. 페터가 염소 떼와 함께 기다리고, 할아버지는 우리에서 데이지와 더스키를 데리고 나왔다. 하이디가 모두에게 아침 인사를 했다.

"페터하고 같이 풀밭에 올라가 볼 테냐?"

하이디는 생각만으로도 즐거웠다.

"그 전에 세수 먼저 하거라. 까마귀가 친구하자고 하겠다."

할아버지는 문 옆에 물이 가득 담긴 통을 가리켰다. 하이디는 곧바로 달려가 물이 밖으로 튈 만큼 요란하게 씻기 시작했다. 할아버지는 집 안으로 들어가면서 페터를 불렀다.

"이리 와 봐라, 염소대장. 점심 넣는 자루도 가져오고."

페터는 얼마 되지 않는 점심이 든 작은 자루를 내밀었다. 할아버지가 그 가방에 자신의 것보다 두 배는 큰 빵과 치즈 조각을 하나씩 넣자 눈을 휘둥그렇게 떴다.

"이 사발도 가져가거라. 점심 때 두 번 가득 채워서 주거라. 아직 저 애는 너처

42

럼 염소 가슴에 입을 대고 마시지 못하니까. 오늘 너하고 온종일 같이 있을 테니, 골짜기로 떨어지지 않도록 잘 보살피고."

그때 하이디가 뛰어 들어오며 외쳤다.

"이제 까마귀가 친구하자고 안 할 거예요!"

할아버지도 동의하는 뜻으로 미소를 지었다. 거칠거칠한 수건으로 어찌나 열심히 문질렀는지 하이디의 얼굴은 삶은 꽃게처럼 빨개져 있었다.

"저녁 때 집에 오면 곧바로 물고기처럼 물통에 '텀벙' 하고 뛰어들어야 한다. 염소들하고 같이 돌아다니다 보면 발이 까매질 거다. 자, 이제 가보거라."

그날 아침 날씨는 무척이나 아름다웠다. 간밤에 불어온 바람이 구름을 전부 몰아내 하늘은 온통 푸르렀다. 햇살이 푸른 풀밭과 사방에 활짝 핀 꽃들을 환하게 비추었다. 붉은빛 앵초와 푸른빛 용담, 옅은 금빛 시스투스까지. 하이디는 잔뜩 신이 나서 이리저리 뛰어다녔다. 페터와 염소들조차 까맣게 잊어버린 듯 혼자서 마구 돌아다녔다. 그러다 몇 번씩 멈춰 서서 앞치마에 꽃을 가득 따서 담았다. 집으로 가져가 마른 풀 사이에 놓고 방을 풀밭처럼 꾸미고 싶어서였다.

페터는 눈이 세 개라도 모자랄 지경이었다. 하이디와 염소들은 사방팔방 정신 없이 돌아다녔다. 흩어진 염소들을 모으기 위해서는 휘파람을 불고 고함을 지르고 지팡이를 휘둘러야만 했다.

"또 어딜 간 거야, 하이디?"

페터가 성을 내며 소리쳤다.

"여기야."

하이디의 목소리는 뒤쪽으로 약간 떨어진 작은 언덕에서 들려왔다. 언덕은 달콤하기 그지없는 향기를 풍기는 앵초로 뒤덮여 있었다. 그렇게 좋은 향기는 처음이었다. 하이디는 꽃에 둘러싸여 마음껏 들이마셨다.

"빨리 와. 산 아저씨가 골짜기에서 떨어지지 않도록 널 잘 보살피라고 하셨단 말이야."

페터가 다시 소리쳤다.

"골짜기가 어디 있는데?"

하이디는 여전히 꽃밭에 앉은 채 꿈쩍도 하지 않았다.

"저 위에 있어. 아직도 갈 길이 멀었으니까 서둘러. 저 위에서 늙은 독수리 우는 소리 들리지?"

독수리라는 말에 하이디가 벌떡 일어나 페터에게 달려갔다. 앞치마에는 꽃들이 가득했다.

다시 산을 오르기 시작했을 때 페터가 말했다.

"그 정도면 충분하니까 그만 따. 계속 꽃을 따면 또 뒤처질 거야. 그리고 오늘 너무 많이 따면 내일은 못 따잖아."

하이디는 일리 있는 말이라고 생각했다. 게다가 이미 앞치마

도 가득 찼다. 하이디는 그때부터 페터
의 뒤에 바짝 붙어서 따라갔다. 염소
들도 아까보다 얌전해졌다. 풀밭에
서 풍기는 향기로운 풀 냄새를 맡고
얼른 가서 뜯어 먹고 싶은 모양이었다.

페터가 주로 염소들을 풀어놓는 곳은 바위투성이 산꼭대기
바로 아래였다. 좀 더 위쪽은 비탈길로 덤불과 전나무가 얼마
없고 꼭대기는 깎아지른 듯한 암벽만 있었다. 그 한쪽에는 할
아버지가 조심하라고 주의를 준 아찔한 골짜기가 펼쳐졌다. 그
곳에 도착하자 페터는 배낭을 벗더니 혹여 소중한 점심거리가
바람에 날아갈까 봐 움푹 팬 곳에 조심스럽게 내려놓았다. 그
러고는 몹시 힘든지 풀밭에 큰대자로 누웠다. 하이디도 앞치
마에 가득 담긴 꽃을 바닥에 잘 놓아두고는 페터 옆에 앉아 주
위를 둘러보았다. 아래쪽 골짜기가 햇살을 담뿍 받고 있었다.
그 앞에는 눈 덮인 산 하나가 푸른 하늘을 등진 채 우뚝 솟아
있고 왼쪽으로는 거대한 바위들이 보였다. 어디를 보나 뾰족한
바위들이 하늘을 찌를 듯이 무섭게 서 있었다. 주변은 온통 고
요했다. 연약한 줄기에 매달린 파랗고 노란 꽃들이 잔잔한 바
람에 살랑살랑 고개를 숙이는 소리만 들려올 뿐이었다.

페터는 어느새 잠들어 버리고 염소들은 덤불 사이를 오르내
렸다. 하이디는 가만히 앉아 그 순간을 마음껏 즐겼다. 산봉우

리를 가만히 바라보고 있노라니 마치 오래된 친구가 자신을 마주보고 있는 것처럼 느껴졌다. 그때 갑자기 커다란 소리가 들려왔다. 고개를 들어 보니 엄청나게 커다란 새 한 마리가 날개를 쫙 펴고 요란한 소리와 함께 원을 그리며 빙빙 날고 있었다.

"페터, 일어나 봐! 독수리야!"

하이디의 고함에 페터가 일어났다. 둘은 독수리가 점점 높이 날아올라 회색 산봉우리 너머로 사라지는 모습을 바라보았다.

"어디로 갔을까?"

하이디는 그렇게 큰 새는 처음 보았기 때문에 독수리가 나는 모습이 신기하기만 했다.

"둥지로 돌아간 거야."

"저 위에 살아? 굉장하다! 그런데 왜 저렇게 큰 소리를 내는 거야?"

"그래야만 하니까."

페터가 짤막하게 설명했다.

"우리 올라가서 독수리가 어디 사는지 보자."

"안 돼! 저렇게 높은 곳까지는 염소도 못 올라간단 말이야. 아저씨가 나더러 널 잘 지켜보라고 하셨다는 걸 잊지 마."

페터는 안 된다는 뜻을 분명히 밝혔다. 그러더니 갑자기 휘파람 소리와 함께 큰 소리를 쳐대는 통에 하이디는 깜짝 놀랐다. 하지만 염소들은 그 소리를 알아듣고 페터가 있는 곳으로 몰려왔다. 물론 계속 남아서 풀을 뜯거나 재미 삼아 서로 뿔로 들이받는 녀석들도 있었다. 즐거워하는 염소들의 모습에 기분이 좋아진 하이디는 자리에서 벌떡 일어나 달려갔다. 그리고 한 마리 한 마리씩 말을 걸었다. 염소들은 전부 생김새가 달라서 구별하기 쉬웠다.

한편, 페터는 점심 자루를 열고 안에 든 것을 꺼내어 땅에 내려놓았다. 커다란 두 덩어리는 하이디의 점심이고, 그보다 작은 두 덩어리는 자신의 점심이었다. 그 가운데에는 데이지에게서 짠 염소젖으로 가득 채운 사발을 놓았다. 페터는 하이디를 불렀지만 하이디는 좀처럼 가까이 오지 않았다. 새로 사귄 친구들한테 정신이 팔려서 보이지도 들리지도 않는 모양이었다. 페터가 바위산 너머에서 메아리가 울려 퍼지도록 큰 소리로 부르자 그제야 달려왔다. 하이디는 먹음직스럽게 차려진 점심식사를 보고 기분이 좋아 또 폴짝폴짝 뛰었다.

"그만 뛰어. 점심 먹을 시간이야. 빨리 앉아서 먹어."

"염소젖, 내 거야?"

"응. 큰 빵이랑 치즈도 네 거야. 염소젖 다 마시면 데이지한테서 또 한 사발 짜 줄게. 그다음엔 나도 한 사발 마시고."

"페터는 누구 젖을 먹을 거야?"

"내 염소 얼룩이. 자, 빨리 먹어."

하이디는 염소젖은 다 마셨지만 빵은 조금만 먹더니 치즈와 함께 페터에게 건넸다.

"이건 페터 먹어. 난 많이 먹었어."

페터는 깜짝 놀라서 쳐다보았다. 페터는 지금까지 먹을 것을 남한테 줘 본 적이 없었다. 그래서 하이디가 장난하는 줄 알고 망설였다. 하이디는 빵과 치즈를 계속 내밀고 있다가 페터의 무릎에 올려놓았다. 그제야 진심이라는 확신이 든 페터는 빵과 치즈를 받고 고마움의 표시로 고개를 끄덕인 뒤 맛있게 먹기 시작했다. 하이디는 자리에 앉아 염소들을 바라보다가 물었다.

"페터, 쟤네들은 다 이름이 뭐야?"

페터는 평소 똑똑한 편은 못 되었지만 이 질문만큼은 자신 있게 대답할 수 있었다. 염소들을 한 마리 한 마리씩 가리키며 이름을 말해 주었다. 열심히 귀를 기울이던 하이디는 염소들의 이름을 전부 알게 되었다. 가만히 들여다보니 제각각 왜 그런 이름이 붙었는지 짐작할 수 있었다. '말썽꾼'은 뿔이 튼튼해서 틈만 나면 다른 녀석들을 뿔로 들이받으려고 했다. 그래서 다른 염소들은 되도록 말썽꾼을 피하려고 했다. 말썽꾼을 피하지 않는 유

49

일한 녀석은 '방울새'라는 이름의 기운 넘치는 작은 염소뿐이었다. 작지만 날카로운 뿔을 가진 방울새가 뿔로 들이받으려고 하면 말썽꾼도 깜짝 놀라곤 했다. 하이디는 애처로운 울음 소리를 내는 '눈송이'라는 작고 하얀 염소에게 특히 눈길이 갔다. 조금 전에도 애처롭게 울어대기에 달래 주었다. 하이디는 또다시 눈송이에게 달려가 목에 팔을 두르고 다정하게 물었다.

"왜 그러니, 눈송이야? 왜 우는 거야, 응?"

그러자 눈송이는 하이디에게 몸을 비비면서 울음을 멈추었다.

페터가 입안 가득 음식을 넣고 오물거리면서 소리쳤다.

"엄마가 같이 올라오지 않아서 그러는 거야. 마이엔펠트로 팔려 갔거든."

"그럼 눈송이 할머니는 어디 있어?"

"없어."

"아빠는?"

"없어."

"불쌍한 눈송이!"

하이디가 작은 염소를 다시 껴안았다.

"이제 울지 마. 내가 매일 여기 올라올 거야. 외로울 때마다 나한테 오면 돼."

눈송이는 하이디의 어깨에 목을 비비더니 원래 모습으로 되

돌아왔다.

페터가 점심 식사를 끝마치고 하이디에게 왔다. 하이디는 계속 새로운 것을 발견했다. 데이지와 더스키가 염소들 중에서 가장 독립적이고 기품이 넘친다는 사실도 알아냈다. 둘은 앞장서서 덤불로 올라갔고 나머지 무리가 뒤따랐다. 여기저기 멈춰 서서 맛있는 풀이 있나 맛보는 녀석들도 있고, 장애물이 나오면 가볍게 뛰어넘으며 줄곧 위로 올라가는 녀석들도 있었다. 말썽꾼이 평소처럼 시비를 걸어와도 데이지와 더스키는 거들떠보지 않고 가장 빽빽하게 우거진 덤불로 가서 풀을 뜯어 먹었다. 하이디는 그 모습을 한동안 바라보았다. 그러더니 풀밭에 벌렁 드러누워 있는 페터에게 말했다.

"데이지랑 더스키가 염소들 중에서 제일 예뻐."

"알아. 아저씨가 깨끗하게 관리해 주고 소금도 주시니까. 염소 우리도 깨끗하고."

페터는 갑자기 자리에서 벌떡 일어나 염소 떼가 있는 곳으로 달려갔다. 혹시라도 염소가 잘못되었을까 봐 조마조마했다. 호기심이 많은 방울새가 골짜기 끝으로 걸어가는 모습을 본 것이었다. 조금만 가까이 다가갔다가는 떨어져서 다리가 부러질 정도로 가파른 곳이었다. 페터는 양손을 뻗어 방울새를 붙잡았지만 미끄러져 넘어지고 말았다. 그래도 간신히 방울새의 한쪽 다리를 붙잡을 수 있었다. 갑자기 벌어진 일에 당황한 방울새는 빠져나가려고 안간힘을 썼다.

"하이디, 이리 와서 나 좀 도와줘!"

방울새의 다리를 잡은 채로는 자리에서 일어날 수 없는 데다가 잘못하면 놓치기 십상이었다. 하이디는 자신이 무엇을 해야하는지 즉각 알아차렸다. 풀을 한 줌 뽑아서 방울새의 코끝에 갖다 댔다.

"이리 온. 말 잘 들어야지. 저기 떨어지면 다리가 부러질 거야."

방울새는 고개를 돌려 풀을 먹기 시작했다. 그 순간을 이용해 페터는 자리에서 일어났다. 페터는 방울새의 목에 종과 함께 걸린 끈을 붙잡았다. 하이디도 반대편을 붙잡아 둘이 함께 방울새를 안전하게 염소 떼가 있는 곳으로 데려왔다. 그러고는 페터가 방울새를 때려 주려고 지팡이를 들었다. 그 모습을 본 방울새가 빠져나가려고 버둥거렸다.

"때리지 마. 저것 봐. 무서워하잖아."

하이디가 페터를 말렸다.

"저 녀석은 맞아도 싸."

페터가 다시 팔을 들어 올리자 하이디는 페터를 붙잡고 소리쳤다.

"안 돼. 때리지 마! 아플 거야. 그냥 놔두란 말이야!"

사납게 노려보는 하이디의 표정에 페터는 깜짝 놀라서 지팡이를 내려놓았다.

"내일도 치즈를 준다고 약속하면 안 때릴게."

페터는 방울새 때문에 십년감수했으니 그냥은 넘어갈 수 없다는 입장이었다.

"내일 치즈 다 줄게. 앞으로도 매일매일. 난 필요 없어. 빵도 좀 줄게. 대신 절대 때리면 안 돼. 방울새도 눈송이도, 다른 염소들도 전부 다."

"난 어느 쪽이든 상관없어."

이 말은 페터가 제 나름대로 약속한다는 의미에서 하는 말이었다. 페터의 손아귀에서 벗어난 방울새는 무리로 돌아갔다.

오후가 점점 저물어가면서 풀과 꽃, 산꼭대기가 전부 황금빛으로 물들었다. 하이디는 잠시 동안 가만히 앉아 그 아름다운 모습을 바라보다가 갑자기 벌떡 일어나 소리쳤다.

"페터, 페터! 불이야! 산에 불이 났어. 눈하고 하늘도 불타고 있어. 저기 좀 봐. 나무랑 바위 전부 타고 있잖아. 독수리 둥지까지. 전부 불타고 있어!"

"불난 게 아니야. 저녁이 되면 항상 저래."

페터가 지팡이를 조금씩 깎아내면서 대답했다.

"불이 아니라면, 뭐야?"

하이디는 사방으로 뛰어다니며 그 놀라운 모습을 보고 소리쳤다.

"왜 저러는데, 페터?"

"그냥 저렇게 되는 거야."

페터가 대답했다.

"저것 좀 봐. 산이 빨개졌어! 눈으로 덮인 산꼭대기도, 커다란 바위가 있는 산도. 저 산들은 이름이 뭐야, 페터?"

"산에 이름이 어디 있어?"

"와아, 빨간 눈 정말 예쁘다. 빨간 바위도."

하이디는 잠시 후 덧붙였다.

"구름이 다가가서 회색으로 변했어. 아, 이제 끝나 버렸어."

하이디는 모든 것이 끝난 것처럼 속상한 얼굴로 바닥에 주저앉았다.

"내일도 똑같은 일이 벌어질 거야. 이제 집에 갈 시간이야."

페터가 휘파람으로 염소들을 불러 모았고 두 사람은 산을 내려가기 시작했다.

"저 위는 항상 저런 거야?"

하이디가 기대에 들떠서 물었다.

"뭐, 대부분은……."

"내일도 똑같을까?"

"그럴 거야."

페터가 보장하듯 말했다.

하이디는 그 대답에 만족하고는 골똘히 생각에 잠겼다. 그런 상태로 오두막에 도착해 전나무 아래 놓인 의자에 앉아 있는 할아버지를 보게 될 때까지 아무런 말도 하지 않았다. 할아버지는 염소가 돌아오는 모습을 보기 위해 그곳에 의자를 마련해 놓은 것이었다. 하이디는 할아버지에게 달려갔다. 데이지와 더스키가 뒤따랐고, 페터는 "잘 자, 하이디. 내일 또 같이 가자." 하고 큰소리로 말했다. 하이디는 페터에게 달려가 작별 인사를 하고 내일도 같이 가겠다고 약속했다. 그러고 나서 눈송이의 목을 껴안고 말했다.

"잘 가, 눈송이야. 내일도 내가 있다는 걸 기억하고 울면 안 돼. 알겠지?"

눈송이는 정말로 믿는다는 듯한 표정을 짓더니 다른 염소들을 따라 재빨리 달려갔다.

"아, 할아버지."

하이디가 할아버지에게 도로 달려가며 소리쳤다.

"저 위는 정말 예뻐요. 꽃도 많고, 불이 나서 바위가 빨갛게 변해요. 제가 할아버지 드리려고 뭘 가져왔는지 좀 보세요."

하이디는 할아버지 앞에서 조그만 앞치마를 펼쳤다. 하지만 꽃들은 전부 시들어 마른 풀처럼 보였다. 하이디의 얼굴은 금세 실망으로 일그러졌다.

"어떻게 된 거지, 꺾을 때는 이렇지 않았는데?"

"햇빛을 받지 못하고 앞치마 속에 갇힌 게 싫었던 게지."

할아버지가 설명했다.

"그럼 다시는 꺾지 않을래요. 할아버지, 독수리는 왜 그렇게 큰 소리로 울어요?"

"염소젖을 짜 올 테니 얼른 목욕통으로 들어가거라. 독수리 얘기는 저녁 먹고 나서 해 주마."

잠시 후 하이디는 할아버지의 침대 옆에 놓인 새로 만든 높다란 의자에 앉았다. 앞에는 염소젖 사발이 놓여 있었다. 하이디가 다시 독수리에 대해 물었다.

"저 아랫마을에 사는 사람들을 비웃는 거지. 아마 이렇게 말할 게다. '나처럼 남의 일에 신경 쓰지 말고 산꼭대기로 올라온다면 훨씬 잘 살 수 있을 텐데.'라고 말이다."

할아버지가 워낙 무섭게 말해서 하이디는 독수리의 커다란 울음소리가 생생하게 떠올랐다.

"산에는 왜 이름이 없어요?"

"있지. 어떻게 생긴 산인지 말해 주면 내가 이름을 알려 줄 수 있을 것 같구나."

하이디가 똑같은 두 개의 산봉우리가 있는 산을 자세하게 설명했다.

"그 산 이름은 포크니스란다."

그다음에 꼭대기가 눈으로 덮인 산을 설명하자 할아버지는 '쉐자플라나'라고 했다.

"그래, 올라가 보니 재미있더냐?"

"네!"

하이디는 그날 있었던 놀라운 일에 대해 전부 설명했다.

"그중에서 불이 최고로 멋있었어요. 페터 말로는 불이 아니라는데 뭔지 설명해 주지는 못했어요. 하지만 할아버지는 아시죠?"

"태양이 산한테 잘 자라고 인사하는 거란다. 아름다운 황금빛 햇살을 뿌려 주면서 다음 날 아침까지 자기를 잊지 말라고 하는 거야."

하이디는 할아버지의 설명이 무척 마음에 들었다. 빨리 다음 날이 되어 태양의 저녁 인사를 보고 싶었다. 잠자리에 든 하이디는 마른 풀로 만든 침대에서 밤새 푹 잤다. 산과 꽃, 그 가운데에서 즐겁게 뛰어다니는 눈송이가 나오는 꿈을 꾸면서…….

04

페터의 할머니를 만나다

하이디는 여름 동안 하루도 빠지지 않고 페터랑 염소들과 함께 풀밭으로 올라간 덕분에 얼굴이 갈색으로 그을렸다. 힘도 세고 튼튼해졌다. 마치 한 마리 새처럼 산에서 근심 걱정 없이 행복한 하루하루를 보냈다. 하지만 가을이 다가오면서 거센 바람이 불자 할아버지는 하이디에게 말했다.

"오늘은 집에 있으려무나. 너 같은 어린애는 산 너머까지 날아가기 십상이야."

페터는 하이디가 같이 가지 못할 때마다 매우 상심했다. 하이디와 함께 있는 것에 익숙해져서 혼자 있으면 영 따분했던 것이다. 물론 하이디가 나눠 주는 맛있는 빵과 치즈가 그립기도 했다.

하지만 그뿐이 아니었다. 하이디가 없으면 염소들을 다루기가 두 배는 힘들었다. 염소들이 하이디를 찾기라도 하는 것처럼 사방으로 흩어졌기 때문이다.

하지만 하이디는 어디에 있든지 즐거웠다. 물론 산 위로 올라가면 볼거리가 많아서 좋았지만, 집에서 할아버지가 일하는 모습을 보는 것도 재미있었다. 염소젖으로 치즈를 만드는 모습은 특히 신기했다. 할아버지가 소매를 걷어붙이고 염소젖이 담긴 커다란 냄비에 양손을 담근 채 휘저으면 맛있는 둥근 치즈가 만들어졌다.

그래도 하이디가 무엇보다 좋아한 것은 오래된 전나무에서 들려오는 바람 소리였다. 무슨 일을 하다가도 전나무 아래로 가서 고개를 들고 바람에 나뭇가지가 흔들리는 모습을 쳐다보곤 했다. 날씨가 서늘해져서 원피스를 두 벌 껴입고 양말까지 신었지만 찬바람이 몸속까지 파고들었다. 하이디는 전나무 꼭대기에서 바람을 타고 들려오는 신기한 노랫소리에 푹 빠져들었다. 오두막 안에서는 들을 수 없는 소리였다.

갑자기 날씨가 몹시 추워져서 페터는 아침마다 손을 호호 불면서 나타났다. 그러다 어느 날 저녁부터 눈이 내리기 시작했다. 아침이 되니 밖이 온통 하얗게 변해 있었다. 계속 내리는 눈에 초록색 이파리라고는 하나도 눈에 띄지 않게 되자 페터는 염소들을 데리고 산으로 올라가지 않았다. 하이디는 창문 밖으로 점점 빠르게 떨어지는 눈송이를 보고 즐거워했다. 창턱까지 눈이 쌓여 밖으로 나갈 수 없었다. 하이디는 눈이 오두막 전체를 덮어 버려서 낮에도 등불을 켰으면 좋겠다고 생각했지만 그렇게까지는 되지 않았다.

다음 날 아침 할아버지가 눈을 뚫고 밖으로 나가 오두막 벽을 덮은 눈을 삽으로 퍼내기 시작했다. 오후가 되자 두 사람은 각자 등받이 없는 세 발 달린 의자에 앉은 채 난로를 쬐었다. 하이디가 앉은 의자는 물론 할아버지가 전에 만들어 준 것이었다. 이처럼 오붓하게 난로를 쬐고 있을 때, 마치 발로 차는 것처럼 문을 쾅쾅 두드리는 소리가 들렸다. 문 앞에는 페터가 서 있었다. 페터는 신발에서 눈을 털어 내고 안으로 들어왔다. 옷에 떨어진 눈이 얼어붙을 정도로 추운 날씨였지만, 일주일 내내 하이디를 보지 못했기 때문에 용감하게도 눈길을 뚫고 찾아온 것이었다.

"안녕하세요."

페터는 인사를 하자마자 곧장 불가로 다가왔다. 그러고는 그저 말없이 기쁘다는 듯 하이디와 할아버지를 보고 환하게 미소 지었다. 하이디는 페터의 옷에 얼어붙은 눈이 녹아서 물이 줄줄 흘러내리는 모습을 신기하게 바라보았다.

"그래, 염소대장. 이제 군대를 떠나 연필을 씹고 있는 소감이 어떠냐?"

"연필을 씹어요?"

하이디가 호기심 어린 표정으로 물었다.

"그래. 페터는 겨울이면 학교에 가서 읽고 쓰는 법을 배워야 한단다. 쉽지 않은 일이니 가끔 연필을 씹으면 도움이 되지. 그렇지 않냐, 염소대장?"

"맞아요."

하이디는 페터가 학교에서 뭘 했는지 궁금해졌다. 페터는 생각을 말로 표현하는 것을 어려워했는데, 하이디는 쉬지 않고 질문 공세를 퍼부었다. 한 질문에 답할 준비가 되었는가 싶으면 금세 두세 개의 질문이 더 쏟아졌다. 게다가 간단하게 대답할 수 없는 질문이었다. 할아버지는 가끔씩 입가에 미소를 떠올리며 두 아이가 재잘거리는 소리를 가만히 듣기만 했다. 아이들이 조용해지자 할아버지는 벽장으로 다가갔다.

"염소대장, 불을 쬐었으니 간단히 뭘 좀 먹어야지?"

곧 저녁 식사가 차려졌고 하이디가 테이블 주위에 의자를 가져다 놓았다. 오두막은 하이디가 처음 왔을 때처럼 텅 비어 보이지 않았다. 할아버지가 한쪽 벽에 기다란 의자를 만들어 붙여 놓았다. 그 밖에도 두 사람이 충분히 앉을 수 있는 자리가 많이 생겼다. 하이디가 할아버지 옆에 가까이 있는 것을 좋아했기 때문이다. 세 사람은 식탁 앞에 편안하게 둘러앉았다. 페터는 할아버지가 말린 고기를 큼지막하게 썰어 두툼한 빵 조각에 올려 준 것을 보고 눈이 휘둥그레졌다. 그렇게 푸짐한 식사는 정말 오랜만이었다. 식사를 끝내고 날이 어두워지기 시작하자 페터가 돌아갈 준비를 했다.

"안녕히 계세요. 고맙습니다. 하이디, 할머니가 보고 싶다고 한번 놀러 오래."

누군가를 만나러 간다는 생각만으로도 즐거운 하이디는 다음 날 아침에 일어나자마자 말했다.

"할아버지, 오늘은 페터네 할머니를 만나러 갈 거예요. 기다리고 계실 테니까."

"눈이 너무 많이 쌓여서 안 돼."

할아버지의 대답에 하이디는 금세 시무룩해졌다.

하지만 그 생각은 하이디의 머릿속에서 떠나지 않았다. 하이디는 적어도 하루에 열두 번씩은 할아버지에게 페터네 할머니가 기다린다거나 기다리다 지쳤을 거라는 말을 했다. 페터가 다녀간 지 나흘째 되던 날, 눈이 꽝꽝 얼어서 밟으면 우지직 소리가 나는 날이었다. 그날 점심을 먹으려고 높다란 의자에 앉은 하이디의 얼굴로 밝은 햇살이 쏟아졌다. 하이디가 또 말했다.

"오늘은 꼭 할머니를 보러 가야 해요. 안 가면 제가 안 올 거라고 생각하실 거예요."

할아버지는 식탁에서 일어나 하이디의 다락방으로 올라가

두꺼운 포대를 가져왔다.

"그럼 가자꾸나."

두 사람은 함께 밖으로 나왔다.

하이디는 환하게 내리쬐는 햇살을 받으며 좋아
서 폴짝폴짝 뛰었다. 눈이 쌓여 축 처진 전나무
나뭇가지가 눈부시게 반짝였다. 그런 광경을 처
음 본 하이디가 소리쳤다.

"저기 있는 나무 좀 보세요. 전부 황금색과
은색이에요!"

할아버지가 헛간에서 커다란 썰매를 끌
고 나왔다. 한쪽에 달린 손잡이를 붙잡

고 앉아 땅에 발꿈치를 대고 구르면서 앞으로 나아가는 썰매였
다. 할아버지는 하이디를 위해 눈 덮인 전나무 주위를 한 바퀴
돌면서 함께 감상해 주었다. 그런 다음 썰매에 앉아서 무릎에
하이디를 앉히고 춥지 않도록 두툼한 포대로 감쌌다. 왼손으
로 하이디를, 오른손으로는 손잡이를 꼭 붙잡고 두 발을 힘껏
굴렀다. 썰매는 아래로 쌩쌩 달렸다. 하이디는 하늘을 나는 기
분에 즐거운 비명을 질렀다. 썰매는 페터네 오두막에서 홱 멈
춰 섰다. 할아버지가 하이디를 일으켜 세우고 포대를 벗겨 주
었다.

"들어가거라. 어두워지기 시작하면 곧장 집에 와야 한다."

할아버지는 썰매를 끌고 산으로 올라갔다.

페터네 오두막 문을 열자 화로가 놓인 조그만 부엌이 보였
다. 선반에는 냄비 몇 개가 놓여 있었다. 또 다른 문을 열자 천
장이 낮은 작은 방이 나왔다. 커다란 방 하나에 마른 풀이 쌓
인 멋진 다락방이 있는 할아버지의 오두막과 비교했을 때 페터
네 집은 비좁고 초라했다. 방으로 들어가니 겉옷을 수선하고
있는 아주머니가 보였다. 페터의 옷이었다. 한쪽 귀퉁이에는
등이 굽은 할머니가 실을 잣고 있었다.

"안녕하세요, 할머니. 이제야 제가 왔어요. 오지 않을 거라고
생각하셨죠?"

할머니가 고개를 들어 하이디의 손을 찾아 더듬었다. 하이디

의 손을 잡은 할머니는 잠시 동안 쥐고 있다가 물었다.

"네가 산 아저씨네 집에 사는 아이니? 네가 하이디야?"

"네! 방금 할아버지가 썰매로 여기까지 데려다 주셨어요."

"세상에! 손이 따뜻하구나. 브리기트, 산 아저씨가 정말 이 애를 데려다 줬니?"

브리기트가 일감을 놓고 와서 하이디를 바라보았다.

"모르겠어요, 어머니. 설마 그럴 리가요? 애가 잘못 말한 것 같아요."

그러자 하이디는 브리기트의 눈을 똑바로 보면서 분명하게 말했다.

"잘못 말한 게 아니에요. 할아버지가 데려다 주셨어요. 담요로 싸서 썰매로 여기까지 태워 주셨어요."

"페터가 그동안 산 아저씨에 대해 한 말이 전부 사실인 모양이구나, 페터가 잘 모르고 하는 말이라고 생각했는데. 하긴, 누가 그 말을 믿겠어? 사실 난 이 애가 3주도 버티지 못할 거라고 생각했지. 브리기트, 아이가 어떻게 생겼니?"

"제 엄마처럼 말랐어요. 검은 눈하고 곱슬머리는 토비아스랑 산 아저씨를 닮았네요. 제 생각엔 친가 쪽을 더 많이 닮은 것 같아요."

하이디는 두 여인이 이야기하는 동안 방 안 구석구석을 둘러보았다.

"할머니, 덧문 하나가 흔들흔들해요. 할아버지라면 바로 고쳐 주실 텐데. 그냥 놔두면 창문이 깨질 것 같아요. 보세요. 앞뒤로 마구 흔들리는걸요."

"난 볼 수가 없단다, 얘야. 하지만 소리는 아주 잘 들리지. 이집은 바람이 틈새로 들어오기 때문에 모든 게 삐걱거리고 덜거덕거린단다. 결국 언젠가 무너지고 말겠지. 난 밤에 페터하고 브리기트가 자고 있을 때 집이 무너져 내려서 우리 셋 다 죽을까 봐 무섭단다. 하지만 고칠 사람이 없어. 페터는 아직 어려서 할 줄 모르거든."

"덧문이 왜 안 보이세요? 저기 보세요. 또 덜컹거려요."

하이디가 덧문을 가리켰다.

"난 아무것도 보이지 않는단다, 얘야. 덧문만 볼 수 없는 게 아니야."

할머니가 한숨을 내쉬며 말했다.

"제가 가서 덧문을 열면 방 안이 밝아져서 보이시겠죠?"

"아니, 밝아도 어두워도 똑같이 안 보인단다."

"하지만 하얗게 반짝이는 눈은 보이실 거예요. 이리 오세요."

하이디가 할머니의 손을 잡고 일으켜 세우려고 했다. 할머니가 아무것도 보지 못한다는 생각을 하니 몹시 걱정스러웠다.

"그냥 두려무나. 밝은 눈 속에 있어도 보이지 않아. 난 항상 캄캄한 어둠 속에 있단다."

"여름에도요, 할머니?"

하이디가 걱정스러운 마음에 계속 물었다.

"해님이 산에게 잘 자라고 인사하고 불처럼 빨갛게 물들이는 모습은 보이실 거예요. 그렇죠?"

"그것도 볼 수 없단다, 얘야. 난 다시는 볼 수가 없어."

하이디가 이내 울음을 터뜨리고 흐느끼면서 말했다.

"할머니를 보게 해 줄 수 있는 사람이 아무도 없어요? 아무도 할 수 없는 거예요?"

할머니는 한참 동안 하이디를 달래 주었다. 평소 잘 울지 않는 하이디지만 한번 울면 쉽게 그칠 줄 몰랐다. 할머니는 울음을 그치지 않는 하이디가 걱정돼 급기야는 이렇게 말했다.

"이리 와서 내 말 좀 들어 보렴. 난 볼 수는 없지만 들을 수는 있지. 나처럼 눈이 보이지 않으면 상냥한 목소리를 듣는 게 무척이나 좋단다. 난 네 목소리가 마음에 쏙 드는걸. 옆에 앉아서 너하고 할아버지가 산에서 지내는 얘기를 좀 해 주려무나. 난 네 할아버지랑 잘 아는 사이였는데, 소식이 끊긴 지 벌써 몇 년이나 되었어. 페터가 이야기를 해 주기는 하지만 별건 없단다."

하이디는 눈물을 닦았다. 한 가닥 희망이 보이는 듯했다.

"할아버지한테 말할게요. 할아버지는 할머니 눈을 보이게 해 주고 오두막도 고쳐 주실 거예요. 우리 할아버지는 못하는 게 없거든요."

할머니는 하이디의 말에 아무런 반박도 하지 않았다. 하이디는 여름과 겨울에 산에서 무얼 했는지 재잘거리며 이야기하기 시작했다. 할아버지가 뭐든 뚝딱 만들어 낸다는 이야기도 덧붙였다. 의자, 염소들을 위한 새 여물통, 목욕통과 염소젖을 담는 사발, 그리고 숟가락까지 전부 나무로 만들어 낸다는 것이다. 페터네 할머니는 이야기를 들으면서 하이디가 할아버지의 일하는 모습을 얼마나 열심히 지켜보았는지 알 수 있었다.

"저도 나중에 할아버지처럼 뭐든 만들고 싶어요."

하이디는 마지막에 이렇게 말했다.

"들었니, 브리기트? 산 아저씨가 저런 걸 전부 한단다!"

할머니가 딸에게 말했다.

그때 맨 바깥쪽 문이 '꽝' 하고 열리더니 페터가 들어왔다. 하이디를 본 페터는 걸음을 멈추고 인사를 건네는 하이디에게 씩 웃어 보였다.

"벌써 학교 끝나고 온 거니? 오후가 이렇게 빨리 지나가다니, 몇 년 만인지 모르겠다. 페터, 읽기는 잘되고 있니?"

"그냥 똑같아요."

"맙소사! 이제는 대답이 달라져야 할 때도 된 것 같은데. 이제 2월이면 열두 살이 되잖니!"

"뭐가 달라져요? 무슨 말씀이세요?"

하이디가 잔뜩 호기심을 드러내며 물었다.

"페터가 지금쯤이면 읽을 수 있을 줄 알았지. 선반에 오래된 찬송가집이 있는데 그 안에 아름다운 노래들이 들어 있거든. 들어 본 지 너무 오래되어서 거의 잊어버렸단다. 페터가 읽어 줄 날만을 기다리고 있지. 하지만 저 애는 읽는 법을 영 배우지 못하는 것 같구나. 정말 어려운 모양이야."

"등불을 켜야겠어요. 오후가 너무 빨리 지나가서 어두워진 것도 몰랐지 뭐예요."

내내 옷을 깁고 있던 브리기트가 말했다. 그 말을 듣고 하이디가 자리에서 벌떡 일어났다.

"어두워지면 집에 가야 해요. 안녕히 계세요, 할머니."

하이디가 브리기트와 페터에게도 작별 인사를 하고 나가려는데 할머니가 불안해하며 하이디를 불렀다.

"잠깐만, 하이디. 너 혼자 가면 안 돼. 눈길에 구르지 않도록 페터가 같이 가 주렴. 애가 감기 걸리지 않도록 쉬지 않고 걸어가야 한다. 그나저나 따뜻한 목도리 같은 걸 했니?"

"아뇨, 안 했어요. 하지만 춥지 않을 거예요."

하이디가 이렇게 소리치고 잽싸게 달려갔다. 어찌나 빠른지 페터도 간신히 뒤따라갔다.

"브리기트, 얼른 따라가서 이 숄을 주고 오너라. 날씨가 이렇게 추운데 애가 꽁꽁 얼겠어."

할머니가 다급한 목소리로 소리쳤다. 브리기트는 숄을 받아

들고 따라갔다. 하지만 아이들은 하이디를 마중하기 위해 내려오는 할아버지를 쳐다보며 달려 올라갔다.

"잘했다. 내가 말한 대로 했구나."

할아버지는 하이디를 담요로 감싸 양팔로 안아 올리고는 집으로 향했다. 마침 브리기트가 그 놀라운 모습을 보고 페터와 함께 집으로 돌아가 어머니에게 설명했다.

"마중을 오다니. 참 잘되었다. 하이디가 또 나를 보러 올 수 있도록 산 아저씨가 허락했으면 좋겠구나. 그 아이가 와서 정말 좋았어. 어찌나 마음씨도 곱고 재잘재잘 이야기도 잘하는지 몰라."

페터네 할머니는 그날 저녁 몹시 기분이 좋아 몇 번이나 이렇게 말했다.

"그 애가 또 왔으면 좋겠어. 정말로 기다려져."

그때마다 브리기트는 "네, 맞아요."라고 맞장구쳤고, 페터는 "제가 그랬잖아요."라고 말하면서 싱글벙글 웃었다.

한편, 하이디는 담요로 여덟 번이나 둘둘 말려 잘 들리지도 않는데 산을 오르는 내내 할아버지에게 재잘거렸다.

"집에 도착해서 말하려무나."

집으로 들어가 담요를 벗자마자 하이디의 입에서 이야기가 쏟아졌다.

"내일 망치랑 커다란 못을 가지고 페터네 집으로 가야만 해요. 할아버지가 덧문이랑 여기저기를 고쳐 주세요. 집 전체가 삐걱거리고 덜거덕거리거든요."

"그래야만 한다고? 누가 그러더냐?"

"아무도 그런 말 안 했어요. 제가 그냥 생각한 거예요. 문만 그런 게 아니라 전부 흔들리고 덜컹거려요. 할머니는 집이 무너질까 봐 무서워서 잠도 못 주무신대요. 할머니는 볼 수가 없고 아무도 눈을 고쳐 줄 수 없다고 했지만, 할아버지는 하실 수 있어요. 눈도 보이지 않는데 무섭기까지 하다니! 우리 내일 가서 할머니를 도와드려요, 네?"

하이디는 할아버지를 붙잡고 확신에 찬 얼굴로 올려다보았다. 할아버지는 잠시 하이디를 내려다보더니 말했다.

"내일 가서 덜컹거리지 않게 해 줄 수는 있지."

하이디는 기쁜 나머지 "내일 간다! 내일 간다!"라고 외치며 온 집 안을 뛰어다녔다.

할아버지는 약속을 지켰다. 다음 날 오후 두 사람은 썰매를 타고 내려갔다. 할아버지는 하이디를 페터네 오두막 앞에 내려 주더니 어제와 똑같이 말했다.

"들어가거라. 어두워지기 시작하면 나와야 한다."

그러더니 하이디의 이불을 썰매에 올려 두고 오두막 옆으로 사라졌다.

하이디가 집 안으로 들어가기도 전에 구석에서 할머니의 외침이 들렸다.

"또 왔구나!"

할머니는 실 잣던 손을 멈추고 앞으로 내밀었다. 하이디가 뛰어가 조그만 의자를 가져와서 옆에 앉아 재잘거리기 시작했다. 그때 갑자기 벽을 내리치는 커다란 소리가 들려왔고, 이 소리에 깜짝 놀란 할머니가 물레를 쓰러뜨릴 뻔했다.

"드디어 집이 쓰러지려나 보다!"

할머니가 벌벌 떨면서 소리쳤다. 그러자 하이디는 할머니의 팔을 잡고 말했다.

"무서워하지 마세요, 할머니. 저건 할아버지가 망치로 치는 소리예요. 할머니가 무서워하지 않도록 전부 다 고쳐 주실 거예요."

"그게 정말이니? 하느님이 우리를 완전히 잊어버리지는 않으셨구나. 들리니, 브리기트? 정말 망치 소리 같구나. 가서 누군지 보고 오너라. 산 아저씨가 맞으면 들어오시라고 하고. 고맙다는 인사라도 해야지."

당연히 산 아저씨였다. 브리기트는 산 아저씨가 쐐기 모양으로 된 나무 판을 벽에 못질하는 모습을 보고 인사를 했다.

"안녕하세요, 산 아저씨. 이렇게 도와주셔서 정말 고맙습니다. 어머니가 감사 인사를 하고 싶다고 안으로 들어오셨으면 하세요. 이렇게 우리를 도와줄 사람은 아무도 없는데, 절대 잊지 않을……."

그러나 산 아저씨가 거칠게 말을 가로막았다.

"그만 됐다, 속으로 날 어떻게 생각하는지는 잘 알고 있으니까. 안으로 들어가 봐, 고쳐야 할 곳은 내가 알아서 찾을 테니."

브리기트는 산 아저씨의 말을 거스르고 싶지 않아 곧바로 돌아섰다. 그는 온 벽을 둘러보며 망치질을 했다. 지붕에도 올라가 구멍 난 곳을 손보고 나자 가져온 못이 전부 바닥났다. 날이 저물기 시작해서 염소 우리에 넣어 둔 썰매를 끌고 나오니 마침 하이디가 밖으로 나왔다. 할아버지는 전날처럼 담요로 하이디를 싸서 안고 썰매를 끌면서 올라갔다. 하이디 혼자 썰매에 태우면 바람에 담요가 날아가 아이가 꽁꽁 얼 게 분명했다. 그래서 한 손으로는 썰매를 끌고 다른 손으로는 하이디를 따뜻하고 안전하게 감싸 안고 갔다.

겨울은 계속되었다. 오랜 세월 동안 어둠에 갇혀 슬프게만 살아온 페터네 할머니에게 날마다 즐거운 마음으로 기다릴 수 있는 일이 생겼다. 할머니는 매일 하이디의 가벼운 발걸음 소리가 들리지 않나 귀를 기울였다. 문이 열리고 하이디가 들어올 때면 언제나 이렇게 소리쳤다.

"하느님, 감사합니다. 저 애가 다시 왔어요!"

하이디는 할머니 옆에 앉아 언제나처럼 재잘거리기 시작했다. 시간이 어찌나 빨리 지나가는지 할머니는 브리기트에게

"아직도 날이 안 저물었니?" 하고 물을 필요가 없어졌다. 그 대신 하이디가 가고 나면 "오후가 후딱 지나가 버리지 않았니?"라고 물었다. 브리기트는 방금 전에 점심을 먹은 것 같은데 벌써 오후가 지나가 버렸다며 맞장구를 쳤다.

"하느님, 저 애를 안전하게 지켜 주시고 산 아저씨의 기분을 좋게 해 주세요."

페터네 할머니의 기도에는 늘 그 말이 들어갔다. 할머니는 종종 브리기트에게 하이디가 건강해 보이는지 물었다. 그럴 때마다 브리기트의 대답은 이러했다.

"볼이 빨간 사과처럼 건강해 보여요."

하이디 역시 페터네 할머니가 좋았다. 그리고 할머니의 눈이 영영 나을 수 없다는 사실이 너무나 슬펐다. 하지만 할머니는 하이디와 함께 있으면 눈이 보이지 않아도 상관없다고 몇 번이나 말했다. 그래서 하이디는 궂은 날씨만 빼고 매일 할아버지와 썰매를 타고 페터네 집을 방문했다. 그때마다 할아버지는 망치와 못 같은 것을 가져가서 결국은 오두막 전체를 고쳐 주었다. 페터네 할머니는 밤에 삐걱거리는 소리 때문에 더는 무서워하지 않아도 되었다.

05

갑자기 찾아온 손님들

겨울에 이어 행복한 봄과 여름이 지나고, 가을을 거쳐 하이디가 산에서 두 번째로 맞은 겨울도 거의 지나갔다. 하이디는 따스한 바람에 눈이 녹고 푸르고 노란 꽃들이 피어나는 봄을 손꼽아 기다렸다. 봄이 오면 염소들과 함께 풀밭으로 올라갈 수 있었기 때문이다. 이제 일곱 살이 된 하이디는 할아버지에게 여러 가지 쓸모 있는 것들도 많이 배웠다. 하이디는 염소를 잘 다루었기 때문에 데이지와 더스키는 하이디의 목소리만 들어도 좋아서 매애 울며 애완동물처럼 따라다녔다. 겨울 동안 페터가 두 번이나 할아버지에게 되르플리에 있는 학교 선생님의 말을 전해 주었다. 하이디를 학교에 보내야 한다는 내용이었다. 이미 학교 다닐 나이가 지나서 지난겨울부터 나왔어야 한다고 했다. 하지만 할아버지는 두 번 모두 할 말이 있거든 선생한테 직접 찾아오라고 전하라고 했다. 어쨌든 아이를 학교에 보낼 마음은 전혀 없다는 뜻이었다. 페터는 할아버지의 말을 더하거나 빼지 않고 그대로 선생님에게 전했다.

3월의 햇살을 받아 비탈길에 쌓인 눈이 녹기 시작하면서 하얀 갈란투스 꽃이 모습을 드러냈다. 나무들도 무겁기만 한 눈을 털어 버리고 바람에 살랑거렸다. 하이디는 오두막과 염소우리, 전나무 사이를 오가면서 할아버지에게 달려가 풀밭이 얼마나 무성해졌는지 알렸다.

그런 어느 날 아침, 벌써 열 번째 밖으로 뛰어나가던 하이디는 검은 옷을 입은 늙은 신사가 몹시 진지한 표정으로 문지방에 서 있는 모습을 보았다. 노신사는 놀란 하이디에게 말했다.

"무서워하지 마라. 난 아이들을 아주 좋아한단다. 자, 악수하자. 네가 하이디구나. 할아버지는 어디에 계시지?"

"안에서 나무로 숟가락을 만들고 계세요."

하이디는 대답과 함께 신사를 집 안으로 안내했다.

그 신사는 되르플리에 있는 교회의 목사로 할아버지가 되르플리에 살던 시절 이웃에 살았다.

"잘 지내셨습니까, 영감님."

신사가 할아버지에게 다가가며 인사했다.

할아버지는 놀란 표정으로 바라보다가 자리에서 일어났다.

"안녕하시오, 목사님."

할아버지는 의자를 앞쪽으로 가져오면서 말했다.

"좀 딱딱하지만 괜찮다면 앉으시지요."

"그나저나 오랜만입니다."

목사가 자리에 앉으면서 말했다.

"드릴 말씀이 있어서 왔습니다. 무슨 일인지 짐작하고 계시겠지요?"

목사는 말을 멈추더니 문가에서 호기심 어린 표정으로 서 있는 하이디를 쳐다보았다.

"하이디, 염소들한테 소금을 가져다주거라. 부를 때까지 염소들이랑 같이 있고."

하이디는 할아버지의 말대로 염소 우리로 갔다.

"저 아이는 적어도 지난겨울부터 학교에 나왔어야 합니다. 학교에서 전갈을 보냈는데도 뭐라 답변을 안 하셨더군요. 저 아이를 어떻게 할 생각입니까?"

"학교에 보내지 않을 생각이오."

목사는 팔짱을 끼고 단호한 표정으로 앉아 있는 산 아저씨를 가만히 바라보면서 물었다.

"학교에 보내지 않으면 저 애가 어떻게 될까요?"

"염소나 새들과 같이 자라겠지요. 나쁜 것을 배울 일도 없을 거고, 행복할 거요."

"저 애는 염소도 새도 아니고 어린아이예요. 염소나 새들과 자라면 나쁜 것을 배우지는 않겠지만 읽고 쓰는 법은 못 배웁니다. 벌써 배워야 할 때가 지났어요. 제가 여기 온 것은 좋게 말씀드리려고 온 거예요. 여름 동안 잘 생각해 보시고 결정을 내리시라고요. 아이가 여기에 살면서 학교에 다니지 않는 것은 지난겨울로 끝났어야 해요. 올 겨울부터는 학교에 다녀야 한다는 말씀이죠."

"그럴 일은 없을 거요."

노인이 완강하게 거절했다.

"어떤 말씀을 드려도 생각을 바꾸지 않겠다는 말씀인가요? 영감님께선 넓은 세상을 돌아다니면서 많이 배우셨잖아요. 그래서 좀 더 분별이 있으실 줄 알았는데……."

"난 잘 모르겠소."

노인의 목소리는 무미건조했지만 불편한 기색이 고스란히 드러났다.

"내가 저 어린 것을 춥고 바람 부는 겨울에 매일 산 아래로 내려보낼 것 같소? 날이 어두워지면 성인 남자도 제대로 서 있기 힘들 만큼 세찬 바람이 불고 눈이 내리는데? 그 속에서 집에 돌아오게 하란 말이오? 목사님도 아시겠지만 저 애의 엄마는 이상한 병을 앓았소. 그러니 저 애도 그런 병에 걸릴지 모르오. 나더러 저 애를 학교에 보내라고 강요한다면 난 법으로 맞설 준비도 되어 있소. 어떻게 될지는 그때 가 보면 알겠지."

"맞습니다. 여기에서는 학교를 보낼 수가 없지요. 아이를 아끼시는 마음 저도 잘 알겠습니다. 그렇다면 아이를 위해서 다시 되르플리로 가서 살면 어떻겠습니까? 예전에 그랬던 것처럼. 여기서 하느님과 사람들을 등지고 어떻게 사십니까? 곤경에 처해도 도와줄 사람 하나 없는데. 사실 어떻게 추운 겨울을 보낼 수 있는지도 의문입니다. 저 아이가 이곳 생활을 견뎌 내는 것도 놀랍기만 하군요."

"저 애는 어려서 혈기왕성하고 따뜻한 이부자리도 있소이다. 그걸 알아주셨으면 좋겠소. 그리고 땔감은 얼마든지 구할 수 있어요. 헛간에 땔감이 가득하고 겨우내 불이 꺼지지 않소. 되르플리로 가서 살 생각은 조금도 없소. 그곳 사람들은 나를 싫어하고 나도 마찬가지니, 이렇게 떨어져 사는 게 좋지."

"하지만 영감님한테도 좋을 게 하나도 없어요. 영감님이 모르는 게 있습니다. 마을 사람들은 영감님이 생각하는 것만큼 그렇게 영감님을 싫어하지 않아요. 하느님과도 그만 화해를 하세요. 하느님께 용서를 구하세요. 그리고 되르플리로 돌아와서 사람들이 얼마나 달라졌는지 보면 예전처럼 다시 행복해질 겁니다."

목사는 이렇게 말하고 손을 내밀었다.

"올 겨울에는 꼭 마을에서 볼 수 있기를 바랍니다. 영감님에게 제재가 가해지는 것은 저도 원하지 않습니다. 자, 제 손을 잡아 주세요. 마을로 돌아온다고, 하느님과 마을 사람들과도 화해하겠다고 약속해 주세요."

할아버지는 목사의 손을 잡고 악수를 했지만 느릿느릿 이렇게 말했다.

"목사님 말뜻은 잘 알겠소만, 부탁은 들어드리지 못하겠소. 내 마음은 절대로 바뀌지 않을 겁니다. 아이를 학교에 보내지도 않을 거고, 마을에 내려가서 살지도 않을 거요."

"그럼 하느님의 도움이 있기를!"

목사는 슬픈 표정으로 오두막을 나와 산 아래로 내려갔다.

목사가 돌아가고 나자 할아버지는 기분이 언짢았다. 점심 식사 후 하이디가 평소처럼 "페터네 집에 갈 시간이에요."라고 말했지만 "오늘은 안 된다."라는 대답을 했다. 다음 날 아침에도 하이디가 페터네 집에 갈 건지 물었지만 무뚝뚝하게 "두고 보자."라는 대답만 할 뿐이었다. 그런데 그날 점심 먹은 것을 치우기도 전에 또 다른 손님이 찾아왔다. 이번에는 데테였다. 데테는 깃털이 달린 세련된 모자를 쓰고 걸을 때마다 바닥을 쓸고 다니는 기다란 치마를 입고 있었다. 오두막 바닥을 쓸고 다녀봤자 좋을 것이 하나도 없을 텐데. 할아버지는 말없이 데테를 위아래로 훑어보았다. 데테는 아랑곳하지 않은 채 곧바로 상냥하게 말하기 시작했다.

"어머나, 하이디 좀 봐. 못 알아보겠네! 아저씨가 저 애를 잘 돌봐 주셨군요. 그동안 전 하이디를 다시 데려와야겠다는 생각뿐이었답니다. 이 아이가 아저씨한테 방해만 될 테니까요. 하지만 2년 전에는 달리 방법이 없었어요. 여기에 맡긴 후로 줄곧 저 애가 지낼 만한 곳을 알아보았답니다. 오늘 온 이유도 그것 때문이에요. 하이디한테 좋은 기회가 될 만한 이야기를 들었거든요. 제가 자세히 알아봤는데 다 잘됐어요. 정말 특별한 기회라고요! 제가 일하는 집 주인의 친척 중에 프랑크푸르트에서 제일가는 부자가 있답니다. 그 집에 한쪽 다리를 못 쓰는 허약한 어린 딸이 있대요. 온종일 휠체어에 앉아 있어야 해서 가정교사에게 수업을 듣는다고 해요. 혼자 심심하니까 같이 놀 친구가 있었으면 좋겠다네요. 우리 주인집에서도 그 이야기가 오갔어요. 친척이니까 그 애를 가엾게 여기고 도와주고 싶어서죠. 착하고 순진하고, 좀 특이한 애였으면 좋겠다고 말했어요. 그 말을 듣자마자 하이디가 생각나지 뭐예요. 제가 그 집으로 가서 집안을 관리하는 부인을 직접 만났어요. 하이디 얘기를 하니까 괜찮겠다고 말하더군요. 정말 잘된 일이죠? 하이디는 정말 복도 많지 않나요? 그 집에서 하이디를 마음에 들어 하면 말이죠, 그 집 딸한테 무슨 일이라도 생기는 날엔, 물론 몸이 허약하니까 당연히 그럴 가능성이 높겠죠. 그렇게 되면⋯⋯."

"얘기 다 끝났나?"

가만히 듣고 있던 노인이 데테의 말을 가로막았다.

데테는 화난 표정으로 고개를 치켜들었다.

"이게 얼마나 중요한 일인지는 누구나 알걸요. 이런 소식을 듣고 고마워하지 않을 사람은 세상에 아무도 없을 거라고요."

"그럼 그 사람들한테 가서 말해. 난 관심 없으니까."

노인의 말에 데테가 속사포처럼 이렇게 쏘아붙였다.

"아저씨가 정 그러시다면 더 말씀드리죠. 저 애는 곧 여덟 살인데 아무것도 모르고 아저씨는 가르칠 생각도 없어요. 되르플리에서 그러더군요. 아이를 학교는 물론 교회에도 보내지 않는다고. 저 애는 제 언니의 딸이니까 저 애가 잘되게 하는 건 제 의무라고요. 저 애한테 이렇게나 좋은 기회가 왔는데, 그 기회를 붙잡지 못하게 하는 사람은 세상에 딱 한 명뿐일걸요. 세상 그 누구한테도 관심 없는 사람 말이에요! 제가 그렇게 놔둘 거라 생각하세요? 경고하는데, 마을 사람들도 전부 제 편이라는 걸 잊지 마세요. 법정으로 가기 전에 한 번 더 생각해 보세요. 그랬다가는 아저씨가 기억하고 싶지 않은 기억들이 다시 살아날 테니까요. 법정에서 과거의 어떤 일이 밝혀질지도 모르니까 말이죠."

"그만하지 못해!"

노인의 눈빛이 불타오르고 목소리는 쩌렁쩌렁 울렸다.

"저 애를 데려가서 망치든 말든 네 마음대로 해. 단, 다시는 나한테 데려오지 마라. 너처럼 깃털 달린 모자를 쓰고 그런 식으로 오만하게 말하는 꼴은 더 이상 보고 싶지 않으니까."

노인은 이렇게 말하고 성큼성큼 밖으로 나가 버렸다.

"이모 때문에 할아버지가 화났잖아."

하이디가 뿌루퉁한 표정으로 데테를 쳐다보며 말했다.

"곧 풀리실 거야. 네 옷은 어디 있니?"

"난 안 갈 거야."

"바보 같은 소리 하지 마."

데테는 냅다 소리를 지르더니 이내 타이르듯 말을 이었다.

"거기 가면 얼마나 좋은지 네가 몰라서 그래."

데테는 벽장으로 가서 하이디의 물건을 꺼내와 짐을 싸기 시작했다.

"모자를 쓰렴. 초라하지만 괜찮겠지. 서둘러. 빨리 가야 해."

"난 안 간다니까."

하이디가 다시 힘주어 말했다.

"바보처럼 고집 부리지 마, 꼭 염소 같으니까!"

데테가 또다시 소리를 버럭 질렀다.

"그런 바보 같은 행동은 염소들한테 배운 모양이구나. 생각을 해 봐. 할아버지가 화난 모습 너도 봤잖아. 다시는 보고 싶지 않다는 말도 들었지? 할아버지는 네가 나랑 같이 가기를 바라서. 그 말대로 하지 않으면 더 화나실걸. 넌 프랑크푸르트가 얼마나 좋은지 몰라서 그래. 마음에 안 들면 언제든지 돌아오면 돼. 그때 되면 할아버지도 화가 풀리셨을 거야."

"그럼 갔다가 오늘 저녁에 돌아올 수 있어?"

하이디가 물었다.

"아니! 오늘은 마이엔펠트까지밖에 못 가. 내일 기차를 타고 가야 해. 하지만 돌아오고 싶으면 언제든지 그렇게 똑같은 방법으로 돌아오면 돼. 오래 안 걸리거든."

데테는 한 손으로 하이디를 붙잡고 다른 쪽 겨드랑이에는 옷 꾸러미를 꽉 끼고 산을 내려가기 시작했다.

한편, 페터는 아직 염소를 데리고 풀밭에 오를 철이 아니었기 때문에 지금쯤 되르플리의 학교에 있을 시간이었다. 아니, 있어야만 했다. 하지만 페터는 학교가 시간 낭비라고 생각하는 데다 읽는 법을 배워야 할 필요성을 느끼지 못했기 때문에 자주 무단결석을 하곤 했다. 여기저기 돌아다니면서 필요한 땔감을 모으는 편이 훨씬 즐거웠던 것이다. 그날도 페터는 학교를 빼먹고 개암나무 가지를 잔뜩 모아서 돌아오는 길에 하이디와 데테를 보았다.

"어디 가?"

페터가 하이디에게 물었다.

"이모랑 프랑크푸르트에. 그 전에 할머니를 만나야 해. 날 기다리고 계실 거야."

"안 돼. 그럴 시간 없어."

손을 빼내려고 하는 하이디에게 데테가 단호하게 말했다.

"돌아왔을 때 가면 되잖아."

데테는 하이디의 손을 더욱 꽉 잡고 가던 길을 재촉했다. 하이디가 페터네 할머니를 만났다가는 마음이 바뀔까 봐 걱정되었다. 그 노인네는 하이디의 편을 들 게 분명하니까. 페터는 집 안으로 들어가 탁자에 땔감을 내팽개쳤다. 그렇게 해서라도 화풀이를 해야만 했다. 그 소리에 할머니가 화들짝 놀라 벌떡 일어서면서 소리쳤다.

"대체 이게 무슨 소리냐?"

엄마도 의자에서 굴러떨어질 만큼 놀랐지만 평소와 다름없는 참을성 있는 목소리로 물었다.

"왜 그러니, 페터? 왜 그렇게 심통이 났어?"

"그 여자가 하이디를 데려가요!"

페터가 소리쳤다.

"누가? 어딜 가는데?"

할머니는 답을 알면서도 불안한 목소리로 물었다. 조금 전에 데테가 산 아저씨의 집으로 올라가더라는 말을 브리기트에게 들었던 것이다. 할머니는 창문을 열고 애원하다시피 소리쳤다.

"그 애를 데려가지 말아 줘, 데테!"

데테는 못 들은 척하고 더 빨리 가던 길을 재촉했다. 하이디의 마음이 바뀔까 봐 더욱 빠르게 잡아끌고 걸어갔다.

"할머니가 부르시잖아. 할머니한테 갈래."

하이디가 또다시 손을 빼려고 했다.

"그럴 시간 없어. 벌써 늦었단 말이야. 기차 놓치면 안 돼. 프랑크푸르트에 가면 얼마나 좋을지 생각해 봐. 언제든지 돌아오고 싶으면 올 수 있다는 것도. 페터네 할머니한테 드릴 선물을 가져올 수도 있어."

"정말? 무슨 선물을 가져다 드리면 좋을까?"

하이디는 그 말에 금세 부풀어 올랐다.

"맛있는 음식도 괜찮겠지. 시내에서 파는 말랑말랑한 흰 빵을 좋아하실 거야. 검은 빵은 딱딱해서 잘 못 드실 테니까."

"맞아. 딱딱해서 씹지 못한다고 페터한테 빵을 주는 걸 봤어. 빨리 가자, 이모. 오늘 프랑크푸르트에 도착할 수 있어? 그럼 당장 흰 빵을 가지고 돌아올 수 있을 텐데."

하이디가 뛰기 시작하는 바람에 팔에 옷 꾸러미를 낀 데테는 따라가기가 힘들었다. 하지만 뛰어가는 것이 내심 기쁘기도 했다. 되르플리에 도착하면 사람들이 또 질문 공세를 퍼부어 대서 기분이 상할 게 뻔했으니까.

마을에 이르자 역시나 사방에서 사람들의 목소리가 쏟아져 나왔다.

"산 아저씨네 집에서 도망치는 거야?"

"맙소사, 애가 아직 살아 있었네!"

"건강해 보이는걸!"

데테는 여기저기서 쏟아지는 질문에 이렇게 대답했다.

"시간 없어요. 보시다시피 갈 길이 멀어서요."

마을을 벗어나자 데테는 감사한 기분마저 들었다. 하이디는 아무 말도 하지 않고 앞만 보고 달려갔다.

그날 이후 할아버지는 예전보다 훨씬 말수가 줄어들고 험상 궂어졌다. 어쩌다 치즈가 든 바구니를 등에 지고 한 손에 커다란 지팡이를 짚고 되르플리 마을을 지날 때면 어찌나 표정이 사나운지 여자들은 아이들을 가까이 가지 못하도록 했다. 그는 아무하고도 말하지 않은 채 골짜기 아래로 내려가 치즈를 판 돈으로 빵이나 고기를 사 왔다. 할아버지가 지나가고 나면 마을 사람들끼리 여기저기 모여 사나운 표정이나 이상한 행동에 대해 수군거리기 일쑤였다. 사람들은 아이가 도망쳐서 다행이라고들 입을 모았다. 산 아래로 다급하게 내달리는 모습이 마치 할아버지가 뒤쫓아오기라도 할까 봐 무서워서 그러는 것 같았다고.

하지만 페터네 할머니만은 언제나 산 아저씨 편이었다. 할머니는 실을 자아 달라고 양털을 들고 오거나 다 자은 실을 가지러 오는 사람마다 붙잡고 산 아저씨가 아이를 정성껏 보살폈고 친절하게도 오두막을 고쳐 준 덕분에 아직까지도 집이 무너지지 않고 멀쩡하다고 말했다. 하지만 마을 사람들은 도저히 믿을 수 없었다. 할머니가 앞이 보이지 않고 귀까지 먹어서 제대로 모르고 하는 말이라고 받아들였다.

할아버지는 더 이상 페터네 오두막 근처에도 오지 않았다. 할아버지가 워낙 튼튼하게 고쳐 준 덕분에 오두막은 아무리 세찬 바람에도 끄떡없이 견딜 수 있었다. 그러나 더 이상 하이디가 놀러오지 않자 할머니는 또다시 길게만 느껴지는 허전한 일상으로 돌아갔다. 그리고 슬픈 얼굴로 종종 이렇게 말하곤 했다.

"죽기 전에 하이디의 목소리를 한 번만 더 들을 수 있다면 소원이 없겠구나."

06

새로운 생활이 시작되다

데테가 하이디를 데려간 프랑크푸르트의 저택은 바로 제제만 씨의 집이었다. 제제만 씨의 딸 클라라는 몸이 허약해서 온종일 휠체어에 앉아 생활했다. 어디를 갈 때마다 누군가가 휠체어를 밀어 줘야만 했다. 갸름하고 창백한 얼굴에 온화한 푸른 눈동자를 가진 클라라는 참을성이 많은 아이였다. 클라라의 엄마가 오래전 세상을 떠난 후로 제제만 씨는 로텐마이어 양을 책임자로 고용해서 집안일을 전부 맡겼다. 클라라를 돌보고 하인들을 감독하는 일을 맡은 그녀는 일은 잘했지만 성미가 무척 까다로웠다. 일 때문에 집을 자주 비우는 제제만 씨는 그녀에게 집안일에 대한 전권을 맡기되 클라라의 뜻을 절대로 거스르면 안 된다는 단 하나의 조건을 붙였다.

하이디가 도착하기로 되어 있던 날 저녁, 클라라는 언제나 그렇듯 커다란 식당 바로 옆에 자리한 쾌적하고 편안한 방에 앉아 있었다. 앞면이 유리로 된 커다란 책장이 한쪽 벽을 차지해서 서재로 불리는 그 방은 클라라가 수업을 받는 곳이었다. 클라라는 그날따라 유난히 시간이 더디 간다고 느끼며 몇 번이고 커다란 벽시계를 쳐다보았다. 그러다 마침내 평소와는 다르게 성급한 목소리로 물었다.

"아직 시간 안 됐나요, 로텐마이어 양?"

로텐마이어 양은 허리를 꼿꼿하게 펴고 조그만 탁자에 앉아 바느질을 하고 있었다. 깃이 높은 상의를 입고 터번처럼 생긴 것을 머리에 두르고 있어 눈에 확 띄었다.

"지금쯤이면 도착해야 하지 않아요?"

클라라가 또다시 성급하게 채근했다.

바로 그때 데테는 하이디를 데리고 대문 앞에 서 있었다. 마침 요한이라는 이름의 마부가 마차의 방향을 틀어서 다가오자, 그녀는 로텐마이어 양을 만나려면 어디로 가야 할지 마부에게 물었다.

"그건 제 소관이 아닌데요. 종을 울려서 세바스티안을 찾으세요."

마부의 조언대로 데테가 종을 울리자 하인 한 명이 서둘러 아래층으로 내려왔다. 하인은 크고 둥근 단추가 달린 세련된 재킷을 입었고 눈은 단추만큼이나 동그랬다.

"로텐마이어 양을 만나 뵐 수 있을까요?"

"그건 제 일이 아닙니다. 다른 종을 울려서 티네테를 부르세요."

세바스티안은 이렇게 말하고 가 버렸다.

데테가 다시 종을 울리자 이번에는 새하얀 모자에 말쑥한 차림을 한 하녀가 나타났다. 그녀의 얼굴에는 으스대는 표정이 가득했다.

"무슨 일이에요?"

하녀가 계단 맨 위에서 시건방진 목소리로 물었다.

데테가 아까와 똑같은 말을 하자 하녀는 어디론가 사라졌다가 금방 돌아왔다.

"들어오랍니다."

데테와 하이디는 티네테를 따라 서재로 들어가자마자 문 앞에 공손하게 섰다. 데테는 하이디가 낯선 환경에서 어떻게 행동할지 몰라 손을 더욱 꽉 잡았다. 로텐마이어 양이 천천히 자리에서 일어나 주인집 딸의 놀이친구가 되어 줄 아이를 살펴보려고 다가왔다. 로텐마이어 양은 하이디가 마음에 들지 않는 듯했다. 그도 그럴 것이 면으로 된 허름한 원피스에 꼴사나운 낡은 모자를 쓴 하이디가 그녀의 요란한 머리 장식물을 놀란 눈으로 뚫어져라 쳐다보고 있었기 때문이다.

"이름이 뭐지?"

잠깐 동안 하이디를 매섭게 쳐다보던 로텐마이어 양이 물었다. 하이디가 또렷한 목소리로 자신의 이름을 말했다.

"그게 정식 이름은 아닐 테지? 세례명이 뭐지?"

"기억이 안 나요."

"그건 대답이라고 할 수 없어. 좀 모자란 건가, 아니면 건방진건가?"

"부인, 괜찮다면 제가 대신 대답하겠습니다. 아이가 낯선 사람들에게는 익숙하지 않아서요."

데테는 이렇게 말하면서 제대로 답하지 못한 하이디를 꾸중하는 뜻에서 살짝 밀쳤다.

"제가 보증하건대 절대로 모자란다거나 건방진 아이는 아니에요. 하지만 많이 배우질 못했어요. 그래서 생각나는 대로 내뱉는 거랍니다. 게다가 이런 대저택은 처음이라 어떻게 행동해야 하는지 몰라요. 하지만 영리한 아이니까 조금만 가르쳐 주면 금방 배울 거예요. 그러니 조금만 이해해 주세요. 세례명은 죽은 제 언니, 그러니까 엄마의 이름을 따서 아델하이트라고 받았고요."

"좋아요. 그 이름은 괜찮군요. 하지만 아이가 아주 어려 보이는데……. 우리는 클라라 아가씨와 같이 수업을 받고 친구가 될 수 있는 또래 아이를 원한다고 말했을 텐데요. 클라라 아가

씨는 열두 살인데, 이 아이는 몇 살이죠?"

분명히 그 질문이 나올 것이라고 예상한 데테는 미리 준비해 온 답을 술술 말했다.

"부인, 사실대로 말씀드리면 아이가 몇 살인지 제가 잘 기억이 안 나네요. 아마 열 살 정도 됐을 거예요."

"곧 여덟 살이 돼요. 할아버지가 그랬어요."

하이디가 끼어들었다.

"아직 여덟 살도 안 됐다고? 클라라 아가씨보다 네 살이나 어리잖아. 도대체 이 아이를 왜 데려온 거죠?"

로텐마이어 양은 이번에는 하이디 쪽으로 고개를 돌려 물었다.

"지금까지 무슨 책으로 공부를 했지?"

"없어요."

"뭐라고? 책이 없으면 어떻게 읽는 법을 배웠지?"

"전 아직 읽는 법을 몰라요. 페터도 마찬가지예요."

"맙소사! 이 나이가 되도록 읽지를 못하다니! 말도 안 돼! 그 럼 지금까지 뭘 배웠지?"

로텐마이어 양이 깜짝 놀라서 물었다.

"아무것도 안 배웠어요."

하이디가 솔직하게 대답했다. 로텐마이어 양이 상황을 파악 하는 동안 팽팽한 침묵이 흘렀다. 그녀가 마침내 입을 열었다.

"데테 양, 도대체 무슨 생각으로 이 아이를 데려온 건지 모르 겠군요. 이 아이는 우리 클라라 아가씨에게 전혀 어울리지 않 아요."

그러나 쉽게 물러설 생각이 없는 데테는 당당하게 대답했다.

"전 하이디야말로 부인께서 찾는 아이라고 생각해요. 보통 애들과 다른 독특한 아이를 원한다고 하셨잖아요. 큰 애들은 조금도 독특할 게 없거든요. 죄다 똑같지요. 하지만 하이디는 달라요. 저희 집 마님이 기다리고 계실 테니 전 이만 가봐야겠 어요. 이 아이는 여기에 두고 갈게요. 어떻게 지내는지 며칠 후 에 들러서 보겠습니다."

데테는 살짝 고개를 숙이고는 잽싸게 방을 빠져나갔다. 로텐 마이어 양이 곧바로 뒤따라 나갔다. 아이가 집에 남게 된다면 여러 가지 사항을 의논해야만 했다. 데테는 아이를 맡기로

작정하고 온 것이 분명했다.

하이디는 이모가 나갈 때까지도 자리에서 꼼짝하지 않고 서 있었다. 휠체어에 앉아 처음부터 끝까지 상황을 가만히 지켜보던 클라라가 하이디를 불렀다.

"하이디라는 이름이 좋니, 아델하이트가 좋니?"

"모두 날 하이디라고 불러. 그게 내 이름이야."

"그럼 나도 그 이름으로 부를게. 특이한 이름이지만 너랑 잘 어울려. 난 너같이 생긴 애는 처음 봐. 넌 언제나 그렇게 짧은 곱슬머리였어?"

"응, 그런 것 같아."

하이디가 쾌활한 목소리로 대답했다.

"여기 와서 기쁘니?"

클라라가 또 물었다.

"아니! 내일 할머니한테 드릴 맛있는 빵을 가지고 집으로 돌아갈 거야."

"재미있는 아이구나. 넌 나랑 같이 지내면서 수업을 받으려고 프랑크푸르트에 온 거야. 네가 아직 읽지 못하니까 재미있는 일이 벌어지겠구나. 수업 시간은 무척 지루하거든. 선생님이 매일 와서 오전 10시부터 오후 2시까지 가르치셔. 정말 긴 시간이지. 선생님은 가끔씩 글자가 잘 안 보이는 것처럼 책을 코 가까이까지 가져가시지만, 사실은 하품을 하기 위해서라는 걸 난 알고 있지. 그리고 로텐마이어 양은 울기라도 하는 것처럼 손수건을 꺼내서 얼굴에 대는데, 역시 하품을 하는 거야. 나까지 하품이 나오려고 하지만 꾹 참아야 해. 하품을 하면 로텐마이어 양은 내 상태가 안 좋아서 그런다면서 간유(어류의 신선한 간에서 얻은 지방유로, 영양제로 사용됨 ─ 옮긴이)를 먹으라고 할 거야. 간유는 세상에서 제일 끔찍해. 하지만 이젠 네가 읽는 법을 배우는 모습을 지켜볼 수 있으니까 훨씬 재미있어질 거야."

하이디가 고개를 절레절레 흔들자 클라라가 재빠르게 덧붙였다.

"넌 읽는 법을 배워야만 해. 누구나 그래야 하는걸. 그리고 우리 선생님은 무척 친절하단다. 절대 화내는 법이 없거든. 뭐든 친절하게 설명해 주실 거야. 처음에는 선생님의 말이 잘 이해되지 않겠지만 모르겠다는 말은 절대 하지 마. 몇 번이고 계속 설명하실 테니까. 그래도 이해가 안 되는 건 똑같아. 하지만 시간이 지나면 조금씩 이해할 수 있을 거야."

그때 로텐마이어 양이 돌아왔다. 그녀는 데테를 따라잡지 못해서 이 일을 어떻게 처리해야 할지 난감했다. 어쨌든 하이디를 데려오라고 한 것에 대한 책임은 자신이 져야 했다. 초조한 기색으로 서재와 식당 사이를 오가던 그녀는 방금 테이블 세팅을 마치고 잊은 것이 없나 두리번거리던 세바스티안과 마주쳤다.

"한눈 그만 팔고 식사 준비나 신경 써요."

그녀는 날카롭게 소리친 다음 단호한 목소리로 티네테를 불렀다. 거드름 피우는 표정을 하고 종종걸음으로 들어오는 티네테를 보고 화를 억누르며 가능한 한 침착하게 말했다.

"방금 도착한 아이가 쓸 방에 가봐요. 모든 준비가 끝났지만 먼지를 좀 털어야 할 거예요."

"물론이죠."

티네테는 다소 건방진 말투로 대답하고는 밖으로 나갔다.

세바스티안도 기분 나쁘기는 마찬가지였지만 감히 말대꾸할 용기가 나지 않았다. 그 대신 식당에서 서재로 이어지는 이중문을 쾅 닫고 나갔다. 서재로 간 그는 클라라의 휠체어를 밀고 식당으로 향하려다가 자신을 쳐다보는 하이디와 눈이 마주쳤다. 그러자 더욱 약이 올라서 하이디에게 호통을 쳤다.

"뭘 그렇게 쳐다보는 거지?"

"아저씨는 염소치기 페터를 닮았어."

그때 로텐마이어 양이 서재로 돌아오더니 넌더리난다는 표정으로 하이디의 손을 잡았다.

"하인에게 말하는 태도 좀 봐! 이 애는 얌전하게 구는 법이라고는 전혀 모르는군."

휠체어를 탄 클라라가 테이블 앞에 멈추자 세바스티안이 들어 올려 안락의자에 앉혔다. 로텐마이어 양은 클라라 옆에 앉앉고 하이디에게 맞은편에 앉으라는 손짓을 했다. 세 사람만 앉기에는 무척이나 큰 테이블이었다. 세바스티안이 테이블 양쪽 옆으로 가서 널찍한 테이블에 음식 접시를 내려놓았다. 옆에 놓인 먹음직스러운 흰 빵을 보자 하이디의 눈이 기쁨으로 빛났다. 하지만 곧바로 빵을 집어 들지는 않았다. 세바스티안이 구운 생선요리를 권하자 하이디는 페터와 닮은 사람이니 믿을 수 있다는 생각으로 빵을 가리키며 물었다.

"이거 가져도 돼?"

세바스티안은 고개를 끄덕이고는 곁눈질로 로텐마이어 양의 표정을 살폈다. 하이디가 빵을 주머니에 집어넣자 그는 어떻게 웃음을 참아야 할지 몰랐다. 하지만 웃음을 터뜨리면 안된다는 사실을 잘 알고 있었다. 세바스티안은 하이디가 음식을 덜어낼 때까지 말하거나 움직이지도 않고 옆에서 가만히 서 있어야만 했다. 하이디는 세바스티안을 한참 올려다보다가 놀라운 듯 물었다.

"이것도 먹어야 해?"

세바스티안은 또 고개를 끄덕였다. 웃음을 참느라 기묘한 표정이 되었다.

"그럼 줘."

하이디가 자신의 접시를 내려다보며 말했다.

"접시는 테이블에 올려놓고 조금 이따가 다시 와요."

로텐마이어 양이 엄한 목소리로 말했고 세바스티안은 곧장 문으로 걸어갔다.

"넌 기본부터 배워야겠구나, 아델하이트."

로텐마이어 양은 언짢은 듯 눈을 한 번 깜빡이고는 말을 이었다.

"자, 우선 식사 때는 이렇게 해야 하는 거다."

그녀는 직접 시범을 보였다.

"식사 도중에는 절대로 세바스티안에게 말을 걸면 안 돼. 시킬 일이 있거나 뭘 달라고 할 때만 빼고. 그리고 하인들한테는 그렇게 친근하게 말을 붙여서는 안 된다. 다른 사람들이 하는 것처럼 나는 로텐마이어 양이라고 부르면 되고. 클라라 아가씨를 어떻게 불러야 하는지는 아가씨가 직접 말씀해 주실 거다."

"당연히 그냥 클라라라고 부르면 돼."

클라라가 덧붙였다.

이어서 로텐마이어 양은 아침에 일어나는 것부터 저녁에 잠자리에 드는 것, 밖에 나가거나 들어오는 것, 문을 닫는 것, 물건을 깔끔하게 정리하는 것 등 하루 일과에 관련된 규칙을 전부 다 설명했다. 하지만 하이디는 도중에 잠이 들고 말았다. 그날 새벽 5시에 일어나 온종일 먼 길을 여행했으니 그럴 만도 했다. 로텐마이어 양이 기나긴 설교를 마치고 물었다.

"자, 아델하이트, 지금까지 한 말 다 알아들었지?"

"하이디는 잠들었어요."

클라라가 미소를 지으며 말했다. 그렇게 즐거운 식사 시간은 정말 오랜만이었다.

"저 아이는 정말 버르장머리가 없군. 내가 살다 살다 별꼴을 다 본다니까!"

로텐마이어 양은 신경질이 잔뜩 난 상태로 요란스럽게 종을 울렸다. 세바스티안과 티네테는 헐레벌떡 달려오느라 서로 부딪힐 뻔했다. 하지만 그 소란도 하이디를 깨우지는 못했다. 침대로 데려갈 수 있을 만큼 깨우기도 쉽지 않았다. 하이디가 사용할 방은 서재와 클라라의 침실과 로텐마이어 양이 사용하는 거실을 지나 저택 구석에 있었다.

07

로텐마이어 양의 운 나쁜 하루

다음 날 아침에 일어난 하이디는 전날 있었던 일을 떠올리지 못한 채 주변을 둘러보았다. 처음에는 자신이 어디에 있는지 어리둥절했다. 두 눈을 비비고 다시 두리번거렸지만 마찬가지였다. 하이디는 커다란 방에 놓인 높다란 하얀색 침대에 누워 있었다. 창문에는 기다랗고 하얀 커튼이 쳐져 있고 예쁜 꽃무늬 천을 씌운 커다란 안락의자 두 개와 소파 하나가 보였다. 둥근 테이블도 있었고 한쪽 구석에 놓인 세면대에는 하이디가 생전 처음 보는 여러 가지 물건이 놓여 있었다. 순간 하이디는 전날 있었던 일이 떠올랐다. 특히 키가 큰 부인이 늘어놓은 규칙들도 생각났다. 어쨌든 전부 들은 것이었다.

하이디는 침대에서 내려와 재빨리 옷을 입었다. 그러고는 이 창문, 저 창문으로 가서 커튼을 당겨 보았다. 바깥 풍경이 보고 싶었다. 하지만 커튼이 얼마나 무거운지 움직이지 않아 그 안으로 비집고 들어가야 했다. 그런데 이번에는 창문이 너무 높아 슬쩍 엿볼 수밖에 없었다. 게다가 온통 벽과 창문밖에 보이지 않았다.

그제야 하이디는 덜컥 겁이 났다. 할아버지 집에 있을 때는 아침에 일어나자마자 밖으로 나가 하늘이 파란지, 태양이 떴는지 살펴보고 나무와 꽃들에게 인사하는 것이 하루 일과의 첫 시작이었다. 하이디는 정신없이 창문 사이를 뛰어다니며 창문을 열려고 했다. 마치 새장에 갇힌 새가 자유롭게 날아오르기 위해 빗장을 찾는 것 같았다. 하이디는 밖에 마지막 눈이 녹아내리는 초록빛 풀도 있을 것이라고 생각했다. 그러나 아무리 밀고 당기고 창틀 아래에 조그만 손가락을 집어넣어 봐도 창문은 여전히 굳게 닫힌 채 열리지 않았다. 결국 하이디는 포기하고 말았다. 그러면서 '뒷마당으로 가보면 풀이 있을 거야. 앞쪽에는 분명히 돌뿐이었으니까.'라고 생각했다.

그때 문 두드리는 소리가 들리더니 티네테가 고개를 삐쭉 내밀었다.

"아침 식사 준비됐어요."

날카롭게 외친 뒤에 티네테는 재빨리 문을 닫았다. 하이디는 무슨 뜻인지 몰랐다. 하지만 티네테의 목소리가 무척 사납게 들렸으므로 방에 그대로 있으라는 말이라고 생각했다. 그래서 테이블 아래에 놓인 작은 의자를 발견하고는 거기에 앉아 가만히 기다렸다.

잠시 후 로텐마이어 양이 신경질 난 표정으로 요란하게 방으로 들어와서 하이디를 야단쳤다.

"넌 대체 왜 그러니, 아델하이트? 아침 식사가 뭔지 몰라? 당장 따라와!"

그제야 하이디는 말뜻을 이해하고 로텐마이어 양을 따라 식당으로 갔다. 아까부터 기다리고 있던 클라라가 친절하게 맞아 주었다. 클라라는 평소보다 밝은 얼굴이었다. 재미있는 하루가 될 것이라는 기대감 때문이었다.

아침 식사 시간은 별다른 소동 없이 지나갔다. 하이디는 얌전하게 빵과 버터를 먹었다. 식사가 끝난 후 클라라는 휠체어를 통해 서재로 옮겨졌고, 하이디도 지시에 따라 같이 가서 선생님이 올 때까지 기다렸다. 둘만 남게 되자 하이디가 물었다.

"창문 밖을 내다보려면 어떻게 해야 돼?"

"창문을 열어서 보면 되지."

클라라가 웃음을 띠며 대답했다.

"하지만 창문이 안 열리는걸."

"아니야, 열려. 하지만 너하고 나는 못 열어. 세바스티안에게 부탁하면 열어 줄 거야."

하이디는 비로소 안심이 되었다. 클라라가 하이디의 집에 대해 물었다. 하이디는 산과 염소를 비롯해 자기가 좋아하는 모든 것에 대해 즐겁게 재잘거리기 시작했다.

그 사이 도착한 가정교사는 평소처럼 곧장 서재로 오지 않았다. 로텐마이어 양이 지금 처한 곤란한 상황을 설명하기 위해 그를 식당으로 데려갔기 때문이다.

"얼마 전에 사업차 파리에 가신 제제만 씨에게 편지를 보냈어요. 클라라 아가씨한테 또래 친구가 있으면 좋겠다는 말씀을 드리기 위해서였죠. 아가씨도 원했고 저 역시 찬성했어요. 친구가 있으면 아가씨가 더욱 열심히 수업을 들 것 같아서 좋을 거라고 생각했거든요. 같이 재미있게 놀 수도 있으니 건강에도 좋을 것 같았고요. 게다가 제가 아가씨를 재미있게 해드리지 않아도 되고 말이죠. 정말이지 그건 힘든 일이거든요. 주인어른도 허락하셨어요. 데려올 아이도 아가씨와 똑같은 대우를 해주라고 하셨죠, 이 집에서 아이가 구박받는 일은 절대로 볼 수 없다면서. 솔직히 쓸데없는 걱정이시죠. 이 집에서 누가 어린아이를 구박하겠어요?"

그녀는 클라라의 놀이 친구로 하이디라는 아이가 왔는데, 모든 면에서 적합하지 않다는 말도 덧붙였다.

"세상에, 알파벳도 모르고 예의라곤 눈곱만치도 모르는 아이예요. 제 생각에는 이 끔찍한 상황을 벗어날 수 있는 방법은 딱 한 가지뿐이에요. 그 아이 때문에 클라라 아가씨의 진도가 너무 뒤처지니 두 사람을 같이 가르칠 수 없다고 선생님이 말씀하시는 거죠. 그러면 스위스에서 온 이 여자 아이를 집으로 돌려보내라고 제제만 씨를 설득할 수 있을 거예요."

가정교사는 워낙 신중해서 어떤 문제가 있을 때는 양쪽 모두의 이야기를 들어 보는 성격이었다. 그는 정중한 위로의 말을 덧붙이면서 로텐마이어 양의 말에 귀를 기울였다. 그러고는 그녀가 걱정하는 것처럼 나쁜 상황이 닥치지는 않을 것이라고 말했다. 아이가 뒤처지는 부분이 있다면 분명히 남보다 앞서는 부분도 있을 것이고 규칙적인 수업을 통해 금방 나아질 것이라는 말도 덧붙였다.

로텐마이어 양은 가정교사에게 도움을 받을 수 없다는 사실을 깨달았다. 가정교사는 하이디를 기꺼이 ABC부터 가르칠 생각이었다. 로텐마이어 양은 그를 서재 문으로 안내하고, 그가 안으로 들어가는 모습을 물끄러미 지켜볼 수밖에 없었다. 그녀는 하이디가 ABC를 배우는 모습을 지켜봐야 한다는 생각만 해도 끔찍했다. 그래서 초조하게 식당 안을 왔다 갔다 하면서 하인들이 아델하이트를 뭐라고 부르게 해야 할지 고민했다. 저택의 주인인 제제만 씨는 아이를 자신의 딸과 똑같이 대하라고 했다. 로텐마이어 양은 그것이 하인들에게만 해당되는 사항이라고 생각했다. 하지만 그녀는 생각에만 잠겨 있을 수

없었다. 갑자기 서재에서 와장창 하고 많은 물건이 떨어지는 소리와 함께 세바스티안을 부르는 소리가 들렸기 때문이다. 그녀가 서재로 달려가 보니 바닥에 잉크가 줄줄 흐르고 그 위로 책과 공책, 잉크병, 테이블보가 흩어져 있었다. 하이디의 모습은 온데간데없었다.

"잘한다, 잘해. 책이며 카펫, 테이블보에 전부 잉크가 묻었잖아. 이런 난장판은 처음이야. 보나마나 전부 그 형편없는 아이 짓일 거야!"

가정교사는 일어선 채 깜짝 놀란 얼굴로 자신의 몸을 살폈다. 이번만큼은 그도 위로가 될 만한 말을 한마디도 찾을 수 없었다. 클라라만이 몹시 즐거운 표정이었다.

"맞아요. 하이디가 그랬어요. 하지만 실수로 그런 거니까 벌주지 마세요. 밖으로 급하게 달려나가다가 테이블보가 끌려서 물건들이 전부 바닥으로 떨어졌어요. 거리에 마차가 잔뜩 지나갔는데 그걸 보고 싶었던 것 같아요. 마차를 한 번도 본 적이 없나 봐요."

"제가 뭐라고 했나요, 선생님? 저 애는 구제불능이라니까요. 수업 시간에는 조용히 앉아서 들어야 한다는 기본적인 규칙도 모르잖아요. 대체 어딜 간 거야? 밖으로 나간 게 분명해. 휴, 제제만 씨가 알면 뭐라고 하실까?"

서둘러 아래층으로 내려간 그녀는 열린 현관문 옆에 서서 어리둥절한 표정으로 길을 내려다보는 하이디를 발견했다.

"너 대체 무슨 생각을 하는 거니? 수업 시간에 뛰쳐나가면 어떡해?"

로텐마이어 양이 하이디를 야단쳤다.

"전나무가 바람에 흔들리는 소리가 들렸어요. 그런데 전나무가 안 보여요. 이제 소리도 안 들려요."

하이디는 짐이 가벼운 마차가 달려가는 바퀴 소리를 전나무에 바람이 스치는 소리로 착각하고 아래층으로 뛰어내려간 것이었다. 하지만 하이디가 1층에 내려오기도 전에 마차는 이미 지나가 버렸다.

"맙소사, 전나무라니! 프랑크푸르트가 숲속 한가운데인 줄 아니? 올라가서 네가 어지른 꼴을 좀 봐."

로텐마이어 양을 따라 서재로 돌아간 하이디는 아까 뛰쳐나가면서 엉망진창이 된 방을 보고 깜짝 놀랐다. 로텐마이어 양은 바닥을 가리키며 말했다.

"두 번 다시 이런 짓을 하면 안 돼. 수업 시간에는 얌전히 자리에 앉아서 들어야 한다. 그러지 않겠다면 의자에 묶어 놓을 수밖에 없어. 알아들었니?"

"네, 얌전히 앉아 있을게요."

하이디는 꼭 지켜야만 하는 또 다른 규칙을 받아들였다.

세바스티안과 티네테가 방을 치우러 왔고 가정교사는 더 이상 수업을 할 수 없다며 인사를 하고 돌아갔다. 그날은 수업 시간에 지루해하는 사람이 분명 한 명도 없었다.

클라라는 항상 오후가 되면 휴식을 취해야 했다. 로텐마이어 양은 하이디에게 그 시간 동안에는 하고 싶은 일을 하라고 했다. 점심 식사 후 클라라가 자러 가고 로텐마이어 양이 자신의 방으로 가버리자 하이디는 이제야말로 계획을 실행에 옮겨야 할 때라고 생각했다. 하지만 혼자서는 할 수 없었으므로 식당 앞 복도에서 세바스티안을 기다렸다. 잠시 후 세바스티안이 식당의 찬장에 넣어 둘 커다란 은쟁반을 들고 2층으로 올라왔다. 그가 마지막 계단을 올라서자마자 하이디가 앞으로 나서서 말했다.

"저기……."

하이디는 로텐마이어 양한테 꾸지람을 들었던 터라 세바스티안을 뭐라고 불러야 좋을지 알 수 없었다.

"왜 그러시죠, 아가씨?"

세바스티안이 무뚝뚝하게 물었다.

"부탁하고 싶은 게 있어. 오늘 아침처럼 말썽 피우는 일은 아니야."

세바스티안의 기분이 좋지 않아 보이는 이유가 자신이 카펫에 잉크를 흘렸기 때문이라는 생각에서 하이디는 마지막 말을 덧붙였다.

"좋아요. 부탁하실 게 뭐죠, 아가씨?"

"내 이름은 아가씨가 아니라 하이디야."

"로텐마이어 양이 그렇게 부르라고 했어요."

"그럼 그 말을 들을 수밖에 없겠네."

하이디가 작은 목소리로 대꾸했다. 로텐마이어 양의 명령은 반드시 따라야만 한다는 사실을 하이디도 알게 된 것이었다.

"난 이제 이름이 세 개나 됐어."

하이디가 한숨을 내쉬었다.

"무슨 부탁을 하고 싶으신가요, 아가씨?"

세바스티안이 은쟁반을 들고 식당으로 갔고 하이디도 따라갔다.

"세바스티안, 창문을 열어줄 수 있어?"

"물론이죠."

그는 이렇게 말하고 커다란 창문을 밀어 올렸다. 하지만 키 작은 하이디에게는 밖이 보이지 않았다. 턱 부분이 창턱에 겨우 닿을 정도였다. 세바스티안이 높은 나무의자를 가져다주며 말했다.

"아가씨, 여기에 올라가면 저 아래에 뭐가 있는지 보이실 거예요."

하이디는 의자에 올라가 재빨리 창밖을 둘러보았지만 이내 실망 가득한 표정이 되었다.

"돌 많은 길밖에 없어. 집 반대쪽에는 뭐가 보여, 세바스티안?"

"여기하고 비슷해요."

하이디는 자신이 도시 한가운데에 있다는 사실도, 기차를 타고 산과 풀밭에서 아주 멀리까지 와 버렸다는 사실도 알지 못했다.

"그럼 골짜기 전체를 내려다보려면 어디로 가야 해?"

"아주 높은 곳으로 올라가야겠죠. 저쪽에 있는 황금색 공을 얹은 교회 탑 같은 곳 말이에요. 저기에서는 아주 멀리까지 내다보일 거예요."

세바스티안이 교회 탑을 가리키며 말했다.

의자에서 내려간 하이디는 아래층으로 달려가 현관문 밖으로 나갔다. 창문에서는 교회 탑이 길 건너에 있는 것처럼 보였지만 밖으로 나오니 찾을 수 없었다. 거기로 달려가 봐도 보이지 않았다. 하이디는 옆길로 들어서 하염없이 걸었다. 지나가는 사람들이 많았지만 전부 갈 길이 바빠 보여서 붙잡고 물어

볼 수도 없었다. 그러던 중 길모퉁이에 서 있는 사내아이가 보였다. 등에 손풍금을 멘 사내아이는 거북이를 들고 있었다. 하이디는 아이에게 다가가 물었다.

"금색 공이 올라간 탑이 어디 있는지 알아?"

"몰라."

"누구한테 물어보면 알 수 있어?"

"몰라."

"그럼 높은 탑이 있는 교회가 어디 있는지 알아?"

"응. 하나 알지."

"날 거기로 좀 데려가 줘."

"그럼 나한테 뭘 줄 거야?"

사내아이가 손을 내밀며 물었다.

하이디는 주머니를 만지다가 빨간 장미 화환이 그려진 작은 카드 한 장을 꺼냈다. 그날 아침 클라라가 준 것이었다. 하이디는 아깝다는 표정으로 잠시 바라보았지만 산골짜기를 내려다볼 수 있다면 괜찮다고 생각했다.

"자, 이거 맘에 들어?"

하이디가 카드를 내밀었지만 사내아이는 고개를 저었다.

"그럼 뭘 가지고 싶은데?"

하이디는 내심 기뻐하며 카드를 주머니에 도로 집어넣었다.

"돈!"

"난 돈이 없는걸. 하지만 클라라는 돈이 있으니까 너한테 줄 거야. 얼마나 가지고 싶은데?"

"20페니히."

"알았어. 빨리 가자."

하이디는 사내아이와 함께 길게 뻗은 거리를 내려갔다.

"등에 진 게 뭐야?"

"풍금이야. 손잡이를 돌리면 소리가 나와. 이제 다 왔어."

그들은 높은 탑이 있는 오래된 교회에 도착했다. 하지만 문은 굳게 닫혀 있었다.

"어떻게 들어가지?"

"나도 몰라."

그때 하이디는 벽에 있는 종을 발견했다.

"세바스티안을 부를 때처럼 종을 울리면 될까?"

"몰라."

하이디는 종이 있는 곳으로 올라가서 종이 매달린 줄을 힘껏 잡아당겼다.

"내가 올라갔다 내려올 때까지 기다려. 난 집으로 가는 길을 모르니까 네가 데리고 가 줘야 해."

"그럼 나한테 뭘 줄 거야?"

"뭘 갖고 싶은데?"

"20페니히 더 줘."

안에서 낡은 자물쇠가 돌아가는가 싶더니 끼익 소리와 함께 문이 열리고 노인의 얼굴이 보였다. 노인은 두 아이를 보자 성가신 표정을 지었다.

"뭐하러 종을 울려서 날 여기까지 내려오게 한 거냐? 종 아래에 적힌 글씨도 안 보여? '탑에 올라가고 싶은 사람만 당기시오.'라고 쓰여 있잖아."

사내아이는 아무런 말없이 엄지로 하이디를 가리켰다.

"저는 탑에 올라가고 싶어요."

하이디가 말했다.

"네가? 왜? 누구 심부름을 온 게냐?"

"아니에요. 위로 올라가서 내려다보고 싶어서요."

"썩 돌아가지 못해? 또다시 이런 장난을 쳤다간 혼쭐날 줄 알아라."

노인이 문을 닫으려고 했지만 하이디가 노인의 옷자락을 붙잡으며 애원했다.

"이번 한 번만 올라가게 해주세요, 제발요."

노인은 하이디의 표정을 보고 화가 누그러졌다. 하이디의 손을 잡고 불평하는 투로 말했다.

"정 그렇다면 가자꾸나."

사내아이는 하이디가 올 때까지 기다리기 위해 돌계단에 주저앉았다. 문이 닫히고 하이디는 노인과 함께 갈수록 좁아지는 계단을 따라 위로 올라갔다. 꼭대기에 도착하자 노인은 열린 창가로 하이디를 번쩍 들어 올려 주었다.

"이러면 잘 보일 게다."

하지만 여전히 지붕과 굴뚝, 탑만 잔뜩 보일 뿐이었다. 하이디는 실망한 얼굴로 노인을 쳐다보았다.

"제가 생각한 거랑 완전히 달라요."

"그럴 줄 알았지! 너처럼 어린애가 무슨 경치를 알겠어? 자, 얼른 내려가자꾸나. 다시는 종을 울리지 마라."

노인은 하이디를 내려 주고 계단을 내려갔다. 하이디도 뒤따라갔다. 제일 좁은 계단에 이르렀을 때 왼쪽으로 난 문이 보였다. 노인의 방으로 이어지는 문이었다. 한쪽 구석에 놓인 커다란 바구니 옆에 살찐 회색 고양이가 앉아 있었다. 하이디가 다가가자 고양이가 으르렁거렸다. 바구니 안에는 새끼들이 들어 있었는데 아무도 접근하지 못하게 하려고 그러는 것이었다. 하이디는 자리에 멈춰 서서 고양이를 빤히 내려다보았다. 그렇게 커다란 고양이는 처음 보았다. 노인은 탑에 쥐가 득실거려서 하루에도 대여섯 마리씩 간단하게 잡아먹기 때문에 그렇게 살찐 것이라고 했다.

"이리 와서 새끼 고양이들을 보려무나. 내가 같이 있으면 위험하지 않아."

하이디는 노인을 따라 바구니 쪽으로 다가갔다.

"와, 귀여워! 정말 사랑스러워요!"

일고여덟 마리 정도 되는 새끼 고양이들이 같이 뒹굴고 야옹거리며 기어오르는 모습을 바라보다가 하이디가 탄성을 질렀다.

"한 마리 줄까?"

노인이 즐겁게 웃으며 물었다.

"저한테 주신다고요?"

하이디는 도저히 믿어지지 않았다.

"물론이지. 너만 좋다면 한 마리 더 주마. 키울 곳이 있다면 전부 가져가도 좋다."

노인은 새끼 고양이들을 처리할 기회가 생겨 좋다는 말투였다. 하이디는 신이 났다. 클라라네 집은 엄청나게 큰 데다 클라라도 새끼 고양이들을 반겨 줄 것이 분명했다.

"그런데 어떻게 가져가요?"

하이디는 새끼 고양이 한 마리를 들어 올리려고 했지만 어미가 사납게 달려드는 바람에 놀라서 뒤로 물러났다.

"집이 어딘지 알려 주면 내가 가져다주마."

노인은 어미를 쓰다듬으며 진정시켰다.

"제제만 씨 집이에요. 고리를 물고 있는 금색 개의 머리가 대문에 달려 있어요."

오래전부터 이 동네에서 산 노인은 집들을 전부 알았기 때문에 설명을 듣자마자 어느 집인지 단박에 알 수 있었다. 게다가 그는 세바스티안과 가까운 사이기도 했다.

"나도 그 집을 안다. 그런데 누굴 찾으면 되지? 넌 그 집 식구가 아닌 게 분명한데."

"네, 아니에요. 클라라를 찾으세요. 클라라라면 분명 새끼 고양이들을 반겨 줄 거예요."

고개를 끄덕인 노인은 다시금 몸을 움직여 나머지 계단을 내려가려고 했지만 하이디는 발걸음을 옮기지 않았다.

"지금 두 마리만 먼저 데려가도 될까요? 한 마리는 저, 한 마리는 클라라 걸로요."

"잠깐만 기다려 보거라."

노인은 어미 고양이를 방 안으로 데려가 밥그릇을 앞에 놓아 주었다. 그러고는 문을 닫고 바구니 쪽으로 돌아와 말했다.

"이제 가져가도 된다."

하이디의 눈이 반짝 빛났다. 털이 하얀 녀석과 줄무늬가 있는 녀석을 골라 주머니에 한 마리씩 넣었다. 아래로 내려가 보니 사내아이가 여전히 돌계단에 앉아 기다리고 있었다.

"제제만 씨네 집으로 돌아가려면 어디로 가야 해?"

노인이 커다란 문을 닫자 하이디가 사내아이에게 물었다.

"몰라."

하이디는 그 집에 대해 최대한 자세히 설명했지만 사내아이는 고개만 흔들 뿐이었다.

"그 집 맞은편에서는 이렇게 생긴 회색 지붕이 보여."

하이디가 말과 함께 손가락으로 뾰족한 지붕을 그렸다. 사내아이는 그제야 알겠다는 듯 앞장서서 달리기 시작했다. 잠시 후 개의 머리 모양 장식이 달린 익숙한 대문 앞에 도착했다. 하이디가 줄을 잡아당겨 종을 울리자 곧바로 세바스티안이 나왔다.

"빨리 들어오세요!"

그는 하이디를 보자마자 다급하게 소리치면서 문을 세차게 닫았다. 밖에 서 있는 사내아이는 눈에 들어오지도 않았다. 사내 아이는 어리둥절한 채로 밖에 남겨졌다.

"빨리요, 아가씨. 벌써 다들 식탁에 앉아 계세요. 로텐마이어 양은 당장이라도 폭발할 것 같아요. 왜 도망을 가신 거예요?"

식당으로 들어서자 끔찍한 침묵이 기다리고 있었다. 로텐마이어 양은 세바스티안이 하이디의 의자를 밀어주는 모습에 눈길도 주지 않았다. 클라라 역시 아무런 말이 없었다. 이윽고 잔뜩 언짢은 표정을 한 로텐마이어 양이 엄한 목소리로 말했다.

"얘기는 나중에 하겠다, 아델하이트. 허락도 받지 않고 말없이 집을 나가서 이렇게 늦은 시간까지 싸돌아다니다니. 그게 아주 못된 행동이라는 것만 말해 두마. 이런 일은 생전 처음 본다."

"야옹!"

하이디의 대답처럼 들렸다. 로텐마이어 양은 더 이상 화를 참을 수 없었다.

"그런 행동을 해 놓고서 잘했다고 장난까지 치다니."

그녀는 머리끝까지 화가 났다.

"제가 그런 게 아니라……"

하이디가 설명을 하려고 했지만 또 "야옹! 야옹!" 하는 소리가 났다.

세바스티안은 들고 있던 접시를 던지듯 식탁에 내려놓고 재

128

빨리 밖으로 나갔다.

"이제 그만 됐다. 나가."

로텐마이어 양은 단호한 목소리로 말하려고 했지만 화가 치밀어 올라 목소리가 제대로 나오지 않았다.

하이디는 겁에 질려 자리에서 일어났다. 다시 한 번 설명을 하려고 했지만 또 고양이들이 야옹거렸다.

"야옹! 야옹! 야옹!"

"하이디, 왜 자꾸 야옹 소리를 내는 거니? 로텐마이어 양이 화난 거 안 보여?"

이번에는 클라라가 끼어들었다.

"내 목소리가 아니야. 새끼 고양이들이야."

하이디가 겨우 말했다.

"뭐? 여기 새끼 고양이가 있단 말이야? 세바스티안! 티네테! 빨리 와서 끔찍한 고양이들을 찾아 치워 버려!"

로텐마이어 양은 이렇게 소리치고 서재로 달려가 문을 잠갔다. 그녀는 고양이를 싫어하는 정도가 아니라 무서워했다.

세바스티안은 밖에서 어찌나 웃어 댔던지 간신히 진정한 후에야 식당 안으로 들어왔다. 그는 이미 식탁에 접시를 내려놓을 때 하이디의 주머니에서 고개를 내민 새끼 고양이를 보고 이런 사태가 벌어질 거라는 걸 짐작했다. 사태가 벌어지면 도저히 웃음을 참을 수 없을 것 같아서 허겁지겁 밖으로 나간 것이었다. 그가 간신히 웃음을 가라앉히고 들어가 보니 이미 식당 안은 조용해졌고 새끼 고양이들은 클라라의 무릎에 올라가 있었다. 하이디는 그 옆에 무릎을 꿇고 앉았다. 두 아이 모두 귀여운 고양이들에 푹 빠져 있었다.

"세바스티안, 우릴 좀 도와줘요. 집 안에서 고양이들이 지낼 만한 곳을 찾아봐 주세요. 로텐마이어 양의 눈에 띄지 않는 구석진 곳으로요. 로텐마이어 양이 발견했다가는 집 밖으로 쫓아 내려고 할 테니까요. 하지만 나랑 하이디는 새끼 고양이들과 놀고 싶어요. 어디다 두면 좋을까요?"

"제가 한번 찾아보겠습니다, 클라라 아가씨."

세바스티안이 정중하게 대답했다.

"바구니에 편안한 잠자리를 만들어서 로텐마이어 양의 눈에 띄지 않는 곳에 두겠습니다. 저만 믿으세요."

세바스티안은 약속대로 고양이들의 보금자리를 찾으러 갔다. 그는 조만간 재미있는 일이 벌어지리라는 생각을 하며 혼자 키득거렸다. 화가 난 로텐마이어 양의 모습을 보는 것은 언제나 즐거운 일이었다.

한편, 로텐마이어 양은 한참 후에야 서재 문을 살짝 열고는 열린 문틈으로 식당을 향해 소리쳤다.

"끔찍한 동물들은 치웠나요?"

"네, 로텐마이어 양."

그런 질문이 나올 것을 알고 식당에서 기다리고 있던 세바스티안이 대답했다. 그러고는 재빨리 새끼 고양이들을 안고 사라졌다.

로텐마이어 양은 온종일 불안하고 성가시고 화가 나고 무서운 감정을 쉴 새 없이 느끼느라 지친 나머지 하이디를 야단치는 일은 내일로 미루기로 했다. 그녀가 일찍 방으로 가 버렸기 때문에 클라라와 하이디는 새끼 고양이들을 걱정할 필요 없이 즐겁게 잠자리에 들었다.

08

이상한 일들

다음 날 아침, 세바스티안이 가정교사를 맞이해 서재로 안내한 뒤에 누군가 또 종을 울렸다. 어찌나 요란하게 울리던지 세바스티안은 허겁지겁 아래층으로 뛰어 내려갔다. 분명 주인 어른이 갑자기 말도 없이 돌아온 것이라고 생각했다. 하지만 대문을 열어 보니 누더기 옷을 입고 손풍금을 등에 멘 사내아이가 서 있었다.

"뭐하는 짓이냐? 무슨 일이야? 종 울리는 법을 다시 배워야 겠다!"

세바스티안이 버럭 소리를 질렀다.

"클라라를 만나러 왔어요."

"이런 버르장머리 없는 녀석 같으니. '클라라 아가씨'라고 하지 못해? 너 같은 녀석이 아가씨한테 무슨 볼일이냐?"

"40페니히를 받아야 해요."

"그게 무슨 헛소리냐! 이 집에 클라라 아가씨가 산다는 건 어떻게 알았지?"

"어제 20페니히를 받기로 하고 길을 알려 줬거든요. 돌아오는 길에 또 20페니히를 받기로 했고요."

"거짓말하지 마. 클라라 아가씨는 절대로 밖에 나가지 않으셔. 걷지 못하신단 말이다. 혼나기 전에 썩 꺼지지 못해!"

하지만 사내아이는 세바스티안의 위협에도 전혀 겁내지 않고 제자리에 버티고 섰다.

"길에서 분명히 만났다니까요. 어떻게 생겼는지도 말할 수 있어요. 짧고 검은 곱슬머리에 눈이 까맣고 고동색 치마를 입었어요. 말투가 여기 사람들하고 달랐고요."

'아하! 작은 아가씨를 말하는 거군! 이번엔 또 무슨 일을 벌인 걸까?'

세바스티안은 싱긋 웃으면서 속으로 생각했다. 그는 사내아이에게 따라오라고 말하고는 서재로 데려갔다.

"내가 올 때까지 여기 가만히 있어라. 안으로 들어가게 되면 음악을 연주해. 클라라 아가씨가 좋아하실 거야."

세바스티안은 문을 두드리고 안으로 들어갔다.

"웬 사내아이가 클라라 아가씨를 만나고 싶다고 합니다."

전혀 생각하지도 못한 소식에 클라라의 눈동자가 반짝거렸다.

"들어오라고 하세요. 그래도 되죠, 선생님?"

사내아이는 벌써 안으로 들어와 풍금을 연주하기 시작했다. 로텐마이어 양은 하이디가 알파벳부터 배우는 소리가 듣기 싫어서 식당으로 건너가 있었는데, 갑자기 들려오는 손풍금 소리에 귀를 틀어막았다. '길에서 들리는 소린가? 아냐, 더 가까이에서 들리는 소리야. 설마 서재에서 들리는 건 아니겠지?'

바삐 서재로 가보니 아니나 다를까, 누더기 옷을 입은 사내아이가 차분하게 손풍금을 연주하는 모습이 보였다. 가정교사는 무슨 말을 해야 할지 고민하는 표정이었고, 클라라와 하이디는 즐거운 표정으로 풍금 소리를 듣고 있었다.

"그만! 당장 멈춰!"

로텐마이어 양이 소리쳤지만 풍금 소리에 묻혀 제대로 들리지 않았다. 그녀는 사내아이에게로 달려가다 발에 무언가가 걸려 내려다보았다. 그러고는 시커멓게 생긴 징그러운 물체를 발견하고 공포에 질렸다. 거북이었다. 그녀는 거북을 피하려고 펄쩍 뛰었다. 펄쩍 뛰어본 것이 몇 년 만인지 몰랐다. 그녀는 있는 힘껏 세바스티안을 불렀다. 그제야 사내아이가 그녀의 목소리를 듣고 연주를 멈추었다. 문가에 서 있던 세바스티안은 웃음이 터져 나와 몸을 웅크리고 소리 죽여 웃었다. 그가 간신히 웃음을 그치고 안으로 들어가자 로텐마이어 양은 의자 위에 맥없이 주저앉아 있었다.

"당장 저 애하고 동물을 쫓아내요."

사내아이는 당장 거북을 들어 올렸고 세바스티안을 따라 밖으로 나갔다. 아래층에서 세바스티안이 사내아이의 손에 동전을 쥐여 주었다.

"자, 클라라 아가씨가 주시는 40페니히다. 멋진 연주를 들려준 대가로 좀 더 주마."

그는 이렇게 말하고 사내아이를 문밖으로 내보냈다.

서재는 다시 조용해졌고 수업도 이어졌다. 로텐마이어 양은 또다시 소동이 벌어질까 봐 서재에 남기로 했다. 그러면서 도대체 이런 소동을 벌인 사람이 누군지 알아보고 엄벌을 내려야겠다고 생각했다.

잠시 후 세바스티안이 들어와 누군가 클라라 아가씨한테 전해 달라며 커다란 바구니를 가져왔다고 말했다.

"나한테?"

클라라는 깜짝 놀랐다. 바구니 안에 무엇이 들어 있을지 몹시 궁금했다.

"얼른 가지고 오세요."

세바스티안이 뚜껑 덮인 바구니를 클라라 앞에 내려놓고 얼른 나갔다. 클라라는 호기심 가득한 얼굴로 바구니를 바라보

앉지만 로텐마이어 양의 단호한 목소리가 이어졌다.

"아가씨, 그 바구니는 수업을 마치고 나서 열어 보시는 게 좋을 것 같군요."

얌전히 어형 변화를 공부하던 클라라는 궁금증을 못 이기고 가정교사에게 살짝 들여다보기라도 하면 안 되는지 물었다.

"그 행동에 찬성할 만한 이유도 있고 반대할 만한 이유도 있습니다. 클라라 양의 관심이 온통 그리로 쏠려 있으니 아무래도 찬성하는 쪽이……."

가정교사는 하던 말을 끝낼 수 없었다. 꽉 닫혀 있지 않던 바구니 뚜껑이 열리면서 순식간에 방은 새끼 고양이들로 가득 찼다. 하나둘씩 우르르 튀어나온 고양이들은 가정교사의 바지를 물거나 발 위로 올라가기도 했다. 어떤 녀석은 로텐마이어 양의 치맛자락으로 기어올랐고, 클라라의 의자로 올라가 할퀴거나 야옹거리는 녀석도 있었다. 방 전체를 가득 메운 야옹거리는 소리에 클라라는 매우 즐거워했다.

"아, 정말 귀여워! 뛰어다니는 것 좀 봐!"

클라라가 하이디를 보며 외쳤다. 하이디는 방 이쪽저쪽으로 고양이들을 쫓아다녔다. 가정교사는 책상 옆에 서서 고양이들을 떨쳐 내려고 다리를 흔들었지만 헛수고였다. 한편, 고양이라면 끔찍하게 싫어하는 로텐마이어 양은 잠시 넋을 놓았다가 요란하게 세바스티안과 티네테를 불렀다. 조금이라도 움직이면 저 징그러운 생물체
들이 자기한테로 뛰어오를
까 봐 겁이 났다. 세바스티
안과 티네테가 곧바로 들
어왔다. 세바스티안이 고양이
들을 잡아 도로 바구니에 넣고
는 하이디가 전날 데려온 녀석들
을 위해 보금자리를 마련해 둔 다락방으로 갔다.

오늘도 클라라는 수업 시간이 조금도 지루하지 않았다. 저
녁 무렵 조금 진정된 로텐마이어 양은 세바스티안과 티네테를
서재로 불러 어떻게 된 일인지 물었다. 그녀의 생각이 맞았다.
모든 사건이 전날 멋대로 집 밖으로 나간 하이디가 일으킨 것
이었다. 로텐마이어 양은 얼마나 화가 났는지 처음에는 말조
차 나오지 않았다. 그녀는 하인들을 내보내고 클라라의 의자
옆에 가만히 서 있는 하이디를 쏘아보았다. 하이디는 자신이
무엇을 잘못했는지조차 모르고 있었다.

"아델하이트, 너 같은 야만인한테 어울리는 벌은 딱 한 가지
뿐이다. 쥐와 박쥐들이 우글거리는 지하실에 있으면 조금 얌전
해 질 거다. 앞으로 그런 장난을 치고픈 생각이 달아나겠지."

로텐마이어 양의 목소리는 무척이나 엄했다.

하이디는 벌 얘기를 듣고는 어리둥절했다. 하이디가 아는 지

하실이라고는 할아버지 집에 있는 헛간뿐이었다. 치즈와 염소 젖이 저장된 그곳은 하이디에게 언제나 즐거운 장소였다. 그곳에서 쥐나 박쥐 따위는 본 적이 없었다.

클라라가 큰 소리로 반대했다.

"로텐마이어 양, 아빠가 오실 때까지 기다려요! 조만간 오실 거예요. 아빠한테 전부 말씀드리면 하이디를 어떻게 해야 할지 결정해 주실 거예요."

반대할 수 없는 의견이었다. 게다가 로텐마이어 양은 클라라의 말을 거스르면 안 되었다.

"좋아요, 클라라 아가씨. 하지만 주인어른께는 제가 직접 말씀드리겠어요."

로텐마이어 양은 이렇게 말하고 방을 나갔다.

그 후 며칠 동안은 아무런 소동도 없었지만 로텐마이어 양은 여전히 신경이 날카로웠다. 하이디를 볼 때마다 하이디의 나이에 속았다는 것과 그 아이가 온 후로 집 안이 너무 부산해졌고 다시 예전으로 돌아갈 수 없다는 사실이 계속 떠올랐다. 하지만 클라라는 하루하루가 즐겁고 더 이상 수업 시간이 지루하지 않았다. 하이디가 매일 즐거움을 선사했기 때문이다. 하이디는 알파벳을 영 헷갈려 해서 절대로 배우지 못할 것만 같았다. 가정교사가 알파벳을 불이나 부리처럼 익숙한 것들과 비교해서 쉽게 설명해 주면 하이디는 산속 집에 있는 염소나 독수리를 떠올려 수업에 도움이 되지 않았다.

저녁이 되면 하이디는 클라라에게 산속 오두막의 생활에 대해 들려주었다. 하지만 이야기를 해 주다 보면 집이 몹시 그리워져서 "집에 빨리 돌아가야겠어. 내일 갈 거야."라는 말로 끝맺곤 했다. 그럴 때면 클라라는 "아빠가 돌아오실 때까지만 기다리자. 그럼 어떻게 해야 하는지 알 수 있을 거야."라는 말로 위로해 주었다. 그 말을 들은 하이디는 겉으로는 다시 명랑해진 것처럼 보였다. 하지만 속으로는 매일 페터네 할머니에게 가져다줄 흰 빵이 두 개씩 늘어난다는 생각으로 우울함을 달래려고 애썼다. 클라라네 집에 처음 온 후로 매일 점심과 저녁 식사 때마다 흰 빵을 하나씩 주머니에 집어넣어서 이제는 꽤 많은 양이 모였다. 평소 먹는 검은 빵 대신 페터네 할머니께 드리면 얼마나 좋을까 하는 생각에 흰 빵을 단 하나도 먹지 않았다.

하이디는 점심 식사가 끝나면 방에서 잠시 동안 멍하니 앉아 있었다. 프랑크푸르트에서는 산에서처럼 마음대로 밖에 나갈 수 없다는 사실을 알게 된 후로 생긴 버릇 아닌 버릇이었다. 로텐마이어 양이 세바스티안과의 대화를 금지시켰고, 티네테한테는 말을 걸어볼 엄두조차 나지 않았다. 아니, 하이디는 되도록 티네테를 피하려고 했다. 티네테가 항상 깔보는 투로 말하거나 하이디의 말과 행동을 흉내 냈기 때문이다. 하이디는 티네테가 자신을 놀린다는 사실을 잘 알았다. 그래서 혼자 방에

앉아 오두막이 있는 산골짜기를 떠올렸다. 지금쯤 눈이 녹아 비탈길은 풀과 꽃으로 뒤덮이고, 산골짜기 아래로는 아름다운 햇살이 내리쬐겠지. 그때마다 하이디는 견딜 수 없을 만큼 집이 그리웠다. 문득 데테 이모가 집에 돌아가고 싶으면 언제든지 갈 수 있다고 한 말이 떠올랐다.

그래서 어느 날 점심 무렵, 하이디는 커다란 빨간색 목도리로 흰 빵을 싸고 낡은 밀짚모자를 쓴 다음 아래층으로 내려갔다. 현관문 앞에 이르렀을 때 외출에서 돌아오던 로텐마이어 양과 맞닥뜨렸다. 그녀는 놀란 표정으로 하이디를 바라보았다. 날카로운 눈이 빨간색 꾸러미로 옮겨갔다.

"도대체 무슨 일이지? 왜 그런 차림을 하고 있는 거야? 허락 없이 혼자 밖으로 나가는 건 금지라고 했잖아? 그런데도 거지 꼴을 하고 또 밖에 나가려고 하다니."

"도망가려는 게 아니에요. 할머니와 할아버지가 있는 집으로 돌아가고 싶어요."

약간 겁먹은 표정으로 하이디가 중얼거렸다.

"뭐라고? 집에 돌아간다고?"

로텐마이어 양이 경악한 표정으로 양손을 허공에 마구 휘저었다.

"그렇게 도망가 버리려고? 맙소사, 제제만 씨가 알면 뭐라고 하실까? 절대로 알게 해서는 안 돼. 도대체 이 집이 뭐가 마음에 안 들어? 너 이렇게 좋은 집에서 포근한 잠자리에 맛있는 음식을 먹으면서 살아 본 적 있어? 대답해 봐라."

"아뇨."

"여기엔 네가 필요로 하는 게 전부 있단 말이다. 복에 겨운 것도 모르는 배은망덕한 아이 같으니라고!"

그러자 하이디는 더 이상 참지 못하고 울음을 터뜨렸다.

"전 집에 돌아가야 한단 말이에요. 제가 안 가면 눈송이가 울고 할머니도 저를 보고 싶어하실 거예요. 여기에서는 해님이 산한테 잘 자라고 인사하는 모습도 안 보여요. 독수리가 프랑크푸르트에서 난다면 훨씬 더 큰 소리로 울 거예요. 많은 사람들이 평화로운 산으로 올라가지 않고 화만 내고 무서운 표정을 짓고 있으니까요."

"맙소사! 이 애가 정신이 나갔나 봐!"

로텐마이어 양은 급하게 계단을 올라가다 마침 내려오던 세바스티안과 세게 부딪쳤다.

"저 못된 아이를 당장 데리고 올라와요."

"네, 알겠습니다."

하이디는 꿈쩍도 하지 않았다. 눈에서 불꽃이 이글거리고 온몸이 부들부들 떨렸다.

"이번에는 또 무슨 사고를 치셨어요?"

세바스티안은 유쾌하게 묻는데도 움직이지 않는 하이디의 어깨를 두드려 주며 다정하게 말했다.

"어서 올라가세요. 너무 심각하게 받아들이지 마세요. 웃음을 잃지 않는 게 최고랍니다. 전 방금 로텐마이어 양과 '쾅' 하고 부딪혀서 머리가 떨어져 나갈 뻔했답니다. 하지만 걱정 안 하셔도 돼요. 어서 올라가세요. 2층으로 올라가야 해요. 올라오라고 하니까요."

풀이 죽은 모습으로 천천히 따라오는 하이디의 모습이 세바스티안은 몹시 안쓰러웠다.

"힘내세요. 기죽지 마세요. 아가씨는 한 번도 운 적이 없잖아요. 전 아가씨가 얼마나 똑똑한지 잘 알아요. 로텐마이어 양이 자리를 비우면 고양이들을 구경하러 가요, 네? 다락방에서 잘 지내고 있답니다. 노는 모습을 보면 정말 재미있어요."

하이디는 조용히 고개를 끄덕이고 방으로 들어갔다. 세바스티안은 그 모습을 다정한 표정으로 바라보았다.

그날 저녁 식사 때 로텐마이어 양은 별로 말이 없었다. 하지만 언제 또 기이한 말썽을 부릴지 모른다는 듯 시시때때로 하이디를 날카로운 눈으로 쏘아보았다. 하이디도 조용히 앉아 있었다. 먹지도 마시지도 않았지만 평소와 마찬가지로 흰 빵은 몰래 주머니에 넣었다.

다음 날 아침 가정교사가 도착했을 때 로텐마이어 양이 비밀스러운 손짓으로 잠깐 식당으로 들어오라고 했다. 그녀는 낯선 환경과 생활 방식이 하이디의 정신 상태에 영향을 미쳐서 이상한 행동을 보이는 것 같다고 말했다. 집에서 도망치려고 했고 이상한 말을 하기도 했다고 전했다. 그러자 가정교사가 그녀를 안심시켰다.

"아델하이트가 조금 특이한 면도 있지만 다른 부분은 극히 정상입니다. 신경 써서 잘 가르친다면 만족할 만한 결과가 나오겠지요. 저는 하이디가 알파벳을 어려워하는 게 더 걱정입니다. 아직 아무런 발전이 없어요."

로텐마이어 양은 그 말에 조금 마음이 놓여서 가정교사를 서재로 들여보냈다. 그날 오후 그녀는 하이디가 집에 간다며 입고 있었던 이상한 옷가지가 떠올랐다. 그래서 제제만 씨가 돌아오기 전에 클라라가 작아서 못 입게 된 옷을 좀 줘야겠다고 생각했다. 클라라에게 이야기하자 클라라는 선뜻 옷이며 모자 등을 주라고 했다. 이에 로텐마이어 양은 그냥 둘 것은 두고 버릴 것은 버리려고 하이디의 방으로 갔다. 그런데 몇 분도 지나지 않아 그녀가 휘둥그레진 얼굴로 돌아왔다.

"아델하이트! 옷장에 넣어 둔 게 대체 뭐냐? 도대체 믿을 수가 없구나. 들어 보세요, 클라라 아가씨. 옷을 넣어 두어야 할 곳에 딱딱한 빵이 산더미처럼 쌓여 있더라고요! 세상에, 먹을 걸 그렇게 쌓아 두다니!"

그녀는 더욱 목소리를 높여 티네테를 불렀다.

"아델하이트의 방에 가서 옷장에 든 빵을 죄다 갖다 버려요. 테이블에 놓인 낡은 밀짚모자도 쓰레기통에 갖다 버리고!"

그러자 하이디가 소리 내어 울기 시작했다.

"안 돼요! 모자는 꼭 가지고 있어야 해요. 그리고 빵은 할머니한테 갖다 드려야 한단 말이에요."

하이디가 티네테를 뒤쫓아 가려고 했지만 로텐마이어 양이 붙잡았다.

"여기 있어라. 쓰레기는 내다 버려야 해."

그녀의 목소리는 단호했다.

하이디는 클라라의 휠체어로 몸을 던지더니 통곡하기 시작했다.

"할머니한테 맛있는 빵을 갖다 드리지 못하게 됐어. 할머니한테 드릴 빵이 전부 버려지게 됐어."

하이디가 가슴이 찢어질 듯 슬퍼하면서 울자 로텐마이어 양은 서둘러 밖으로 나가 버렸다. 클라라는 하이디가 울자 몹시 걱정돼 사정하듯 달래기 시작했다.

"하이디, 울지 마. 내 말 좀 들어 봐. 네가 집에 가게 되면 할머니한테 드릴 빵을 네가 모은 것만큼 줄게. 아니, 더 많이 줄 거야. 그러니까 그만 울어. 갓 구운 말랑말랑한 것으로 줄게.

네가 모아 둔 건 벌써 딱딱해졌을 거야. 그러니 그만 울렴."

하이디가 울음을 그치기까지는 시간이 좀 걸렸다. 클라라의 약속에 위로가 되었지만 진심인지 한 번 더 확인을 했다. 여전히 눈물 어린 목소리로 물었다.

"정말로 내가 모은 것만큼 줄 테야?"

"물론이지. 그러니까 그만 울고 기운 내."

눈이 빨개진 채로 저녁 식사를 하러 간 하이디는 접시에 놓인 흰 빵을 보자 목이 메었다. 하지만 식탁에서 울면 안 된다는 사실을 잘 알기에 울음을 꾹 참았다. 그런데 세바스티안은 하이디가 앉은 자리 곁으로 올 때마다 이상한 손짓을 했다. 마치 비밀이라도 이야기하듯 자신의 머리와 하이디의 머리를 차례로 가리키며 고개를 끄덕이고 한쪽 눈을 찡긋거렸다. 그날 잠자리에 든 하이디는 이불 속에서 찌그러진 낡은 밀짚모자를 발견했다. 너무 기뻐서 손에 힘을 주는 바람에 모자가 더 찌그러지고 말았다. 하이디는 커다란 손수건에 모자를 잘 싸서 옷장 안쪽에 숨겼다.

세바스티안이 저녁 식사 때 하이디한테 하려던 말이 바로 그것이었다. 그는 로텐마이어 양이 티네테한테 모자를 갖다 버리라고 한 말과 하이디의 절망스러운 울음소리를 전부 들었다. 그래서 티네테를 따라가 그녀가 하이디의 방에서 산더미 같은 빵과 그 위에 얹힌 밀짚모자를 들고 나올 때까지 기다렸다. 그러고는 모자를 낚아채며 "이건 내가 처리할게."라고 했던 것이다. 그렇게 해서 하이디의 밀짚모자는 무사할 수 있었다.

09

제제만 씨가 들은 이야기

　며칠 후 제제만 씨의 커다란 저택에서는 사람들이 계단을 바쁘게 오르락내리락했다. 제제만 씨가 집으로 돌아온 것이었다. 세바스티안과 티네테가 마차에서 커다란 짐을 계속 날랐다. 제제만 씨는 집에 돌아올 때 언제나 선물과 좋은 물건을 잔뜩 사왔기 때문이다.

　그는 집에 돌아와 제일 먼저 딸 클라라를 찾았다. 마침 함께 노는 오후 시간이라 하이디도 옆에 있었다. 평소 무척 사이가 좋은 아버지와 딸은 매우 반갑게 인사를 했다. 제제만 씨는 조용히 한쪽 구석으로 가 있던 하이디에게도 손을 내밀며 상냥하게 말을 걸었다.

"네가 스위스에서 온 아이로구나. 이리 와서 악수를 하자꾸나. 그래, 클라라하고 잘 지내니? 둘이 다투지는 않고? 다퉜다가 화해하길 반복하려나?"

"안 싸워요. 클라라는 언제나 저한테 잘해 주는걸요."

"하이디하고 저는 한 번도 말다툼한 적이 없어요."

"그 말을 들으니 기쁘구나. 자, 이제 난 좀 가봐야겠다. 오늘 온종일 아무것도 못 먹었거든. 이따가 다시 올 테니 무슨 선물을 사 왔는지 같이 보자꾸나."

제제만 씨는 식당으로 갔다. 식당에서는 로텐마이어 양이 빠진 것은 없는지 하나하나 점검했다. 제제만 씨가 자리에 앉자 로텐마이어 양이 먹구름이 잔뜩 낀 얼굴로 맞은편에 앉았다.

"무슨 일이죠? 클라라는 아주 좋아 보이던데, 왜 그렇게 표정이 침울하죠?"

"제제만 씨, 우리 모두 완전히 속았답니다. 클라라 아가씨뿐만이 아니에요."

"그게 무슨?"

"클라라 아가씨한테 또래 친구를 구해 주기로 한 거 기억하시죠? 주인어른의 신중한 성격을 잘 알고 있는 저이기에 교육을 잘 받고 자란 예의 바른 아이를 구하려고 했답니다. 스위스 산속에서 자란 아이라면 적격이라고 생각했죠. 알프스 소녀들에 관한 글은 저도 종종 읽었거든요. 마치 알프스의 맑은 공기처럼 땅에 닿지 않고 넓은 세상을 돌아다니는 그런 아이들 말입니다."

"아무리 스위스 아이라고 해도 움직일 때는 땅에 발이 닿아야겠죠. 날개가 달리지 않았다면 말이에요."

제제만 씨가 한마디 했다.

"아, 제 말은 그런 뜻이 아니라 세상의 때 묻지 않은 어린아이다운 성품 말이에요."

"그런 게 클라라한테 무슨 도움이 될지 모르겠군요."

"전 심각하게 말씀드리는 거예요, 제제만 씨. 전 아주 굴욕적으로 속고 말았어요!"

"뭐가 그렇게 굴욕적이라는 거죠? 내가 보기에 전혀 걱정할 만한 애처럼 보이지 않던데요."

"그 애가 이 집에 어떤 사람과 동물을 끌어들였는지 모르실 거예요. 아가씨의 가정교사가 제 말을 증명해 줄 거예요. 그것 말고도 또 있어요."

"무슨 말인지 이해가 안 되는군요."

제제만 씨는 이렇게 대답했지만 로텐마이어 양은 그가 관심을 보이기 시작했다는 것을 알아챘다.

"이해가 안 되시는 게 당연해요. 그 아이는 지금까지 믿을 수 없는 짓들만 저질렀어요. 아무래도 머리가 온전하지 않은 것 같아요."

지금까지 심각하게 받아들이지 않은 제제만 씨였지만 이 문제만은 달랐다. 만약 그 말이 사실이라면 딸이 위험해 질 수도 있었다. 그는 로텐마이어 양의 머리가 어떻게 된 것은 아닌가 하는 표정으로 쳐다보았다. 바로 그때 문이 열리고 세바스티안이 클라라의 가정교사가 도착했다고 알렸다.

"마침 잘 오셨군요. 어서 앉으세요. 차 한잔합시다. 선생님께 들으면 정확히 알 수 있겠군요. 클라라의 놀이 친구를 어떻게 생각하시는지 솔직하게 말해 주세요. 집 안으로 동물을 데려왔다는데 무슨 일이죠? 머리가 이상한 애라고 생각하시나요?"

우선 클라라의 가정교사는 제제만 씨가 무사히 집으로 돌아와서 다행이라는 인사를 하기 위해 왔다고 에둘러 말했다. 하지만 제제만 씨는 손을 흔들며 의례적인 인사를 물리쳤다. 얼른 질문의 답을 듣고 싶었던 것이다. 하지만 가정교사는 마치 멈출 때까지 돌아가야 하는 시계태엽처럼 장황하게 설명을 늘어놓았다.

"그 아이에 대한 제 의견을 말씀드리자면, 우선 교육이 소홀해서, 아니 늦게 시작했기 때문에 뒤처진 부분이 있다는 걸 강조하고 싶군요. 산속 생활을 오래 했기 때문이기도 하고요. 너무 오랜 기간만 아니라면 산속 생활이 도움이 되기도 하겠지요……."

152

"선생님, 그렇게 자세히 말씀하실 필요 없습니다. 그 애가 집 안에 동물을 들여서 깜짝 놀라셨는지, 평소 제 딸과 비교해 그 애를 어떻게 생각하시는지만 말씀하세요."

"저는 그 아이에 대해 그 어떤 나쁜 말도 하고 싶지 않습니다."

가정교사가 조심스럽게 입을 열었다.

"프랑크푸르트에 오기 전까지 산속에서 생활했기 때문에 행동이 평범하지 않은 부분도 있습니다. 감히 말씀드리건대 이곳에서 하는 경험이 그 아이에게는 대단히 중요하고……."

제제만 씨가 자리에서 일어났다.

"실례하겠습니다, 선생님. 그대로 앉아 계세요. 저는 딸아이한테 가 봐야겠습니다."

제제만 씨는 서둘러 서재로 가서 클라라 옆에 앉았다. 하이디가 서 있는 모습을 보고는 잠깐 동안 자리를 떠나게 할 생각으로 이렇게 말했다.

"애야, 가서…… (지금 뭐가 필요하다고 하면 좋을까?) 그래, 물 한 잔만 가져다주렴."

"마실 물요?"

"그래. 시원한 걸로 부탁한다."

하이디가 자리를 비웠다.

그는 딸에게로 의자를 가까이 가져가 손을 쓰다듬었다.

"클라라, 네 친구가 집 안으로 가져왔다는 동물에 대한 이야기를 좀 해 주렴. 그리고 로텐마이어 양이 왜 그 애의 정신이 이상하다고 말하는 거니?"

클라라는 거북과 새끼 고양이, 흰 빵 이야기 등 그동안 있었던 일을 있는 그대로 이야기했다. 딸의 이야기가 끝나자 제제만 씨가 배꼽을 잡고 웃었다.

"클라라, 그럼 넌 내가 그 애를 돌려보내기를 바라지 않겠구나. 그 애가 싫증 나지 않니?"

"절대 아니에요, 아빠. 하이디가 온 후로 날마다 즐거운 일이 생겨요. 훨씬 재미있는걸요. 그리고 하이디는 재미있는 이야기도 많이 해줘요."

"그래, 알았다. 아, 네 친구가 오는구나. 시원한 물을 가져왔니?"

"분수에 가서 떠왔어요."

하이디가 컵을 건넸다.

"분수까지 혼자 간 건 아닐 테지?"

클라라가 물었다.

"혼자 갔다 왔어. 멀리까지 가야 했어. 가장 가까운 분수 두 곳에는 사람들이 너무 많아서 그다음 분수로 갔어. 그런데 거기에서 어떤 신사를 만났어. 제제만 씨한테 안부 전해 달라고 했어."

"멀리까지 다녀왔구나. 그 신사가 누구인지 궁금한걸."

제제만 씨가 미소를 띠며 말했다.

"지나가다 분수 옆에서 멈추더니 이렇게 말했어요. '컵이 있구나. 나한테도 한 잔 주렴. 누구한테 물을 떠다 주는 거니?' 그래서 제가 '제제만 씨요.'라고 대답했어요. 그랬더니 웃으면서 물 맛있게 드시라고 했어요."

"어떻게 생겼는지 설명해 보렴."

"웃는 모습이 친절하셨고 굵은 금줄을 차고 있었어요. 금줄에는 가운데에 빨간색 돌이 박힌 금색 무언가가 매달려 있었고요. 그리고 지팡이 손잡이에는 말의 머리가 달려 있었어요."

"의사 선생님!"

클라라와 제제만 씨가 동시에 외쳤다. 제제만 씨는 웬일로 거기까지 물을 떠오라고 보냈는지 친구가 의아해할 것을 생각하며 웃었다.

그날 저녁 제제만 씨는 로텐마이어 양과 집안일을 의논하다가 하이디를 내보내지 않을 것이라고 말했다.

"그 아이는 지극히 정상이고 클라라가 그 아이와 함께 지내는 것을 좋아합니다. 그 아이의 우스꽝스러운 행동을 탓하지 말고 항상 친절하게 대해 주었으면 좋겠군요. 만약 혼자 다루기가 힘들다면, 곧 어머니가 오시기로 했으니 도움을 받을 수 있을 겁니다. 이번에는 오래 계실 거예요. 잘 알겠지만 어머니는 그 누구도 잘 다루는 분입니다."

"그럼요, 제제만 씨."

로텐마이어 양이 기운 없는 목소리로 대답했다. 별로 반갑지 않은 듯했다.

제제만 씨는 2주 동안만 있다가 사업 때문에 파리로 떠나야 했다. 클라라는 무척 서운했지만, 할머니가 오신다는 소식에 기분이 나아졌다. 제제만 씨가 떠나고 곧바로 할머니한테서 편지가 왔다. 이미 출발했고 하루 후면 도착한다는 내용이었다. 기차역으로 마차를 보내 달라는 부탁도 적혀 있었다.

잔뜩 들뜬 클라라가 얼마나 할머니 이야기만 했던지 하이디까지 클라라네 할머니를 할머니라고 부르게 되었다. 로텐마이어 양은 얼굴을 찌푸렸지만 하이디는 그녀의 그런 태도에 이미 익숙해져서 별로 신경을 쓰지 않았다. 하지만 그날 밤 하이디가 잠자리에 들려는데 로텐마이어 양이 불렀다. 그러고는 클라라의 할머니를 절대로 '할머니'라고 부르지 말라고 주의를 주었다.

"마님이라고 불러야 한다. 알겠어?"

하이디는 어리둥절했지만 로텐마이어 양의 험상궂은 눈초리를 보고는 차마 그 이유를 물어볼 수가 없었다.

10

할머니의 방문

다음 날이 되자 모두 손님 맞을 준비를 하느라 바빴다. 얼마나 중요한 손님인지, 평소 어떤 대접을 받는지 단박에 알 수 있었다. 티네테는 하얀 새 모자를 썼고 세바스티안은 집 안의 발판을 전부 모아 노부인이 자리에 앉을 때 언제든지 대령할 수 있도록 한 곳에 놓아두었다. 로텐마이어 양은 요란하게 집 안전체를 돌며 꼼꼼하게 살피고 다녔다. 마치 새로운 라이벌이 오더라도 절대로 질 수 없다는 듯 자신의 권위를 과시하는 모습이었다.

마차가 현관문에 도착하자 세바스티안과 티네테가 아래층으로 달려갔다. 로텐마이어 양도 평소보다 기품 있는 태도로 손님을 맞이하러 갔다. 클라라와 할머니가 단둘이 있을 수 있도록 하이디는 부를 때까지 방에 있으라는 명령을 받았다. 그래서 하이디는 노부인에게 사용해야 할 호칭을 조용히 연습하고 있었다. 그러면서도 마님이라고 불러야 한다는 이유를 이해할 수 없었다. 게다가 이름 뒤에 부인이라는 호칭이 와야 하는데, 로텐마이어 양이 실수한 게 틀림없다고 생각했다. 잠시 후티네테가 문으로 얼굴을 내밀더니 날카롭게 소리쳤다.

"서재로 가세요."

하이디가 서재로 가자 클라라네 할머니가 상냥한 목소리로 말을 걸었다.

"어서 오렴. 어디 얼굴 좀 보자꾸나."

하이디는 할머니에게 가까이 다가가 분명하고도 조심스러운 목소리로 말했다.

"안녕하세요. 할머니 마님."

"뭐라고?"

노부인이 웃음을 터뜨렸다.

"네가 살던 산에서는 그렇게 부르니?"

"아뇨. 제가 살던 곳에서는 그렇게 부르는 사람이 아무도 없어요."

하이디가 진지한 얼굴로 대답했다.

"여기에도 없단다. 아이들하고 있을 때 난 그냥 '할머니'일 뿐이란다. 너도 그렇게 부르렴. 기억할 수 있겠지?"

"네! 할머니라고 불러본 적이 있어서 알아요."

"좋아."

클라라네 할머니는 고개를 끄덕이며 하이디의 볼을 가볍게 쓰다듬었다. 그러고는 하이디를 자세히 들여다보고 마음에 든다는 듯 다시 한 번 고개를 끄덕였다. 자신을 똑바로 응시하는 하이디의 눈동자가 진지하면서 흔들림 없어 보였기 때문이다. 하이디 역시 상냥한 표정을 짓는 할머니가 단번에 마음에 들었다. 사실 하이디는 할머니의 모든 것이 마음에 들었다. 할머니는 흰색 머리에 예쁜 레이스 모자를 쓰고 있었다. 모자 뒤에 달린 커다란 리본 두 개가 마치 할머니 뒤로 살랑바람이 부는 것처럼 나풀거렸다. 하이디는 특히 그 점이 마음에 들었다.

"이름이 뭐지?"

"진짜 이름은 하이디예요. 그런데 지금은 아델하이트가 되어야 해요. 그래서 아델하이트라고 부르면 대답해야 해요."

그때 로텐마이어 양이 서재로 들어와 하이디는 정신을 바짝 차렸다. 아직 아델하이트라는 이름에 익숙하지 않아 로텐마이어 양이 부를 때마다 대답하지 않는 일이 종종 있었기 때문이다.

"마님도 찬성하실 거예요. 특히 하인들 앞에서 우스꽝스럽지 않은 이름을 사용하는 게 좋으니까요."

"로텐마이어, 지금까지 하이디라는 이름으로 불렸다면 그 이름으로 불러야 한다고 생각해요."

노부인이 지적했다.

로텐마이어 양은 노부인이 자신을 그냥 로텐마이어라고 부르는 것이 마음에 들지 않았다. 하지만 그게 노부인의 방식이었으므로 참을 수밖에 없었다. 클라라의 할머니는 일단 마음으로 정한 일은 바꾸는 법이 없었다. 게다가 여전히 정정해서 집안에서 돌아가는 사정을 하나도 놓치지 않았다.

오후가 되자 클라라는 평소와 마찬가지로 휴식을 취하러 갔고, 할머니도 옆에 놓인 안락의자에서 낮잠을 잤다. 낮잠을 자고 나니 기분이 상쾌해진 할머니는 로텐마이어 양을 찾으러 식당으로 갔다. 하지만 아무도 없었다.

'낮잠을 자는 모양이군.'

할머니는 로텐마이어 양의 방으로 가서 문을 세게 두드렸다. 잠시 후 문을 연 로텐마이어 양은 깜짝 놀라는 표정이었다.

"하이디가 어디 있는지 물어보러 왔어요. 이 시간엔 뭘 하는지도."

"자기 방에 있어요. 쓸모 있는 일을 좀 하면 좋으련만, 늘 엉뚱한 생각이나 하고 실행에 옮기기까지 한답니다. 예의범절이라고는 눈곱만큼도 모르는 애예요."

"혼자 방 안에 갇혀 있으면 나라도 그렇겠지. 그러면 당신은 아마 나한테도 예의범절이라고는 눈곱만큼도 모른다고 말하겠지. 아이를 내 방으로 데려와요. 내가 가져온 동화책을 보여 주려고 하니까."

"책이라고요?"

로텐마이어 양이 손뼉을 치며 소리쳤다.

"그 아이에게 책은 아무런 소용도 없어요! 여기 온 후로 아직 알파벳도 못 배웠어요. 선생님도 말씀하시겠지만, 그 애를 가르치는 건 불가능해요. 선생님이 인내심이 성인군자 같기에 망정이지 그렇지 않았으면 벌써 두 손 두 발 다 들었을 거예요."

"이상하네. 모자라는 애는 아니던데. 어쨌든 얼른 가서 데려와요. 그림이라도 보면 되니까."

로텐마이어 양이 무슨 말을 더 하려고 했지만 노부인은 휙 돌아서 가 버렸다. 노부인은 하이디가 글을 깨우치지 못한다는 사실을 의아해하며 그 이유를 알아봐야겠다고 마음먹었다. 하지만 가정교사에게 물어볼 생각은 없었다. 노부인은 그가 좋은 사람이라는 사실을 잘 알고 어쩌다 마주치면 상냥하게 인사도 했지만, 되도록 대화에 휘말리지 않으려고 했다. 점잔 빼는 말투를 들어주기가 힘들었기 때문이다.

잠시 후 하이디가 들어왔다. 하이디는 커다란 동화책에 그려진 그림을 보고는 얼굴이 환해졌다. 그러다 갑자기 흐느끼면서 눈물을 터뜨리는 것이었다. 무슨 그림 때문에 그러는 걸까? 넓은 초원에서 동물들이 풀 뜯는 모습을 목동이 기다란 지팡이를 짚고 쳐다보는 그림이었다. 저물어가는 햇빛에 초원이 온통 황금색으로 물들어 있었다.

"이리 오렴. 울지 마라. 이 그림을 보고 뭔가 생각난 게로구나. 하지만 이 그림에는 멋진 이야기가 들어 있단다. 내가 오늘 저녁에 읽어 주마. 이 책에는 또 다른 이야기도 많단다. 자, 이제 눈물을 닦고 나랑 이야기를 하자꾸나. 내가 잘 볼 수 있게 여기 앉으렴."

클라라네 할머니는 하이디가 울음을 그치고 진정할 때까지 기다렸다. 하이디가 울음을 그치자 노부인이 말했다.

"좋아. 이제 이야기를 나눌 수 있겠구나. 수업 시간이 어떤지부터 말해 보렴. 뭘 배웠지?"

"아무것도 못 배웠어요. 제가 못 배울 거라는 건 이미 알고 있었어요."

하이디가 한숨을 내쉬었다.

"그게 무슨 말이지? 뭘 배울 수 없다는 거야?"

"읽는 거요. 너무 어려워요."

"왜 그런 생각을 하지?"

"페터가 그랬어요. 페터 말이 맞아요. 페터는 몇 번이나 노력했는데도 배울 수가 없대요."

"그럼 그 애가 좀 유별나구나. 하지만 그 말을 그대로 믿으면 안 돼. 네 자신이 열심히 노력을 해야 해. 넌 아마 수업 시간에 선생님의 말을 제대로 듣지 않았을 게다."

"들을 필요가 없는걸요."

하이디가 어쩔 도리가 없다는 듯 말했다.

"내 말 잘 들거라, 하이디. 넌 페터 말만 믿었기 때문에 아예 배우려고 하지도 않았어. 내 말을 믿으렴. 페터가 아니라 네 자신이 되면 넌 금세 잘 읽을 수 있을 거야. 다른 아이들처럼 말이야. 네가 읽는 법을 배우면 풀밭의 목동이 나오는 책을 너한테 주마. 그럼 넌 목동하고 동물들한테 무슨 일이 생겼는지 혼자 읽을 수 있어. 무슨 이야기인지 알고 싶지, 응?"

하이디는 눈을 반짝이며 할머니의 말을 들었다. 하지만 이내 한숨을 쉬면서 말했다.

"지금 당장 읽을 수 있다면……"

"오래 걸리지 않을 거야. 자, 이제 책을 가지고 클라라를 보러 가자꾸나."

두 사람은 손을 잡고 서재로 갔다.

집에 돌아가려다가 로텐마이어 양한테 혼난 이후로 하이디에게는 변화가 일어났다. 데테 이모는 원하면 언제든 집에 갈 수 있다고 했지만, 사실은 그럴 수 없다는 것을 깨달았다. 오랫동안, 어쩌면 영원히 프랑크푸르트에 있어야 할지도 모른다는 사실을 알게 된 것이다. 하이디는 자신이 집에 돌아가고 싶어 한다는 사실을 알면 제제만 씨는 물론이고 할머니와 클라라 역시 은혜도 모르는 배은망덕한 아이로 여길 것이라고 생각했다. 그래서 아무에게도 말하지 않고 마음속으로만 끙끙 앓으면서 슬퍼할 뿐이었다. 하이디는 점점 식욕을 잃고 얼굴도 창백해졌다. 저녁에 혼자 자려고 누우면 몇 시간 동안 잠들지 못하고 산속의 집을 그리워했다. 겨우 잠이 들면 아침 햇살에 잠에서 깨어나 즐겁게 사다리를 내려가는 꿈을 꾸었다. 하지만 일어나 보면 여전히 산에서 멀리 떨어진 프랑크푸르트의 침대였다. 그러면 너무나 실망스러워서 아무도 듣지 못하도록 베개에 얼굴을 묻고 소리 죽여 울었다.

할머니는 하이디가 행복한 얼굴이 아니었지만 시간이 지나면 괜찮아지리라는 생각에 아무 말도 하지 않았다. 그런데 하이디는 괜찮아지기는커녕 아침에 눈물자국을 하고 나타났다.

할머니는 하이디를 방으로 불러 무슨 일로 그렇게 슬픈지 상냥하게 물어보았다. 하이디는 사실대로 말하기가 두려웠다.

"말할 수 없어요."

"말할 수 없다니? 그럼 클라라한테는 말할 수 있겠니?"

"아뇨. 아무한테도 말할 수 없어요."

하이디의 슬픈 표정에 노부인은 마음이 아팠다.

"내 말 들어 보렴. 아무한테도 털어놓을 수 없는 일이 있으면 언제든지 하느님께 말하면 된단다. 하느님께 도와 달라고 하면 언제나 도와주시지. 무슨 말인지 알겠니? 넌 매일 밤 기도를 드리고 있겠지? 좋은 것을 주셔서 감사하고 나쁜 것으로부터 지켜 주셔서 감사하다고 말이야."

"아뇨. 한 번도 해 본 적이 없어요."

"기도하는 법을 배운 적이 없니, 하이디? 기도하는 법 몰라?"

"외할머니하고 살 때는 기도를 했어요. 하지만 너무 오래돼서 다 까먹었어요."

"슬픈데 아무한테도 도움을 구할 수 없을 때, 하느님한테 전부 말하면 도와주실 거라는 생각에 위로가 된단다. 내 말을 믿어 보렴. 하느님은 언제나 우리를 다시 행복하게 만들어 주실 수 있어."

그 말을 들은 하이디의 눈이 빛났다.

"정말 하느님한테 뭐든지 다 말해도 되는 거예요?"

"그렇단다. 뭐든지 말해도 돼."

하이디가 노부인의 손에서 자신의 손을 슬며시 빼내며 물었다.

"이제 가도 돼요?"

"물론이지."

하이디는 방으로 달려가 낮은 의자에 앉아 두 손을 모았다. 그러고는 슬픈 일을 전부 하느님께 털어놓고 할아버지가 계신 집으로 돌아갈 수 있게 해 달라고 간절히 빌었다.

일주일쯤 지난 어느 날 아침, 가정교사가 몹시 중요한 일이라며 클라라네 할머니를 만나고 싶어했다. 그가 방으로 들어가자 노부인은 평소와 다름없이 친절하게 맞이해 주었다.

"어서 앉으세요, 선생님. 잘 오셨어요. 그런데 무슨 일로 보자고 하셨죠? 무슨 안 좋은 일이라도?"

"오히려 그 반대입니다, 부인. 제가 오래전에 포기했던 일이 현실로 이루어졌습니다. 이런 일이 생기리라고 기대한 사람은 아무도 없을 겁니다. 불가능이 현실로 이루어졌어요."

"하이디가 드디어 글자를 깨우쳤다는 말이군요?"

노부인이 물었다. 젊은 선생의 눈이 휘둥그레졌다.

"부인께서 단번에 그런 말씀을 하시니 그게 더 놀랍습니다. 지금까지 하이디에게 글자를 가르치려고 온갖 노력을 다했지만 소용이 없었습니다. 그래서 이런 결론을 내렸지요. 더 이상 내 도움은 필요 없고 혼자 배워야 한다고요. 그런데 정말로 하

룻밤 사이에 글자를
읽을 수 있게 됐어요. 보
통 처음 배운 애들보다 훨씬
정확하게 읽습니다. 정말 놀라운
일이에요."

"살다 보면 신기한 일이 많은 법이에요.
아마 글자를 배워야겠다는 동기가 새로 생
긴 모양이죠. 어쨌든 그 아이가 여기까지 해냈
다는 사실에 감사하고 앞으로 더 잘하기를 바라
야겠네요."

클라라의 할머니는 가정교사와 함께 밖으로 나왔다. 가정교
사는 아래층으로 내려갔고 노부인은 놀라운 소식을 직접 확인
하기 위해서 서둘러 서재로 갔다. 눈앞에 열린 새로운 세상에
잔뜩 흥분한 표정으로 하이디가 클라라에게 큰 소리로 책을
읽어 주고 있었다. 종이에 쓰인 까만 글씨가 생명력을 얻어 다
양한 사람들과 사물들에 대한 이야기로 변신했다.

그날 저녁 식탁에서 하이디는 자신의 자리 옆에 놓인 커다란
동화책을 발견했다. 하이디가 환해진 표정으로 쳐다보자 할머

니가 고개를 끄덕였다.

　"그래, 이제 네 책이란다."

　"앞으로 언제까지나요? 제가 집에 돌아가도요?"

　하이디가 너무 기뻐서 빨개진 얼굴로 물었다.

　"물론이지. 내일부터 같이 읽자꾸나."

　"하지만 넌 앞으로 몇 년 동안은 집에 가지 않을 거야, 하이
디. 곧 할머니가 집으로 돌아가시면 난 네가 더욱 필요한걸."

클라라가 말했다.

하이디는 그날 잠자리에 들기 전에 예쁜 동화책을 펼쳤다. 그 후로 하이디는 책 읽는 것을 가장 좋아하게 되었다. 저녁이면 할머니는 이렇게 말하곤 했다.

"이제 하이디가 읽어 보렴."

하이디는 자신이 무척 자랑스러웠다. 소리 내어 읽으면 이야기가 더욱 잘 이해되는 것 같았다. 그리고 필요할 때마다 할머니가 자세한 설명도 해 주었다. 하이디가 가장 좋아해서 읽고 또 읽은 이야기는 목동에 관한 이야기였다. 하이디가 처음 보고 울음을 터뜨린 바로 그 이야기였다. 목동이 햇살이 내리쬐는 초원에서 즐겁게 아버지의 양과 염소들을 치는 모습이 나왔다. 다음 그림에서는 목동이 집을 떠나 낯선 곳에서 돼지를 치는 모습이 보였다. 이 그림에서는 햇살이 빛나지 않고 마을은 잿빛이고 자욱한 안개로 뒤덮여 있었다. 목동은 먹을 것이 없어 창백하고 야윈 얼굴이었다. 마지막 그림에서는 슬픔에 잠긴 채 누더기 차림으로 돌아온 목동을 늙은 아버지가 두 팔을 벌리고 기쁘게 맞이하는 모습이 나왔다.

멋진 그림과 이야기를 감상하느라 할머니와 보내는 시간은 즐겁게 지나갔다. 그리고 너무나 빨랐다.

11

집을 그리워하며

    할머니가 와 있는 동안 오후에 클라라가 휴식을 취하는 시간이 되면 로텐마이어 양도 어디론가 사라졌다. 아마도 쉬러 가는 모양이었다. 할머니는 잠시 손녀딸 곁에 있다가 하이디를 방으로 불러 여러 가지 이야기를 해 주며 즐거운 시간을 보냈다. 할머니는 작은 인형을 가지고 있었는데 하이디에게 인형 옷을 만드는 모습을 보여 주었다. 하이디는 그 모습을 보면서 자신도 모르는 사이에 바느질을 배웠다. 그리고 할머니가 갖고 있는 온갖 종류의 천과 재료로 인형들에게 입힐 원피스와 외투, 앞치마를 만들었다. 가끔씩 할머니는 하이디에게 큰 소리로 책을 읽도록 했다. 하이디는 읽으면 읽을수록 그 이야기들이 더욱 좋아졌다. 마치 이야기에 등장하는 인물들이 실제로 잘 아는 것처럼 느껴져서 새로 읽을 때마다 기뻤다. 하지만 이렇게 여러 가지 일을 하면서도 하이디는 전혀 행복해 보이지 않았다. 눈동자는 갈수록 생기를 잃어갔다.

할머니가 프랑크푸르트를 떠나기 일주일 전이었다. 오후에 하이디는 평소처럼 동화책을 들고 할머니의 방에 갔다. 할머니는 하이디를 옆으로 오라고 한 다음 책을 내려놓고 물었다.

"얘야, 왜 그렇게 슬픈지 말해 보렴. 아직도 고민이 해결되지 않았니?"

하이디가 고개를 끄덕였다.

"하느님께 기도했니?"

"네!"

"행복하게 해 달라고 매일 기도하니?"

"아뇨, 이젠 안 해요."

"그거 참 안타까운 일이구나. 왜 그만뒀지?"

"소용이 없으니까요. 하느님은 제 기도를 들어주지 않으셨어요. 프랑크푸르트 사람들이 한꺼번에 전부 기도하면 하느님이 모든 사람의 기도를 들을 수가 없잖아요. 그래서 제 기도를 못 들으셨을 거예요."

"왜 그렇게 생각하지?"

"매일 똑같은 기도를 오랫동안 했거든요. 하지만 이루어지지 않았어요."

"그렇지 않단다, 하이디. 하느님은 우리 모두에게 사랑하는 아버지 같은 분이야. 우리에게 좋은 일이 무엇인지 다 알고 계시지. 우리가 우리한테 좋지 않은 일을 부탁하면 들어주지 않으셔. 하지만 우리가 믿음을 잃지 않고 기도를 계속하면 적당하다고 생각되는 때에 그보다 더 좋은 것을 주신단다. 하느님은 네 기도를 못 들으신 게 아니야. 한꺼번에 모든 사람의 기도를 들으실 수 있단다. 정말 경이로운 일이지. 하느님은 네 기도를 들으셨지만 아마도 지금은 너한테 좋지 않다고 생각하셨을 거야. '하이디의 기도를 들어줘야지. 하지만 하이디가 정말로 행복할 수 있는 순간에 들어줘야지. 만약 지금 들어주면 일이 바라는 대로 되지 않아서 하이디가 기도한 것을 후회할 수도 있으니까.'라고 생각하실 게다. 하느님은 항상 널 지켜보고 계신단다. 그걸 믿어야 해. 하지만 기도를 그만뒀다는 건 하느님을 진정으로 믿지 않았다는 뜻이야. 계속 그런다면 하느님은 그 사람이 하고 싶은 대로 하도록 내버려 두시지. 나중에 문제가 생겨서 도와줄 사람이 아무도 없을 때 그 사람은 자신을 탓할 수밖에 없을 거야. 자신을 진정으로 도와줄 수 있는 단 한 분에게 등을 돌렸으니까. 하이디, 너도 그렇게 되고 싶니? 아니면 지금 당장 하느님께 더욱 큰 믿음을 달라고, 매일 기도할 수 있게 해 달라고, 결국에는 옳은 길로 이끌어 주실 것을 믿게 해 달라고 용서를 구하겠니?"

하이디는 할머니의 말을 귀담아들었다. 할머니를 믿었기 때문에 할머니의 말을 한마디도 놓치지 않았다. 끝에 가서는 울면서 잘못을 뉘우쳤다.

"당장 하느님께 가서 용서해 달라고 할 거예요. 다시는 하느님을 잊어버리지 않겠다고 할래요."

"그래, 착하구나."

기운을 차려서 방으로 돌아간 하이디는 하느님께 자신을 잊지 말고 축복을 내려 달라고 간절하게 기도했다.

드디어 할머니가 떠나는 날이 되었다. 클라라와 하이디는 몹시 슬펐다. 하지만 할머니는 마차에 오르는 순간까지도 즐거운 분위기를 잃지 않았다. 마차 바퀴 소리가 사라지자 집 안은 쥐 죽은 듯 고요해졌고 쓸쓸하게 남겨진 아이들은 뭘 해야 좋을지 알 수 없었다.

다음 날 저녁 하이디는 서재로 책을 들고 가서 클라라한테 말했다.

"이제부터는 내가 책을 많이 읽어 줄게. 네가 좋다면 말이야."

클라라는 고마워했고 하이디는 열심히 책을 읽기 시작했다. 하지만 하이디가 가져온 책은 할머니가 죽는 이야기가 나오는 책이었다. 하이디는 눈물을 터트리더니 흐느껴 울기 시작했다.

"할머니가 돌아가셨어."

책에 나오는 이야기가 전부 사실이라고 굳게 믿었던 하이디는 이야기에 나오는 대로 페터네 할머니가 돌아가셨다고 생각했다.

"이젠 다시는 볼 수 없어, 맛있는 흰 빵도 가져다 드리지 못했는데."

클라라는 책에 나오는 할머니가 페터네 할머니가 아니라고 한참을 설명해 줘야만 했다. 그런데도 하이디는 흐느낌을 멈출 수가 없었다. 자신이 멀리 떠나온 동안 혹시나 진짜 페터네 할머니나 할아버지가 돌아가셨을지도 모른다는 생각이 들어서였다. 먼 훗날 집에 돌아가게 된다면 모든 상황이 바뀌고 사랑하는 사람들이 전부 떠나 버렸을지도 모른다는 생각이 들었다.

하이디가 울고 있을 때 로텐마이어 양이 서재로 들어왔다. 그녀는 더 이상 참을 수 없다는 표정으로 하이디를 쏘아보면서 말했다.

"아델하이트, 당장 그치고 내 말 잘 들어라. 한 번만 더 클라라 아가씨한테 책 읽어 주다가 울면 그 책을 빼앗아서 돌려주지 않을 거다."

그 무엇보다 책을 소중하게 생각하는 하이디이기에 즉각 눈물을 멈추었다. 얼굴이 하얗게 질려서 눈물을 닦고 흐느낌을 멈추었다. 그 후로는 무슨 책을 읽더라도 절대로 울지 않았다. 하지만 가끔씩 눈물을 참으려고 얼굴을 찌푸리는 바람에 클라라가 놀라며 이렇게 말했다.

"네가 그런 표정 짓는 건 처음 봐."

하지만 적어도 그렇게 하면 로텐마이어 양한테 들킬 염려가 없었다. 그렇게 슬픔을 이겨 내면 잠시 동안은 모든 것이 평화로워지는 것 같았다.

하지만 하이디는 여전히 잘 먹지 못했고 눈에 띄게 야위어만 갔다. 세바스티안은 식사 시간에 아무리 맛있는 음식이 나와도 먹지 않으려는 하이디가 몹시 걱정스러웠다. 하이디에게 접시를 건네며 "이것 좀 먹어 보세요, 아가씨. 정말 맛있답니다. 그건 너무 조금이에요. 한 숟가락만 더 가져가세요."라고 속삭이기도 했다. 하지만 아무런 소용이 없었다. 하이디는 거의 먹지 못했다. 자려고 침대에 누우면 그리운 집의 풍경이 눈앞에 펼쳐져서 베개가 젖을 때까지 울고 또 울었다.

시간은 흘러갔지만 도시에서는 겨울인지 여름인지 영 알 수가 없었다. 창문에서 내다보이는 벽과 집은 언제나 똑같아 보이는 데다 외출은 클라라가 마차를 탈 수 있을 만큼 몸 상태가 좋을 때만 할 수 있었다. 하지만 클라라가 오랫동안 마차를 탈 수 없어서 집 근처만 돌아다녀야 했다. 눈에 보이는 것이라고는 온통 건물과 사람들뿐, 풀이나 꽃, 나무, 산은 전혀 보이지 않았다. 집에 대한 그리움은 더욱 커졌다. 산속 집에서 살 때 좋아하던 것들을 가리키는 단어만 들어도 하이디는 눈물이 났

지만 꾹 참아야 했다.

　가을과 겨울이 지나고 맞은편 집의 하얀 담벼락에 햇살이 비추었다. 하이디는 그 모습을 보면서, 조금 있으면 페터가 다시 염소들을 데리고 산에 오르고 꽃들이 잔뜩 피어나며 저녁마다 태양빛이 붉게 타오를 것이라고 생각했다. 그리고 오후에 방에 혼자 있을 때는 햇살로부터 두 손으로 눈을 가린 채 집으로 돌아가고 싶은 마음을 꾹 참았다. 클라라가 다시 부를 때까지 그러고 있었다.

12

유령이 나타났다!

　제제만 씨 집에 이상한 일이 벌어지기 시작했다. 로텐마이어 양은 골똘히 생각에 잠긴 채 아무런 말없이 집 안을 돌아다녔다. 날이 저문 후 다른 방에 갈 일이 있거나 복도를 지나야 할 때는 마치 누군가가 확 덮치거나 치마를 잡아당길까 봐 두렵기라도 한 듯 자꾸 뒤돌아보거나 구석을 살피는 것이었다. 그리고 2층에 있는 손님방으로 올라가거나 응접실로 내려갈 때면, 가져올 물건이 있을지도 모른다면서 꼭 티네테에게 같이 가자고 했다. 특히 식당은 발걸음 소리가 크게 울려 퍼지고 흰색 깃을 빳빳하게 세운 시의원들의 초상화가 걸려 있어서 무서운 분위기가 감돌았다. 그런데 이상하게 티네테도 똑같은 행동을 했다. 티네테는 손님방이나 식당에 갈 일이 있으면 들고 올 물건이 있을지도 모르니 세바스티안에게 같이 가자고 했다. 심지어 세바스티안도 마찬가지였다. 사용하지 않는 방에 갈 일이 있으면 도움이 필요할지도 모른다며 마부 요한을 데려갔다. 티네테나 세바스티안이나 요한은 실제로 도와줄 일이 없는데도 도움을 청하면 불평하지 않고 기꺼이 따라갔다. 나중에 자신들도 도움을 청할 일이 있을지도 모른다고 생각하는 것 같았다. 부엌에서도 사정은 다르지 않았다. 제제만 씨네 집에서 오랫동안 일한 나이 든 요리사는 냄비 앞에 서서 고개를 세차게 흔들며 중얼거리는 것이었다.

"이 나이 먹도록 그런 일은 처음이야."

이렇게 이상한 행동들을 하는 이유는 얼마 전부터 하인들이 아침에 내려오면 현관문이 활짝 열려 있었기 때문이다. 도대체 누가 열었는지 도통 알 수가 없었다. 처음 하루나 이틀 동안은 도둑이 낮 동안 집 안에 숨어 있다가 밤에 훔친 물건을 가지고 도망칠지도 모른다는 생각에 집 안을 샅샅이 살폈다. 하지만 없어진 물건이 하나도 없었다. 그런 다음에는 현관문을 이중으로 잠그고 빗장까지 걸어 놓았다. 하지만 하인들이 아침 일찍 내려와 보면 어김없이 현관문이 활짝 열려 있었다.

마침내 로텐마이어 양은 세바스티안과 요한에게 아래층 응접실 옆방에서 밤을 새며 무슨 일인지 알아봐 달라고 부탁했다. 제제만 씨의 총을 주었고 만약의 사태에 더욱 용감하게 대처하라고 와인도 한 병 내주었다.

저녁이 되어 자리를 잡자마자 술부터 마시기 시작한 세바스티안과 요한은 말이 많아졌다. 잠시 후 졸음이 밀려와 두 사람은 안락의자에 기댄 채 꾸벅꾸벅 졸기 시작했다. 12시를 알리는 시계 소리에 잠을 깬 세바스티안은 요한을 불렀다. 하지만 그가 깨울 때마다 요한은 더욱 깊숙이 안락의자로 파고들 뿐이었다. 완전히 잠에서 깬 세바스티안은 이상한 소리가 나지 않는지 귀를 기울였다. 집 안에서도 밖에서도 아무런 소리가 들리지 않았다. 오히려 너무 고요해서 불안했다. 아무리 불러도 요한이 일어나지 않자 세바스티안은 그를 흔들어 깨우기 시작했다. 한 시간이 지나서야 잠에서 깬 요한은 그제야 자신이 무슨 일을 하러 왔는지 기억해 냈다. 그는 자리에서 일어나 용감하게 말했다.

"밖으로 나가서 살펴봐야겠어요. 겁내지 말고 그냥 절 따라오세요."

요한은 조금 열려 있던 문을 밀고 복도로 나갔다. 바로 그때 활짝 열린 현관문에서 '휙' 하고 바람이 불어와 손에 들고 있던 초가 꺼졌다. 불이 꺼지자마자 그는 방으로 뛰어 들어가 세게 문을 닫았다. 그 바람에 뒤따라 나가려던 세바스티안과 부딪혀 넘어질 뻔했다. 요한은 문까지 잠그고 다시 초를 켰다. 그 모습을 본 세바스티안은 어안이 벙벙한 채 서 있었다. 요한의 덩치에 가려져 아무것도 보지 못했던 것이다. 요한은 백지장처럼 하얗게 질린 얼굴로 사시나무 떨 듯 떨었다.

"왜 그래? 밖에 뭐가 있어?"

세바스티안이 조바심내며 물었다.

"현관문이 열려 있어요. 그리고 허연 물체가 2층으로 '휙' 하고 사라졌어요."

세바스티안은 등줄기가 오싹했다. 두 사람은 바싹 붙어 앉아 한 발자국도 움직이지 않았다. 동틀 무렵 길가에서 사람들의 목소리가 들려오기 시작하자 그제야 밖으로 나가 현관문을 닫고 로텐마이어 양에게 보고하러 갔다. 그녀는 벌써 일어나 옷을 갖춰 입고 있었다. 무슨 보고가 있을지 몰라서 밤새도록 잠들지 못했던 것이다. 그녀는 간밤에 있었던 일을 보고받자마자 제제만 씨에게 편지를 쓰기 시작했다. 펜을 제대로 들고 있기도 힘들 만큼 무서운 일이 벌어졌으니 당장 돌아오라는 내용이었다. 또 무슨 일이 생길지 몰라서 집 안의 사람들이 제대로 잠을 잘 수 없다고 했다.

제제만 씨가 보낸 답장에는 일 때문에 곧바로 돌아갈 수 없다고 적혀 있었다. 집에 '유령'이 나타났다니 믿기 힘들다며 일시적인 소동일 것이라고 했다. 문제가 계속된다면 자신의 어머니에게 프랑크푸르트로 다시 와 달라는 편지를 보내라고 했다. 어머니라면 '유령'이 다시는 나타나지 않게 할 수 있을 거라고 했다.

이 편지를 본 로텐마이어 양은 제제만 씨가 문제를 심각하게 받아들이지 않는 것 같아 화가 났다. 곧바로 노부인에게 편지를 보냈지만 역시 만족스럽지 못한 대답이 돌아왔다. 노부인은 로텐마이어 양이 유령을 봤다는 착각을 그대로 믿고 프랑크푸르트까지 먼 길을 다시 갈 생각은 없다고 쏘아붙였다. 집 안에 정말로 '유령'이 있다면 분명히 살아 있는 사람일 것이라고 했다. 혼자서 문제를 처리하지 못하겠으면 순경을 부르라는 말도 적혀 있었다.

로텐마이어 양은 더 이상 참을 수가 없었다. 그녀는 제제만 씨와 노부인이 자신의 말을 진지하게 받아들이도록 할 수 있는 좋은 방법이 떠올랐다. 아직 그녀는 클라라와 하이디에게는 유령에 대한 이야기를 하지 않았다. 아이들이 정말 무서워하면 큰일이라고 생각했기 때문이다. 하지만 그녀는 이제 더이상 망설이지 않고 곧장 서재로 가서 쉰 목소리로 지난밤에일어난 일을 이야기해 주었다. 그 이야기를 듣자마자 클라라는 이제부터 단 한 순간도 자신을 혼자 두지 말라고 소리쳤다.

"아빠가 돌아오셔야 해요. 로텐마이어 양은 오늘부터 내 방에서 자요. 하이디도 혼자 남겨 두면 안 돼요. 유령이 무슨 짓을 할지 모르니까요. 한방에서 모두 다 같이 자야겠어요. 밤새도록 불을 켜 두고요. 티네테는 옆방에서 자라고 하세요. 요한과 세바스티안은 2층 복도에서 자라고 하고요. 유령이 올라오려고 하면 쫓아내야 하니까요."

클라라는 잔뜩 흥분한 상태여서 로텐마이어 양이 진정시키느라 애를 먹었다.

"당장 주인어른께 편지를 쓰고 제 침대를 아가씨 방으로 옮기겠어요. 하지만 모두 다 같이 한방에서 잘 수는 없어요. 아델하이트가 혼자 자기 무서우면 티네테한테 같이 자라고 하겠어요."

하지만 하이디는 본 적도 없는 유령보다 티네테가 더 무서웠다. 그래서 무섭지 않으니 제 방에서 혼자 자겠다고 했다. 로텐마이어 양은 책상으로 가서 편지를 썼다. 수수께끼 같은 일이 여전히 계속되고 있으며 연약한 클라라의 건강에 나쁜 영향을 끼칠 수 있다고도 했다.

"무서움에 시달린 나머지 발작을 일으키거나 무도병을 일으킬지도 모릅니다."

그 방법은 과연 효과가 있었다. 이틀 후 제제만 씨가 현관문 앞에서 요란하게 종을 울려 댔다. 종소리가 어찌나 시끄럽던지 모두 뛸 듯이 놀라서 이제는 유령이 낮에도 해괴한 일을 벌인다고 생각했다. 세바스티안이 위층 창문으로 슬쩍 내다보려는 순간 또다시 요란한 종소리가 울려 퍼졌다. 사람이 줄을 잡아당기는 것이 분명했다. 창문으로 내다본 세바스티안은 주인어른의 모습을 발견하고 잽싸게 계단을 내려갔다. 제제만 씨는 세바스티안을 본 체도 하지 않고서 곧바로 딸의 방으로 갔다. 아버지를 본 클라라는 몹시 기뻐했다. 제제만 씨는 평소와 다를 바 없는 모습으로 반갑게 맞아 주는 딸의 모습에 안심이 되었다. 오히려 유령 덕분에 아버지가 집으로 돌아와서 고맙다고 말하는 딸의 모습에 즐겁기까지 했다.

"유령이 무슨 짓을 했나요, 로텐마이어 양?"

제제만 씨가 웃음을 띠며 말했다.

"정말 심각한 문제랍니다. 내일 아침이면 생각이 바뀌실 거예요. 과거에 이 집에서 끔찍한 일이 벌어졌는데 이제야 드러나는 게 분명해요."

"우리 조상님들을 끌어들이는 건 그만둬요!"

제제만 씨가 소리쳤다.

"식당에 가 있을 테니 세바스티안을 불러 줘요. 둘이서 할 말이 있으니."

그는 로텐마이어 양과 세바스티안이 별로 사이가 좋지 않다는 사실을 이미 알고 있었다. 그 때문에 뭔가 짐작하는 바가 있었다.

"들어와요. 사실대로 말해 보세요. 혹시 로텐마이어 양을 골려 주려고 세바스티안이 유령 소동을 벌인 건가요?"

"주인어른, 그런 말씀 마세요. 저도 로텐마이어 양만큼이나 유령이 무섭답니다."

세바스티안의 표정으로 보아 사실임에 분명했다.

"흠, 그렇다면 낮에는 유령이 어떤 모습인지 내가 보여 줘야겠군요. 요한한테도 말이죠. 사내대장부가 그런 일로 무서워하다니, 창피한 줄 아세요. 얼른 가서 내 친구 클라센에게 전하세요. 오늘 밤 9시 정각에 우리 집에 꼭 와 달라고. 상의할 일이 있어서 내가 일부러 파리에서 돌아왔다고 하세요. 중요한 일이니 밤을 지새울 준비를 하고 오라고요. 알겠죠?"

"네, 주인어른! 지금 당장 다녀오겠습니다."

제제만 씨는 클라라에게 가서 다음 날이면 유령의 정체가 밝혀질 것이라고 말했다.

두 아이가 잠자리에 들고 로텐마이어 양도 자기 방으로 물러간 9시 정각에 클라센이 도착했다. 의사인 그는 머리가 희끗희끗했지만 얼굴은 젊어 보였고 눈빛이 환하고 상냥했다. 그는 몹시 걱정스러운 표정으로 들어왔지만 제제만 씨를 보자마자 웃음을 터뜨렸다.

"밤새 돌봐 줘야 할 환자치고는 멀쩡해 보이는군!"

의사 선생이 이렇게 말하며 제제만 씨의 어깨를 가볍게 톡톡 쳤다.

"그렇게 말하기는 아직 이르네, 이 사람아. 우리가 오늘 밤에 붙잡아야 할 사람은 절대로 멀쩡하지 않을 테니, 자네가 봐줘야겠어."

"그러니까 이 집에 환자가 있기는 한가 보군. 그 환자를 우리가 붙잡아야 한다고?"

"그보다 더 끔찍한 일이야. 유령을 잡아야 하네. 이 집에 유령이 나온다네."

의사 선생이 또다시 웃음을 터뜨렸다.

"믿지 못하는군. 로텐마이어 양이 지금 자네 모습을 못 본 게 다행이네. 로텐마이어 양은 우리 조상님이 집 안을 떠돌아다닌다고 생각하거든. 지난날의 잘못을 속죄하기 위해서 말이지."

"도대체 자네 조상님을 어떻게 만났다던가?"

의사 선생은 계속 웃음을 터뜨렸다.

제제만 씨가 자초지종을 이야기해 주었다.

"우리가 밤을 지새울 방에 장전한 권총 두 자루를 갖다 놓았네. 안전을 위해서 말이지. 내 생각에는 하인들의 친구 중 하나가 내가 없는 동안 집 안 사람들을 놀라게 하려고 그러는 것 같아. 만약 그렇다면 공중에 대고 총을 쏴서 겁만 주면 될 걸세. 강도가 도둑질을 하려고 '유령' 소동으로 겁을 줘 방 안에서 아무도 나오지 못하게 하는 것일지도 몰라. 그런 경우를 대비해서도 무기가 필요할 걸세."

제제만 씨는 요한과 세바스티안이 밤을 새운 방으로 의사 친구를 데려갔다. 테이블에는 권총 두 자루가 놓여 있었다. 밤을 새워야 할 경우 피곤함을 물리쳐야 하므로 와인 한 병도 준비되어 있었다. 두 개의 촛대에 각각 세 개씩 놓인 양초가 방 안을 밝혀 주었다. 제제만 씨는 어둠 속에서 유령을 기다리고 싶은 생각이 없었다. 하지만 불빛이 복도로 새어 나가지 않도록 문을 꼭 닫았다. 두 사람은 편안한 안락의자에 앉아 와인을 마시며 이야기를 나누었다. 그러다 어느새 자정을 알리는 시계 소리에 깜짝 놀랐다. 의사 선생이 말했다.

"유령이 눈치채고 안 올 모양이야."

"좀 더 기다려 봐야 해. 1시는 되어야 나타날 걸세."

두 사람은 또다시 한 시간 동안 이런저런 이야기를 나누었다. 길에서도 아무런 소리가 들리지 않고 온통 고요했다. 갑자기 의사 선생이 손가락을 들어 올렸다.

"제제만, 저 소리 들리나?"

빗장을 풀고 자물쇠가 돌아가고 문이 열리는 소리가 희미하게 들려왔다. 제제만 씨가 손을 권총에 갖다 댔다.

"무서운 건 아니겠지?"

의사 선생이 조용히 물었다.

"어쨌든 조심해야 할 것 같네."

제제만 씨가 낮은 목소리로 대답했다.

두 사람은 한 손에는 등불을, 다른 손에는 권총을 들고 복도로 나갔다. 열린 문 사이로 쏟아지는 희미한 한 줄기 달빛이 문지방에 가만히 서 있는 허연 물체를 비추었다.

"누구냐?"

의사 선생의 커다란 목소리가 복도에 울려 퍼졌다. 두 사람은 함께 현관문으로 다가갔다. 허연 물체가 뒤돌아보더니 자그맣게 비명을 질렀다. 맨발에 하얀 잠옷을 입은 하이디가 서 있었다. 하이디는 깜짝 놀란 눈으로 권총과 등불을 보더니 입술과 함께 온몸을 떨기 시작했다. 제제만 씨와 의사 선생도 놀란 눈으로 서로를 쳐다보았다.

"자네한테 물을 떠다 준 꼬마 아가씨로군!"

의사 선생이 외쳤다.

"여기서 뭐하니, 얘야? 왜 아래층에 내려와 있어?"

제제만 씨가 물었다.

"모르겠어요."

하얀 잠옷만큼이나 하얗게 질린 얼굴의 하이디가 가냘픈 목소리로 대답했다.

"내가 맡아야 할 일인 것 같군. 내가 아이를 방으로 데려다 주겠네. 자네는 들어가 앉아서 기다리게."

의사 선생은 권총을 땅에 내려놓고 다정하게 하이디의 손을 잡고는 계단을 올라갔다. 그는 여전히 떨고 있는 하이디를 진정시키려고 다정한 목소리로 말을 걸었다.

"무서워하지 마라. 아무 일도 없을 거란다. 괜찮아."

하이디의 방에 도착하자 그는 등불을 테이블에 올려놓고 하

이디를 안아 침대에 눕혔다. 그리고 조심스럽게 이불을 덮어 주고는 의자에 앉아 하이디가 진정할 때까지 기다렸다. 그런 다음 다정하게 손을 잡고 말했다.

"이제 괜찮아. 어디를 가려고 했는지 말해 보렴."

"아무 데도요. 아래층으로 내려간 것도 몰랐어요. 제가 갑자기 거기에 있었어요."

하이디가 작게 말했다.

의사 선생은 잡고 있는 하이디의 손이 매우 차갑다는 걸 깨달았다.

"그렇구나. 혹시 꿈을 꾼 거니? 진짜처럼 느껴지는 꿈 말이야."

"아, 맞아요! 매일 밤 꿈을 꿔요. 할아버지 집으로 돌아가서 전나무가 바람에 흔들리는 소리를 들어요. 꿈에서는 오두막 밖에서 별들이 환하게 반짝이고 아침에 일어나자마자 문을 열고 밖으로 나가요. 바깥은 정말 아름다워요. 하지만 일어나 보면 항상 여기 프랑크푸르트예요."

하이디는 목이 메는 것을 애써 참았다.

"아픈 데는 없니, 머리라든가 등이라든가?"

"없어요. 그런데 커다란 돌멩이가 목에 걸린 것 같아요."

"음식을 너무 크게 베어 물어서 넘어가지 않을 때처럼?"

하이디는 고개를 저었다.

"아뇨. 울고 싶을 때처럼요."

"그럼 가끔씩 우니?"

하이디의 입술이 또다시 떨렸다.

"아뇨. 울면 안 돼요. 로텐마이어 양이 울면 안 된다고 했어요."

"그럼 그냥 울음을 삼키겠구나. 프랑크푸르트가 좋니?"

"네!"

하지만 그렇지 않다는 대답처럼 들렸다.

"할아버지하고는 어디에 살았지?"

"산에서요."

"하나도 재미없었겠구나. 그렇지? 심심하지 않았니?"

"아뇨. 너무 재미있었어요!"

하지만 하이디는 더 이상 말을 잇지 못했다. 그동안 꾹꾹 눌러 왔던 눈물이 자기도 모르게 흘러내렸다. 결국 하이디는 울면 안 된다는 명령을 어긴 채 흐느꼈다.

의사 선생은 자리에서 일어나 하이디의 머리에 살며시 베개를 받쳐 주었다.

"실컷 울어. 울어도 괜찮단다. 그리고 푹 자렴. 내일 아침에는 모든 일이 다 잘될 거야."

그는 초조해하면서 기다리고 있는 제제만 씨에게로 돌아갔다.

"첫째, 이 집에서 지내고 있는 그 아이는 몽유병을 앓고 있네. 그래서 자기도 모르게 밤마다 현관문을 열어 놓고 하인들을 겁에 질리게 했지. 둘째, 그 아이는 몹시도 지독한 향수병을 앓고 있어. 그동안 얼마나 야위었는지 지금은 뼈밖에 안 남았네. 당장 조치를 취해야 해. 지금 몹시 불안정한 상태야. 이런 증상을 치료할 방법은 하나뿐이야. 곧바로 산으로 돌려보내야 하네. 그것도 내일 당장! 그게 내 처방일세."

그 말을 들은 제제만 씨는 벌떡 일어나더니 안절부절못하면서 방을 왔다 갔다 했다.

"몽유병에, 향수병에, 비쩍 말랐다니, 내 집에서 그런 일이 일어났는데 아무도 몰랐다니! 처음 왔을 때만 해도 얼굴빛이 발그레하고 건강한 아이였는데. 저렇게 야위고 아픈 몸으로 할아버지한테 돌려보내란 말인가? 안 돼. 그럴 수는 없네. 치료 먼저 해 주게. 우선 그 애를 건강하게 만든 다음에 돌려보내겠네. 그 애가 가고 싶어한다면 말일세."

"그건 말도 안 되는 소리야. 이건 약으로 고칠 수 있는 병이 아니네. 산으로 돌려보내면 저절로 예전처럼 건강해 질 수 있어. 지금 보내지 않는다면…… 결국 영영 회복될 수 없을 만큼 아픈 상태에서 저 애를 집으로 돌려보내야 할 걸세."

의사 선생의 말에 제제만 씨는 몹시 걱정이 되었다.

"그렇다면 자네가 하라는 대로 하겠네."

의사 선생이 돌아갈 무렵에는 벌써 현관문 사이로 새벽 여명이 쏟아지고 있었다.

13

다시 집으로

제제만 씨는 불안함과 짜증이 뒤섞인 채로 로텐마이어 양의 방문을 쾅쾅 두드리며 말했다.

"빨리 일어나서 식당으로 와요. 여행 준비를 해야 하니까."

그 소리에 잠에서 깬 로텐마이어 양이 시계를 보니 아직 새벽 4시 30분밖에 되지 않았다. 그렇게 일찍 일어난 것은 처음이었다. 도대체 무슨 일이지? 그녀는 기대 반 호기심 반으로 정신이 팔려서 이미 입고 있는 옷을 찾아 한참이나 헤맸다.

제제만 씨는 이번에는 복도를 걸어 다니며 하인들이 잠자는 방으로 연결된 종들을 죄다 울려 댔다. 세바스티안과 요한, 티네테 모두 침대에서 벌떡 일어나 손에 잡히는 대로 옷을 챙겨 입었다. 필시 유령의 공격을 받은 주인어른이 도움을 청하기 위해 종을 울리는 것이라고 생각했다. 단정하지 못한 모습으로 우르르 식당으로 몰려든 그들은 평소와 다름없는 제제만 씨의 모습에 어리둥절해했다. 유령을 만난 것처럼 보이지는 않았다. 요한은 곧바로 마차를 준비하러 나갔고, 티네테는 하이디를 깨워 여행 준비를 하러 갔다. 세바스티안은 데테를 불러오라는 명령을 받았다.

한편 로텐마이어 양은 옷을 제대로 갖춰 입고 왔지만 모자를 거꾸로 쓰는 바람에 마치 뒤로 걷는 것처럼 보였다. 제제만 씨는 너무 이른 시간에 깨워서 그러겠거니 생각했다. 그는 그녀에게 별다른 설명 없이 곧바로 여행 가방에 하이디의 짐을 챙기라고 했다.

"클라라의 물건도 좀 챙겨 넣도록 해요. 제대로 된 것들을 가져가야 하니까. 시간 없으니 서둘러요."

로텐마이어 양은 어리둥절한 표정으로 주인어른을 쳐다보기만 했다. 유령에 대한 끔찍한 이야기를 들을 것으로 기대했기 때문이다. 아침이 밝았으니 유령 얘기를 해도 무섭지 않을 것이라고 생각했다. 하지만 주인어른은 유령 얘기를 해주기는 커녕 성가신 지시만 내릴 뿐이었다. 그녀는 도무지 이해할 수 없는 멍한 표정으로 설명을 기다렸다. 하지만 제제만 씨는 더는 말하지 않고 클라라의 방으로 가버렸다. 예상했던 대로 클라라는 집 안이 온통 소란스러운 탓에 벌써 일어나 있었다. 무

슨 일인지 정말 궁금했다. 제제만 씨는 침대 옆에 앉아 무슨 일
인지 설명해 주었다.

"클라센 박사님이 그러는데, 하이디의 건강이 무척이나 나빠
졌다는구나. 자는 도중에 자기도 모르게 지붕에라도 올라가
면 큰일이라고 말이야. 그래서 당장 집으로 돌려보내기로 결정
했단다. 하이디한테 무슨 일이 생기면 안 되잖니, 그렇지?"

클라라는 그 말에 크게 상심해서 아버지의 마음을 돌리려고
애썼다. 하지만 아버지의 결심은 확고했다. 떼를 쓰지 않는다
면 내년에 스위스에 데려가 주겠다고 약속했다. 클라라는 더
이상 어쩔 도리가 없다는 것을 깨닫고는 하이디가 좋아할 만
한 물건들을 챙겨 주고 싶다고 간청했다. 아버지는 흔쾌히 그
러라고 했다.

그때쯤 데테가 도착했다. 데테는 그렇게 이른 시간에 불려온
것이 영 마음에 걸렸다. 제제만 씨는 하이디의 상태에 대해 데
테에게도 똑같이 설명했다.

"오늘 당장 집으로 데려다 줘요."

데테는 산 아저씨가 두 번 다시 나타나지 말라고 호통친 것
이 떠올라 몹시 불안했다. 난데없이 하이디를 데리고 온 것처
럼 또 갑자기 데려가야 한다니, 도저히 할 수가 없었다.

"죄송합니다만, 오늘은 안 되겠어요. 내일도 안 되고요. 저희
주인어른 댁이 지금 몹시 분주하거든요. 별안간 하루 휴가를

달라고 할 수 없는 상황이랍니다. 언제 시간이 날지 모르겠어요."

제제만 씨는 그것이 핑계라는 것을 알고는 더 이상 말하지 않고 돌려보냈다. 대신 세바스티안에게 여행 준비를 하라고 일렀다.

"오늘은 바젤까지 가고 내일 집까지 데려다 주게. 어떻게 된 일인지 하이디네 할아버지한테 설명하지 않아도 되네. 내가 자초지종을 설명하는 편지를 써줄 테니까. 자네는 곧바로 돌아오면 되네. 바젤에 가면 내가 명함에 써둔 호텔에서 묵으면 돼. 내 명함을 보여 주면 호텔에서 아이한테 좋은 방을 내줄 걸세. 자네가 묵을 방도 알아서 줄 거야. 그리고 꼭 명심하게. 아이가 문을 열 수 없도록 호텔 방과 창문을 꽉 닫아야 하네. 아이가 잠들면 방문을 잠가야 해. 자는 도중에 걸어 다니지 못하도록. 낯선 환경에서 계단을 내려가 현관문을 열려고 하면 위험하니까 말이야. 알겠나?"

"그럼 유령이 바로?"

세바스티안이 이제야 알겠다는 듯 외쳤다.

"그래, 자네는 겁쟁이야. 요한도 그렇고. 모두 감쪽같이 속은 거지!"

그러고 나서 제제만 씨는 하이디의 할아버지에게 편지를 쓰기 위해 서재로 갔다. 그제야 세바스티안은 부끄러운 마음에 중얼거렸다.

"요한이 허연 물체를 봤다고 했을 때 떠밀리듯 방으로 들어오는 게 아니었는데! 따라갔어야 했어. 내가 봤다면 따라갔을 텐데."

물론 그때는 이미 햇살이 방 안 구석구석을 환하게 비추고 있어서 그렇게 말할 수 있었다.

한편 하이디는 가장 좋은 원피스를 입고 무슨 일인지 궁금해하며 자기 방에서 기다렸다. 평소 티네테는 하이디를 자신보다 아래로 업신여겨서 말을 길게 하는 법이 없었다. 그날도 하이디를 깨우고는 옷을 입으라고 말하고 옷장에서 옷을 꺼내줬을 뿐이었다.

제제만 씨가 다 쓴 편지를 들고 식당으로 가니 아침이 차려져 있었다.

"아이는 어디 있지?"

하이디가 곧바로 불려 와서는 평소와 마찬가지로 "안녕히 주무셨어요." 하고 인사했다.

"얘야, 더 할 말 없니?"

제제만 씨의 물음에 하이디가 어리둥절한 표정을 지었다.

"아직 못 들은 모양이구나. 넌 오늘 집에 갈 거야."

제제만 씨가 미소를 지으며 말했다.

"집에요?"

하이디는 그 순간 가슴이 벅차올라서 숨이 막힐 지경이었다.

"왜? 기쁘지 않니?"

"당연히 기뻐요."

하이디가 어느새 들떠서 환해진 얼굴로 말했다.

"그래, 우선 아침을 든든하게 먹어야 해."

제제만 씨는 식탁에 앉고 하이디에게도 자리에 앉으라는 손짓을 했다. 하이디는 빵을 삼키려고 했지만 도저히 삼킬 수가 없었다. 꿈인지 생시인지 알 수 없었다. 또다시 잠옷 차림으로 현관문 앞에 서 있는 일은 없을 것이다.

"세바스티안한테 음식을 넉넉하게 가져가라고 해요."

제제만 씨가 마침 식당으로 들어오는 로텐마이어 양에게 일렀다.

"아이가 전혀 먹지를 못해요. 지금 상태로는 당연하겠지만."

그는 하이디에게도 말했다.

"마차가 올 때까지 클라라하고 같이 있으렴."

당연히 하이디도 그러고 싶었다. 클라라에게 가보니 뚜껑 열린 여행 가방이 보였다.

"너 주려고 챙긴 거야. 안에 뭐가 들었는지 확인해 봐. 마음에 들었으면 좋겠어. 원피스하고 앞치마, 손수건, 그리고 바느질 재료도 있어. 아, 그리고 이거!"

클라라가 바구니를 들어 올렸다. 하이디는 바구니 안을 들여다보고는 기뻐서 펄쩍 뛰었다. 거기에는 페터네 할머니에게 가져다줄 흰 빵 열두 개가 들어 있었다. 두 아이는 이제 곧 헤어져야 한다는 사실도 잊어버린 채 한껏 즐거워했다. 그때 "마차가 준비되었습니다."라는 말이 들려왔다. 미처 슬퍼할 시간도 없었다. 하이디는 클라라네 할머니에게 받은 책을 가지러 방으로 달려갔다. 한시도 곁에서 떨어뜨릴 수 없어 베개 밑에 숨겨 놓았기 때문에 아무도 챙겼을 리가 없었다. 하이디는 얼른 가서 책을 바구니에 집어넣었다. 그러고는 옷장을 뒤져서 낡은 모자와 빨간 목도리를 꺼냈다. 로텐마이어 양이 챙길 가치가 없다고 생각했기 때문에 옷장에 그대로 남아 있었다. 하이디는 목도리로 낡은 모자를 칭칭 감아서 바구니에 올려놓았

200

다. 빨간색이 유난히 눈에 띄었다. 그런 다음 예쁜 새 모자를 쓰고 방을 나왔다.

하이디와 클라라는 재빨리 작별 인사를 나눠야 했다. 제제만 씨가 하이디를 마차에 태우려고 기다리고 있었고 로텐마이어 양은 아래층으로 내려가지 않고 작별 인사를 하려고 서 있었기 때문이다. 그녀는 하이디가 든 우스꽝스러운 빨간색 보따리를 보자마자 바닥에 내팽개쳤다.

"얘가 끝까지 정말. 아델하이트, 이건 절대로 못 가지고 간다. 더 이상 필요도 없잖아. 잘 가라."

하이디는 차마 주워들 생각도 하지 못하고 간절한 눈빛으로 제제만 씨를 바라보았다. 그러자 제제만 씨가 날카로운 목소리로 말했다.

"원하는 대로 가져가게 내버려 둬요. 고양이나 거북도 원한다면 가져가게 해요. 그렇게 흥분할 것 없어요, 로텐마이어 양."

소중한 보따리를 집어 든 하이디의 눈동자가 기쁨과 감사로 반짝였다. 하이디가 마차에 타기 전에 제제만 씨가 악수를 청하며 인사했다.

"잘 가렴. 클라라와 나는 네가 많이 보고 싶을 것 같구나. 조심해서 가거라."

"정말 감사합니다. 의사 선생님께도 감사하다고 전해 주세요."

하이디는 아침이 되면 모든 일이 다 잘될 거라던 의사 선생님의 말씀을 떠올리고는 그 덕분에 집에 가게 된 것이라고 생각했다. 세바스티안은 하이디를 번쩍 안아 마차에 태우고 바구니와 짐 꾸러미도 싣고는 자신도 올라탔다.

"조심해서 잘 가거라."

제제만 씨의 마지막 인사를 뒤로 하고 마차가 출발했다.

잠시 후 하이디는 무릎에 바구니를 올려놓고 기차에 앉았다. 페터네 할머니에게 가져다줄 소중한 흰 빵이 들어 있기 때문에 한시도 손에서 놓을 수가 없었다. 이따금씩 바구니 안을 들여다보면서 기쁜 미소를 지었다. 하이디는 한동안 아무런 말이 없었다. 이제 정말 할아버지가 있는 집으로 돌아가서 산과 페터, 페터네 할머니를 다시 볼 수 있다는 실감이 들었던 것이다. 그러자 갑자기 불안해져서 세바스티안에게 물었다.

"세바스티안, 페터네 할머니가 돌아가신 건 아니겠지?"

"그럴 리가요. 건강하게 살아 계실 거예요."

하이디는 다시 말이 없어졌다. 어서 빨리 할머니에게 빵을 드리고 싶었다. 잠시 후 하이디가 중얼거렸다.

"할머니가 살아 계신 걸 확실하게 알았으면 얼마나 좋을까."

"잘 계실 거예요. 무슨 일이야 있겠어요?"

세바스티안은 잠들기 직전이었다. 하이디도 곧 눈이 감겼다. 지난밤에 어지러운 소동을 겪었던 데다 새벽에 일찍 일어나느라 피곤해서 꾸벅꾸벅 졸기 시작했다. 하이디가 곯아떨어졌을 때 세바스티안이 팔을 잡고 흔들었다.

"일어나세요. 이제 내려야 해요. 바젤에 도착했어요."

다음 날도 몇 시간씩이나 기차를 탔다. 여전히 빵 바구니는 무릎에 고이 올려 놓은 채였다. 세바스티안에게조차 잠시도 맡기려고 하지 않았다. 하이디는 말이 없었지만 점점 가슴이 뛰었다. 갑자기 "마이엔펠트, 마이엔펠트입니다."라고 외치는 소리가 들리자 하이디와 세바스티안은 자리에서 벌떡 일어나 가방을 들고 서둘러 플랫폼으로 나갔다. 기차는 칙칙폭폭 소리와 함께 계곡을 향해 달려갔다. 세바스티안은 아쉬운 표정으로 기차를 바라보았다. 산을 올라갈 생각을 하니 까마득해서 기차를 타고 계속 편안하게 달렸으면 하는 생각이 들었다. 험난한 자연 그대로 남아 있는 이 마을에서 산을 오르는 것은 위험천만할 게 분명했다. 되르플리까지 안전하게 가는 길을 물어보려고 주위를 두리번거렸다. 역 입구 근처에 비쩍 마른 조랑말이 끄는 조그만 마차가 세워져 있는 게 보였다. 덩치 큰 남자가 기차에 실려 온 짐을 마차로 옮겨 싣고 있었다.

"어떤 길이든 다 안전해요."

세바스티안의 질문에 돌아온 대답이었다. 세바스티안은 영 안심이 되지 않아서 낭떠러지로 떨어지지 않는 방법과 되르플리까지 짐 가방을 들고 올라가는 방법 따위를 물었다. 남자는 짐 가방을 힐끗 쳐다보더니 대답했다.

"별로 무겁지 않으면 내 마차로 실어다 주겠소. 나도 되르플리로 가는 길이니까."

세바스티안이 짐 가방뿐만 아니라 하이디까지 마차로 태워다 달라고 설득하는 데는 그리 긴 시간이 걸리지 않았다. 하이디가 되르플리에 도착한 다음에는 마을 사람과 같이 산으로 올라가면 된다고 했다.

"혼자 갈 수 있어요. 마을에서 산으로 올라가는 길은 저도 아니까요."

두 사람의 대화를 듣고 있던 하이디가 끼어들었다. 세바스티안은 힘들게 산에 올라가지 않아도 되어 기뻤다. 그는 하이디를 옆으로 살짝 데려가서 두툼해 보이는 다발과 할아버지에게 보내는 편지를 주었다.

"이 다발은 제제만 씨가 작은 아가씨께 주시는 선물이에요. 잃어버리지 않도록 바구니 맨 아래에 넣어 두세요. 잃어버리면 주인어른이 화내실 거예요."

"잃어버리지 않을 거야."

하이디는 편지와 다발을 잘 집어넣었다. 세바스티안은 하이디를 마차 운전석에 앉히고 짐 가방은 짐칸에 실었다. 그러면서 집까지 데려다 주지 못해 미안해했다. 그는 하이디와 악수를 하고 자신이 방금 건네준 것들을 잃어버리지 않도록 조심하라고 손짓으로 설명했다. 마차 주인이 알아차리지 못하게 조심해야 했다. 남자가 하이디 옆 운전석에 올라타자 마차가 산을 향해 출발했다. 세바스티안은 집으로 돌아가는 기차를 타기 위해 조그만 역으로 돌아갔다.

마차 주인은 되르플리에 사는 빵집 주인으로 밀가루 포대를 싣고 가는 중이었다. 그는 하이디를 본 적은 없었지만 마을 사람들이 대부분 그러하듯 이야기를 들어 익히 알고 있었다. 하이디의 부모를 알고 있었으므로 단번에 하이디를 알아볼 수 있었던 것이다. 하이디가 돌아온 것을 보고 무슨 일인지 궁금해서 말을 걸기 시작했다.

"네가 산 아저씨네 집에서 살던 아이지? 너희 할아버지 댁 말이다."

"네."

"이렇게 빨리 온 걸 보니 지내던 집에서 잘 안 해줬나 보구나?"

"아뇨, 프랑크푸르트에서 모두 잘해 줬어요."

"그럼 왜 돌아왔니?"

"제제만 씨가 집에 가도 된다고 하셨어요."

"그렇게 잘해 줬으면 계속 있지 왜 돌아왔는지 모르겠구나."

"할아버지 집이 세상 어느 집보다 몇 배는 더 좋으니까요."

"돌아가 보면 생각이 바뀔 거다."

빵집 주인은 이렇게 말하고는 속으로 '이상한 일이군. 그 집 생활이 어떤지 애가 모르지 않을 텐데.'라고 생각했다.

그는 휘파람을 불기 시작했고 더 이상 아무런 말도 하지 않았다. 하이디는 너무도 익숙한 산봉우리들이 마치 친구처럼 인사를 하는 것 같아서 점점 기분이 좋아졌다. 마차에서 뛰어내려 집까지 달려가고 싶은 마음이 굴뚝같았다. 설레는 마음에 온몸이 떨리기까지 했지만 가만히 앉아 있으려고 노력했다. 되르플리에 도착하자마자 5시를 알리는 종이 울렸다. 순식간에 사람들이 마차 주위로 몰려들었다. 아이가 왜 돌아왔는지, 커다란 짐 가방에는 뭐가 들었는지 궁금해했다.

빵집 주인이 하이디를 마차에서 내려주었다.

"태워 주셔서 고맙습니다. 가방은 할아버지가 가지러 오실 거예요."

이렇게 말하고 나서 하이디는 집을 향해 달려가려고 했다. 하지만 마을 사람들이 둘러싸고 질문을 던졌다. 하이디는 하얗게 질린 얼굴로 초조해하며 사람들 사이를 빠져나가려고 했다. 그 모습을 본 사람들이 길을 비켜 주면서 수군거렸다.

"애가 잔뜩 겁을 먹었네. 그럴 만도 하지."

"세상에, 얼마나 갈 곳이 없으면! 저 호랑이굴로 다시 돌아가려고 하다니."

그러자 빵집 주인은 그 일에 대해 조금이라도 제대로 알고 있는 사람은 자신뿐이라는 생각에 입을 열었다.

"어떤 신사가 마이엔펠트까지 아이를 데려다 줬는데 다정하게 작별 인사를 하더라고요. 그리고 여기까지 마차로 데려다 주는 수고비도 전혀 깎지 않고 내가 말한 것보다 더 많이 줬어요. 어디에서 지냈는지는 모르겠지만, 저 애는 아주 잘 지낸 게 분명해요. 제 발로 돌아온 거라고요."

그 말은 순식간에 마을 전체로 퍼졌다. 밤이 될 무렵에는 하이디가 프랑크푸르트의 좋은 집에서 잘 지냈고 제 발로 할아버지 집으로 돌아왔다는 사실을 모르는 사람이 하나도 없었다.

하이디는 사람들 틈을 빠져나가자마자 힘껏 달려 산을 올라갔다. 산길이 가파른 데다 들고 있는 바구니가 무거워서 가끔씩 자리에 멈춰 숨을 골라야 했다. 그래도 머릿속에는 한 가지 생각뿐이었다.

'할머니가 여전히 구석에 있는 물레 앞에 앉아 계실까? 혹시 돌아가셨으면 어쩌지?'

드디어 움푹 팬 곳에 위치한 페터네 오두막이 보이자 가슴이 쿵쾅거리기 시작했다. 문까지 한달음에 달려간 하이디는 떨리는 몸을 겨우 진정하고 문을 열었다. 조그만 방 안으로 뛰어 들어갔지만 숨이 차서 한마디도 할 수 없었다.

"맙소사! 하이디가 늘 이렇게 뛰어 들어왔는데! 죽기 전에 그 아이를 한 번만 더 볼 수 있다면. 거기 누구요?"

"하이디예요, 할머니!"

하이디가 할머니의 무릎으로 달려가 안겼다. 너무나 행복해서 더 이상 아무런 말도 나오지 않았다. 할머니도 처음에는 너무 놀라 아무 말도 하지 못했지만, 이내 하이디의 머리를 쓰다듬었다.

"그래, 하이디의 곱슬머리와 목소리가 맞구나. 맞아. 하느님, 하이디를 돌려보내 주셔서 감사합니다."

할머니의 눈에서 굵은 눈물방울이 하이디의 손등으로 뚝뚝 떨어졌다.

"정말 네가 돌아왔구나."

"정말 저예요, 할머니. 울지 마세요. 저 이제 다시는 떠나지 않을 거예요. 날마다 할머니를 보러 올 거예요. 그리고 이제는 딱딱한 빵을 안 드셔도 돼요."

하이디는 바구니에서 흰 빵을 꺼내 할머니의 무릎에 올려놓았다.

"정말 좋은 선물을 가져왔구나!"

할머니는 무릎에 놓인 빵을 만지면서 말했다.

"하지만 가장 좋은 선물은 바로 너란다."

할머니는 하이디의 뜨겁게 달아오른 볼을 어루만졌다.

"무슨 말이든지 해보렴. 네 목소리를 듣고 싶구나."

"제가 없는 동안 할머니가 돌아가셨으면 어쩌나 걱정했어요. 할머니를 다시는 보지 못할까 봐, 빵을 갖다 드리지 못할까 봐 걱정했어요."

그때 방으로 들어온 페터의 엄마 브리기트가 하이디를 보고 깜짝 놀랐다. 그녀는 한참 동안 하이디를 쳐다보다가 입을 열었다.

"세상에, 하이디로구나. 어머니, 애가 아주 예쁜 옷을 입고 있어요. 못 알아볼 정도로 정말 예뻐졌어요. 깃털 달린 모자도 네 거구나. 어디 한번 써보렴. 보고 싶구나."

"안 쓸 거예요. 아줌마 가지세요. 전 이제 필요 없으니까요. 제 모자가 있거든요."

하이디는 분명하게 대답했다. 빨간색 꾸러미를 풀자 긴 여행으로 더더욱 볼품없이 구겨진 낡은 모자가 나왔다. 그래도 괜찮았다. 하이디는 깃털 달린 모자 쓴 모습을 보고 싶지 않다던 할아버지의 말을 내내 잊지 않고 있었다. 그래서 언젠가 할아버지의 집으로 돌아갈 날을 위해서 소중하게 간직했던 것이다.

"내가 가질 순 없어. 정 필요 없다면 학교 선생 딸에게 돈을 받고 팔려무나. 아주 예쁜 모자니까."

브리기트가 말했다. 하이디는 더 이상 말하지 않고 한쪽 구석으로 모자를 치워 버렸다. 예쁜 원피스도 벗고 속치마 위에 낡은 빨간색 목도리를 친친 둘렀다.

"안녕히 계세요, 할머니. 이제 할아버지네 집으로 가야겠어요. 내일 또 올게요."

할머니는 헤어지기 싫다는 듯 하이디를 꼭 안았다.

"예쁜 옷을 왜 벗었니?"

브리기트가 물었다.

"이렇게 입고 할아버지한테 가는 게 좋을 것 같아서요. 안 그러면 못 알아보실 거예요. 제가 그 옷을 입고 있어서 아줌마도 절 못 알아보셨잖아요."

브리기트가 밖으로 나와 하이디를 배웅했다.

"원피스는 입어도 될 뻔했구나. 할아버지가 널 못 알아보지 않으실 텐데. 페터가 그러는데 산 아저씨가 요즘 기분이 안 좋으시다는구나. 페터한테도 한마디도 하지 않으신대."

하이디는 작별 인사를 하고 산을 오르기 시작했다. 산이 저녁 햇살을 받아 붉게 빛났다. 하이디는 산을 등지고 오르면서 자꾸만 뒤돌아보며 그 아름다운 모습을 쳐다보았다. 눈앞에 보이는 모든 것이 하이디의 기억보다 훨씬 아름다웠다. 쌍둥이 포크니스 산봉우리며 눈으로 덮인 쉐자플라나, 방목지, 산골짜기 모두 붉은 황금색으로 빛났다. 하늘에는 연붉은빛으로 물든 구름이 흘러갔다. 너무나 아름다운 풍경에 하이디는 자리에 선 채 눈물을 흘렸다. 다시 집으로 돌아와서 저것들을 볼 수 있게 해주신 하느님께 감사했다. 말로 표현하기 힘든 감정이 북받쳐 올라서 한참 동안 그대로 서 있었다. 서서히 어둠이 밀려오자 하이디는 달리기 시작했다. 잠시 후 전나무 꼭대기와 지붕, 그리고 오두막 전체가 보이기 시작했다. 언제나처럼 파이프를 물고 오두막 앞에 앉아 있는 할아버지도 보였다. 할아버지가 누구인지 알아보기도 전에 하이디는 바구니를 땅에 내려놓고 할아버지 품으로 달려들었다.

"할아버지, 할아버지."

더 이상 아무 말도 할 수 없었다. 할아버지도 마찬가지였다. 할아버지는 수십 년 만에 처음으로 눈가에 맺힌 눈물을 손으로 닦아냈다. 그리고 목에 감긴 하이디의 손을 풀고 무릎에 앉혔다.

"돌아왔구나. 하이디. 왜 돌아온 게냐? 거만해진 것 같지는 않구나. 그 집에서 나가라고 하더냐?"

"아니에요, 할아버지. 그런 말씀 하지 마세요. 클라라와 제제만 씨, 클라라네 할머니 모두 친절하게 대해 줬어요. 그래도 제가 집이 그리워서 견딜 수 없었어요. 목에 큰 덩어리가 들어 있

는 것처럼 숨이 콱 막혔어요. 하지만 은혜도 모르는 애라고 생각할까 봐 말할 수 없었어요. 그런데 갑자기 제제만 씨가 아침 일찍 절 부르셨어요. 모두 의사 선생님 덕분인 것 같아요. 아, 편지에 전부 적혀 있을 거예요."

하이디가 할아버지의 무릎 아래로 내려가 바구니에서 편지와 두툼한 다발을 가져왔다.

"이건 네 거구나."

할아버지가 다발을 의자에 올려놓았다. 그러고는 편지를 읽은 후 말없이 주머니에 집어넣었다.

"염소젖 좀 마실 테냐, 하이디?"

할아버지가 안으로 들어가며 이렇게 물었다.

"저 꾸러미도 가지고 들어오너라. 침대하고 옷 살 돈이 들어 있구나."

"필요 없어요. 제 침대는 벌써 있고, 옷도 클라라가 많이 줬거든요."

"그래도 가지고 오너라. 벽장에 넣어 두면 되지. 나중에 필요할 때가 있을 게다."

하이디는 돈 꾸러미를 가지고 들어갔다. 그러고는 집 안을 열심히 둘러본 뒤 자신의 방으로 올라갔다.

"아, 제 침대가 없어요!"

하이디가 실망하며 소리쳤다.

"금방 다시 만들면 되지. 네가 돌아올 줄은 몰랐단다. 얼른 와서 염소젖을 마시려무나."

높은 의자에 앉은 하이디는 세상에서 그렇게 맛있는 것은 처음이라는 듯 염소젖을 꿀꺽꿀꺽 들이켰다. 마지막 한 방울까지 들이켜고 크게 숨을 내쉬더니 "세상에서 우리 집 염소젖처럼 맛있는 건 없어요."라고 말했다.

그때 밖에서 날카로운 휘파람 소리가 들렸다. 하이디가 나가보니 페터가 기운찬 염소들에 둘러싸여 산길을 내려오고 있었다. 페터는 하이디를 보자마자 우뚝 멈춰 서서 놀란 눈으로 쳐다볼 뿐이었다.

"안녕, 페터."

하이디가 인사하며 다가갔다.

"데이지랑 더스키구나. 나 기억나니?"

염소들은 정말로 하이디의 목소리를 알아듣는 듯 "매애" 하면서 머리를 비벼댔다. 하이디가 다른 염소들의 이름을 부르자 전부 곁으로 몰려왔다. 성질 급한 방울새는 다른 염소 두 마리를 폴짝 넘어서 왔고, 수줍음이 많은 눈송이마저 말썽꾼을 뿔로 받아 옆으로 밀쳐 내면서 다가왔다. 놀란 말썽꾼은 마치 "방금 무슨 일이 있었던 거지?"라고 말하는 것처럼 고개를 쳐들었다. 염소들을 다시 만난 하이디는 한 마리씩 안아 주고 쓰다듬어 주며 즐거워했다. 염소들도 애정에 보답하기라도 하는 듯 하이디를 슬쩍 밀었다. 그 틈에 하이디는 페터가 있는 곳까지 밀려났다.

"인사도 안 할 거야?"

하이디의 말에 페터는 그제야 정신이 들었다.

"돌아왔네. 내일 풀밭에 같이 올라갈래?"

페터는 예전에 늘 그랬던 것처럼 물었다.

"내일은 안 돼. 하지만 모레는 갈 수 있어. 내일은 할머니를 만나러 가야 하거든."

"네가 돌아와서 기쁘다."

페터는 싱긋 웃으면서 말하더니 돌아갈 준비를 했다. 하지만 염소들을 다시 모으기가 쉽지 않았다. 소리도 지르고 혼내기도 하면서 겨우 모아 놓으면 염소들이 데이지와 더스키를 우리로 데려가는 하이디를 따라가려고 또 뒤돌아섰다. 그래서 하이디는 페터가 염소들을 데리고 내려갈 수 있도록 데이지, 더스키와 우리로 같이 들어가서 문을 닫아야 했다.

하이디가 오두막으로 돌아가 보니 어느새 할아버지가 말린 지 얼마 되지 않는 향기 좋은 풀로 다시 침대를 만들어 놓았다. 그 위에는 마로 된 깨끗한 이불도 깔려 있었다. 잠시 후 침대에 누운 하이디는 집을 떠난 후 처음으로 깊은 잠에 빠져들었다.

할아버지는 밤새 하이디가 잘 자는지, 달빛이 얼굴에 비치지 않도록 창을 막아 놓은 마른 풀이 제대로 박혀 있는지 몇 번이나 올라가서 확인했다. 하지만 하이디는 단잠에 빠져 꿈쩍도 하지 않았다. 꿈속에서 하이디는 집으로 돌아와 있었다. 저녁 노을에 붉게 물든 산이 보이고 전나무가 바람에 살랑거렸다.

14
교회 종이 울릴 때

하이디는 흔들리는 나무 아래에서 할아버지를 기다렸다. 같이 산 아래로 내려가기로 한 것이다. 할아버지는 되르플리로 가서 짐 가방을 가져오고, 하이디는 페터네 할머니를 만나러 갈 예정이었다. 할머니가 흰 빵을 맛있게 드셨는지 얼른 가서 듣고 싶었다. 하지만 저 멀리 펼쳐진 풀밭을 바라보며 전나무가 바람에 흔들리는 소리를 듣고 있자니 서두르지 않아도 될 것 같았다.

잠시 후 할아버지가 나와서 마지막으로 주변을 빙 둘러보았다. 그날은 토요일이었다. 할아버지는 토요일마다 대청소를 했는데, 오후에 하이디와 함께 산을 내려가려고 오전 내내 서둘렀던 것이다. 집 구석구석 전부 깨끗해져서 만족스러웠다.

"이제 가도 되겠다."

두 사람은 페터네 집 앞에서 헤어졌다. 하이디가 안으로 들어가자 페터네 할머니가 단번에 발자국 소리로 알아채고 반갑게 소리쳤다.

"하이디 왔니?"

할머니는 하이디가 또다시 가버릴까 봐 손을 꼭 잡았다.

"흰 빵 맛있게 드셨어요?"

하이디가 곧바로 물었다.

"그래, 정말 맛있더구나! 벌써 건강해진 것 같은 기분이야."

"아깝다고 엊저녁부터 지금까지 하나밖에 안 드셨단다. 열흘 동안 매일 하나씩 드시면 기운이 나실 텐데."

브리기트의 말을 들은 하이디는 좋은 생각이 났다.

"방법이 있어요, 할머니. 제가 클라라한테 편지를 보낼게요. 분명히 빵을 더 보내 줄 거예요. 할머니 드리려고 잔뜩 모아 놓은 빵을 다 버려야만 했거든요. 그때 클라라가 약속했어요. 필요한 만큼 주겠다고. 클라라는 분명히 약속을 지킬 거예요."

"좋은 생각이구나. 하지만 여기 도착할 때쯤에는 딱딱하게 굳어 버릴 거야. 동전이라도 있으면 되르플리의 빵집에서 살 수 있을 텐데. 딱딱한 검은 빵을 살 돈밖에 없으니."

브리기트가 안타까워하면서 말했다. 하지만 하이디의 얼굴에는 환한 미소가 번졌다.

"저한테 돈이 많아요, 할머니. 그 돈으로 뭘 할지 이제 알았어요. 이제 날마다 말랑말랑한 흰 빵을 하나씩 드세요. 일요일에는 두 개를 드시고요. 페터한테 빵을 사 가지고 오라고 하면 돼요."

하지만 할머니가 반대했다.

"그건 안 된다. 네 돈을 나한테 쓰면 되겠니? 할아버지한테 돈을 드리면 어디에 써야 하는지 알려 주실 거야."

하지만 하이디는 그 말은 듣지 않은 채 노래하듯 종알거리며 방 안을 깡충깡충 뛰어다녔다.

"매일 말랑말랑한 흰 빵을 하나씩 드시면 할머니가 다시 건강해지실 거야! 할머니, 건강해지면 눈도 다시 보일 거예요. 몸이 너무 약해져서 안 보이는 걸지도 몰라요."

할머니는 미소만 지었다. 하이디의 즐거운 기분을 망치고 싶지 않았다. 하이디는 춤추며 방 안을 돌아다니다가 할머니의 오래된 찬송가집을 보고 또 좋은 생각이 떠올랐다.

"할머니, 저 이제 글을 읽을 수 있어요. 찬송가집을 읽어드릴까요?"

"그거 좋지. 정말 읽을 수 있니?"

할머니가 기뻐하며 물었다.

하이디는 의자에 올라가 찬송가집을 꺼냈다. 오랫동안 선반에 놓여 있어서 먼지가 수북했다. 하이디는 먼지를 깨끗하게 털고 의자를 할머니 옆으로 가져갔다.

"어디를 읽어 드릴까요?"

"아무 데나 좋아."

할머니는 물레를 옆으로 치우고 하이디가 얼른 읽기만을 기다렸다. 하이디는 찬송가집을 넘기면서 한 구절 한 구절씩 읽었다.

"이건 태양에 대한 노래예요. 제가 읽어 드릴게요."

하이디는 열심히 읽기 시작했다.

금빛 태양이

움직이는 길마다

빛이 퍼져 나가네

밝고 따뜻한 빛이

우리 모두를 비추네

우리는 매시간

하느님의 힘을 보네

흔들리지 않는 하느님의 사랑은

영원히 변치 않으리

슬픔과 고난은

순간일 뿐

참된 기쁨과 함께

마음의 평화를 찾으리

좋으신 하느님의 시간 속에서

할머니는 두 손을 모으고 앉아서 귀를 기울였다. 눈물을 흘리는 얼굴에는 행복이 넘쳐흘렀다. 하이디가 다 읽자 "한 번 더 읽어다오, 하이디. 한 번 더."라고 말했다.

하이디도 그 노래가 마음에 들어서 기쁜 마음으로 다시 읽었다.

"정말 좋구나. 이 늙은이의 가슴에 기쁨이 샘솟는 것 같아."

언제나 근심 가득한 할머니의 얼굴이 그렇게 평화로워 보이기는 처음이었다. 할머니는 노래에 나오는 것처럼 '참된 기쁨과 마음의 평화'를 찾은 것 같았다.

그때 창문 두드리는 소리가 들렸다. 밖에서 할아버지가 하이디를 부르는 신호였다. 하이디는 할머니에게 작별 인사를 하고 내일 또 오겠다고 했다.

"아침에는 페터하고 염소들이랑 풀밭으로 올라가야 해요. 하지만 오후에는 올 수 있어요."

하이디는 할머니가 행복해하는 모습을 보니 무척 기뻤다. 그래서 그 일이 염소들과 함께 꽃 사이를 뛰어다니는 일보다 더욱 중요하다는 생각이 들었다.

브리기트가 전날 하이디가 벗어 놓고 간 원피스와 모자를 가져왔다. 하이디는 할아버지가 자신을 알아보지 못할 일은 없으니 원피스는 가져가겠다고 했지만 모자만큼은 한사코 거절했다.

"아줌마가 가지세요. 전 절대로 쓸 일이 없을 거예요."

할 말이 잔뜩 있는 하이디는 할아버지를 보자마자 재잘거리기 시작했다.

"제 돈으로 할머니한테 빵을 사드리고 싶어요. 할머니는 그러지 말라고 하시지만 괜찮죠, 할아버지? 제가 매일 페터한테 돈을 주고 되르플리의 빵집에서 하나씩 사오라고 하면 될 거예요. 일요일에는 두 개씩 사오고요."

"침대는 어떡하고, 하이디? 제대로 된 침대가 있으면 좋지. 하지만 침대를 사고 남은 돈으로도 충분히 빵을 살 수 있을 게다."

"하지만 프랑크푸르트에서 쓴 커다란 침대보다 마른 풀로 만든 침대가 훨씬 잠이 잘 오는걸요. 제발 빵을 살 수 있게 해주세요."

"그 돈은 네 거야. 네가 쓰고 싶은 대로 쓸 수 있단다. 페터네 할머니한테 몇 년 동안 빵을 사 드릴 수 있겠구나."

"좋아요, 좋아요! 이제 할머니는 딱딱한 검은 빵을 안 드셔도 돼요. 정말 잘됐어요. 그렇죠, 할아버지?"

하이디는 할아버지 옆에서 깡충깡충 뛰었다. 그러더니 갑자기 진지해진 얼굴로 말했다.

"만약 하느님이 제 기도처럼 곧바로 집에 돌려보내 주셨다면 이렇게 되지 못했을 거예요. 제가 안 먹고 모은 빵 몇 개를 가지고 돌아왔겠지만 금방 떨어졌겠죠. 그리고 전 글도 못 읽었을 거고요. 클라라네 할머니 말씀이 맞았어요. 하느님은 어떤 게 제일 좋은지 아시고 모두 준비해 놓으셨어요. 이제부터 매일 기도할 거예요. 하느님이 곧바로 기도를 들어주지 않아도 실망하지 않을래요. 저를 위해 더 좋은 일을 준비하고 계시기 때문이라고 생각할 거예요. 프랑크푸르트에서 그랬던 것처럼요. 할아버지, 우리 날마다 기도해요. 다시는 하느님을 잊으면 안 돼요. 그러면 하느님도 우리를 잊지 않으실 거예요."

"그럼 하느님을 잊어버린 사람은 어떻게 되지?"

할아버지가 부드러운 목소리로 물었다.

"그럼 그 사람은 불행해질 거예요. 하느님은 그런 사람을 제 뜻대로 하게 놔두세요. 나중에 힘든 일이 생겨도 아무도 그 사람을 가엾게 여기지 않도록요. 하느님을 잊어버려서 하느님이 혼자 남겨둔 거니까요."

"맞는 말이다, 하이디. 그런데 넌 그걸 어떻게 알았지?"

"클라라네 할머니가 전부 설명해 주셨어요."

할아버지는 잠자코 왔다 갔다 하더니 입을 열었다. 절반은 혼잣말처럼 중얼거렸다.

"하느님이 저버린 사람은 그걸로 끝이야. 하느님에게로 돌아갈 수 없지."

"아니, 돌아갈 수 있어요. 클라라네 할머니가 그러셨어요. 마지막에는 모든 일이 다 잘된다고요. 제가 가진 예쁜 동화책에 나오는 이야기처럼요. 집에 도착하면 읽어 드릴게요."

하이디는 남은 비탈길을 서둘러 올라갔다. 오두막에 도착하자 할아버지의 손을 놓고 안으로 달려갔다. 할아버지는 바구니를 등에서 내려놓았다. 여행 가방을 들고 산을 오르기에는 너무 무거워서 절반만 바구니에 옮겨서 짊어지고 온 것이었다. 할아버지가 밖에 놓인 의자에 앉아 생각에 잠겨 있을 때 하이디가 옆구리에 책을 끼고 나왔다.

"할아버지, 벌써 들을 준비를 하고 계시네요."

하이디는 할아버지 옆자리에 앉았다. 어찌나 자주 읽었는지 책을 펴자마자 곧바로 그 부분이 나왔다. 하이디는 소리내어 읽기 시작했다. 좋은 옷에 지팡이를 들고 아버지의 염소를 치며 살아가는 목동의 이야기였다.

"목동은 집을 떠나서 제 마음대로 살고 싶었어요. 어느 날 아버지에게 재산을 나눠 달라고 했지요. 목동은 집을 떠난 후에 그 돈을 몽땅 써버렸어요. 빈털터리가 된 목동은 일을 해야만 했어요. 어느 농부의 집에서 일하게 되었지요. 농부는 목동의 아버지와 달리 염소도 없고 풀밭도 없이 집에서 돼지만 키웠어요. 돼지를 돌보는 것이 목동의 일이었어요. 예전에 입던 좋은 옷은 온데간데없고 누더기를 걸친 채 돼지가 먹는 밥 찌꺼기를 먹어야 했어요. 목동은 그제야 집에서 얼마나 좋은 대접을 받았는지 깨달았어요. 아버지의 고마움도 모르고 못되게 굴었다는 것도 알게 된 거지요. 그는 돼지들을 보면서 눈물을 흘렸어요. 지난날이 후회스럽고 집이 그리워 견딜 수가 없었어요. '집으로 돌아가서 아버지께 용서해 달라고 빌자. 아들이라고 할

자격도 없으니 하인으로라도 받아 달라고 말씀드려 보자.'라고 생각했어요. 그래서 아들은 아버지가 계신 집으로 돌아갔어요. 아버지가 저 멀리에서 아들이 오는 것을 보고 달려갔어요."

하이디는 잠시 멈추고 할아버지에게 물었다.

"할아버지, 이제 어떻게 될까요? 아버지가 화가 잔뜩 나서 '내 그럴 줄 알았다.' 하실 것 같죠? 계속 들어 보세요. 아버지는 아들을 보자마자 마음이 아팠어요. 얼른 아들에게 달려가서 껴안고 입맞춤을 했어요. 그러자 아들이 말했어요. '아버지, 저는 아버지와 하느님께 큰 잘못을 저질렀어요. 전 아들 자격도 없습니다.' 하지만 아버지는 하인들에게 이렇게 말했어요. '좋은 옷을 가져와서 내 아들에게 입혀라. 반지와 신발도 가져와라. 살진 송아지를 잡아라. 죽은 아들이 살아 돌아왔으니 축제를 열어 다 같이 즐겁게 먹자꾸나. 잃어버린 줄만 알았던 아들을 다시 찾았어.' 아버지와 아들은 다시 행복하게 살았답니다."

하이디는 할아버지가 그 이야기를 다 듣고 놀라면서도 기뻐할 줄 알았는데 아무 말 없이 가만히 앉아 있는 것을 보고 이상하게 여겼다. 그래서 하이디가 물었다.

"정말 아름다운 이야기예요. 그렇죠, 할아버지?"

"그렇구나."

할아버지는 그렇게 대답했지만 무척이나 심각한 표정으로 그림만 쳐다볼 뿐이었다. 하이디는 할아버지 앞으로 그림을 내밀고 아들을 가리키며 말했다.

"정말 행복해 보여요."

몇 시간 후 하이디는 잠자리에 들었다. 할아버지는 등불을 들고 올라와서 하이디의 잠자는 얼굴을 비추도록 내려놓았다. 하이디는 기도를 하다 잠든 듯 두 손을 모은 채 자고 있었다. 할아버지는 평화와 믿음이 깃든 하이디의 얼굴을 한참 동안 내려다보았다. 그러더니 두 손을 모으고 고개를 숙여 나지막한 목소리로 말하는 것이었다.

"하느님 아버지, 제가 당신과 하늘에 큰 죄를 지었습니다. 당신의 아들이라고 할 자격이 없습니다."

할아버지의 눈에서 굵은 눈물방울이 뚝뚝 떨어졌다.

다음 날 할아버지는 아침 일찍 일어나 밖으로 나갔다. 화창한 일요일이었다. 골짜기 아래에서 종소리가 울려 퍼지고 전나무에서는 새들이 지저귀는 소리가 들려왔다. 할아버지는 안으로 들어가 하이디를 깨웠다.

"일어날 시간이다. 벌써 해가 떴단다. 제일 좋은 옷을 입어라. 같이 교회에 가자꾸나."

할아버지가 그런 말을 하는 것은 처음이었다. 하이디는 프랑크푸르트에서 가져온 가장 좋은 옷을 입고 서둘러 산 아래로 내려갔다. 할아버지의 모습을 본 하이디는 깜짝 놀라 자리에서 멈추었다.

"할아버지, 은색 단추가 달린 옷을 입으신 모습은 처음 봐요. 정말 멋져요."

할아버지는 미소를 지었다.

"너도 예쁘구나. 자, 얼른 가자꾸나."

두 사람은 손을 잡고 가파른 산길을 내려갔다. 마을이 가까워질수록 교회에서 울리는 종소리가 더욱 커졌다. 하이디가 즐거운 표정으로 외쳤다.

"할아버지, 오늘은 특별한 날인가 봐요."

되르플리의 교회에는 벌써 사람들이 모여 노래를 부르고 있었다. 하이디와 할아버지는 맨 뒤로 가서 앉았다. 사람들이 산 아저씨가 교회에 왔다면서 서로 팔꿈치를 쿡쿡 찔러 대는 통에 찬송가를 제대로 끝내지 못했다. 여자들은 뒤를 힐끔거리느라 찬송가집을 제대로 쳐다보지 못했고, 성가대 지휘자는 사람들의 목소리를 하나로 맞출 수 없었다. 하지만 목사의 설교가 시작되자 모두 조용히 귀를 기울였다. 찬양과 감사로 가득한 설교는 모든 사람의 마음을 따뜻하게 만져 주었다.

예배가 끝나자 할아버지는 하이디의 손을 잡고 목사관으로 향했다. 사람들이 호기심 어린 눈으로 쳐다보았다. 정말로 목사관으로 들어가는지 보려고 따라오는 사람들도 있었다. 삼삼오오 무리지어 과연 산 아저씨가 어떤 표정으로 나올지 수군거렸다.

"산 아저씨가 생각처럼 나쁜 사람이 아닐지도 몰라. 다정하게 아이 손을 잡은 거 봤지?"

"전부 잘못된 소문이라고 내가 그랬잖아! 정말 그렇게 나쁜 사람이면 목사님한테 가지도 못할걸!"

빵집 주인도 한마디 거들었다.

"내가 뭐라고 했어요? 다른 집에서 잘 먹고 잘 지내던 애가 제 발로 돌아왔잖아요. 산 아저씨가 잘해 주지 않았으면 돌아왔겠어요?"

산 아저씨에 대한 사람들의 생각이 조금씩 좋은 쪽으로 바뀌기 시작했다. 그때 한 여자가 브리기트와 페터네 할머니한테 들었다는 이야기를 했다. 산 아저씨가 그 집의 부서진 문을 전부 멀쩡하게 고쳐 주었다는 것이다. 사람들은 마치 오랫동안 그리워한 친구를 기다리듯 목사관 쪽을 애타게 바라보았다.

한편 목사관으로 들어간 할아버지는 서재 문을 두드렸다. 목사는 기다렸다는 듯 금세 나왔다. 예배 시간에 봤으니 그럴 만도 했다. 목사가 악수와 함께 너무도 따뜻하게 맞아 주자 할아버지는 목이 메었다. 그렇게 반갑게 맞이해 주리라고는 생각지도 못했던 것이다. 할아버지는 겨우 마음을 가라앉히고 말했다.

"지난번에 오셨을 때 제가 한 말을 잊어 달라고 말씀드리려고 왔습니다. 목사님의 사려 깊은 조언을 거절했던 것도 잊어

주십시오. 제가 틀리고 목사님이 전부 옳았습니다. 말씀대로 겨울에는 되르플리로 내려와 지내겠습니다. 산 위는 너무 추워서 아이가 겨울을 지내기는 힘들지요. 마을 사람들이 저를 싫어한다고 해도 다 제 탓입니다. 하지만 목사님은 그러시지 않겠지요."

목사의 얼굴이 기쁨으로 환해졌다. 그는 다시 한 번 할아버지의 손을 꽉 쥐고 말했다.

"산이 당신에게 좋은 교회가 되어 주었고 내 교회로 다시 이끌어 주었군요. 이렇게 돌아오셔서 정말 기쁩니다. 마을로 돌아오기로 한 결정을 절대로 후회하지 않을 겁니다. 제가 약속드리지요. 좋은 이웃이자 친구로 당신을 환영합니다. 앞으로 우리가 함께 보낼 즐거운 겨울밤이 기대되는군요. 하이디도 친구가 생길 거고요."

목사는 하이디의 곱슬머리를 쓰다듬어 주고는 두 사람을 문까지 배웅했다. 마을 사람들은 산 아저씨와 목사가 사이좋게 서 있는 모습을 목격했다. 목사관의 문이 닫히자마자 모두 먼저 인사하려고 손을 내미는 바람에 할아버지는 무슨 말부터 해야 할지 몰랐다.

"다시 마을로 돌아오셔서 정말 반가워요."

"전부터 아저씨하고 이야기를 나누고 싶었어요."

여기저기서 반가운 인사말이 쏟아졌다. 할아버지가 겨울 동

안 되르플리로 내려와 지낼 생각이라고 말하자 기쁨과 기대의 함성이 울려 퍼졌다. 마치 할아버지가 마을에서 가장 사랑받는 사람이고 오랫동안 사람들이 그를 그리워한 것처럼 보였다.

많은 사람이 집으로 향하는 두 사람을 한참이나 따라왔다. 마침내 작별 인사를 하면서 그들은 조만간 집에 들러 달라며 초대했다. 하이디는 마을 사람들과 헤어지는 할아버지의 눈빛이 상냥하게 빛나는 것을 보고 이렇게 말했다.

"할아버지, 오늘은 평소하고 다르세요. 훨씬 좋아 보이세요. 이런 모습은 처음이에요."

"그래, 오늘은 정말 행복하구나. 이렇게 다시 행복해질 줄은 몰랐단다. 분에 넘칠 정도로 행복하구나. 하느님과 다시 화해를 하니 정말 좋아. 하느님이 널 내게 보내 주신 게 정말 행운이야."

페터네 오두막에 이르자 할아버지는 문을 열고 안으로 들어갔다.

"안녕하세요, 할머니. 제가 조만간 몹시 바빠지겠군요. 세찬 바람이 부는 가을이 되기 전에 한 번 더 집을 수리해야 할 테니까요."

"세상에나, 산 아저씨가 오셨군요!"

할머니가 놀라서 소리쳤다.

"이렇게 반가울 데가. 이제야 고맙다는 말을 전할 수 있겠군요. 하느님이 상을 주실 거예요."

할아버지는 할머니가 내민 떨리는 손을 따뜻하게 잡았다.

"산 아저씨한테 꼭 하고 싶은 말이 있어요. 내가 무슨 잘못을 했다고 해도 하이디를 멀리 보내지 마세요. 내가 살아 있는 동안에는 절대로 그런 벌은 내리지 마세요. 저 아이가 나한테 얼마나 소중한지 모른답니다."

"걱정하지 마세요. 이제 절대로 그런 일은 없습니다. 하느님이 허락하실 때까지 우리 모두 함께할 거예요."

할아버지가 페터네 할머니를 안심시켜 주었다.

한편 브리기트는 할아버지를 불러 깃털 달린 모자를 보여 주었다. 하이디가 가지라고 했지만 아이에게 그런 물건을 받을 수는 없다고 했다. 할아버지는 하이디에게 '괜찮지?' 하는 의미로 고개를 끄덕였다.

"이 모자는 하이디 거지만, 필요 없다니 할 수 없지. 하이디가 줬으니까 그냥 넣어 둬."

브리기트는 몹시 기뻐하면서 모자를 집어 들고 소리쳤다.

"이것 좀 보세요. 분명 엄청나게 비쌀 거예요. 하이디가 프랑크푸르트에서 정말 잘 지냈나 봐요. 우리 페터도 잠깐 동안 보냈으면 좋겠어요. 어떻게 생각하세요, 아저씨?"

그러자 할아버지가 눈을 반짝이며 대답했다.

"그래도 나쁠 것 없겠지만 좋은 기회가 와야겠지."

그때 페터가 헐레벌떡 안으로 들어왔다. 얼마나 서둘렀는지 문에 머리를 '쾅' 하고 부딪혔다. 페터는 우체국에서 받아온 하이디 앞으로 온 편지를 내밀었다. 페터네 집에서는 지금껏 편지를 받은 사람이 아무도 없었다. 하이디도 마찬가지였다. 다들 하이디가 편지 봉투를 뜯어 읽어 주는 소리에 귀를 기울였다. 클라라에게서 온 편지에는 이렇게 적혀 있었다.

"네가 떠난 후로 정말 따분해서 못 견딜 지경이야. 하지만 아빠가 가을에 라가츠로 데려가 주신다고 약속하셨어. 할머니도 함께 가실 거야. 너하고 할아버지를 만나러 가자고 하셨거든. 할머니는 네가 페터네 할머니한테 흰 빵을 드렸다는 말을 듣고 무척 흐뭇해하셨어. 빵과 함께 드시라고 커피를 보내 주시겠대. 널 만나러 산에 가면 페터네 집에도 들르겠다고 하셨어."

클라라의 편지에 모두들 기뻐하며 한참 동안 이야기꽃을 피웠다. 즐거운 대화에 할아버지조차 날이 어둑해지고 있는 것을 몰랐다. 페터네 식구들은 할아버지의 방문을 기뻐하며 많은 이야기를 나누었고 또 만나자고 약속했다.

"이렇게 오랜만에 만나니 얼마나 좋은지 모르겠어요. 사랑하는 사람들끼리는 언젠가 꼭 만날 수 있다는 믿음이 생기네요. 조만간 또 와줄 거지요? 하이디는 내일 또 올 거지?"

하이디와 할아버지는 그러겠다는 약속과 함께 작별 인사를 했다. 두 사람이 산으로 올라가는 동안 저녁 종소리가 울려 퍼졌다. 저 멀리 보이는 오두막은 눈부신 저녁노을에 물들어 갔다.

하이디는 가을에 클라라 할머니가 오실지도 모른다는 소식에 생각할 것이 많아졌다. 프랑크푸르트에서 이미 깨달은 것처럼 하이디는 할머니가 계시면 모든 일이 즐겁고 평화로워진다는 사실을 잘 알고 있었다.

15

여행 준비

9월의 어느 날 아침이었다. 하이디를 집으로 돌려보내야 한다고 말했던 친절한 의사 선생은 제제만 씨의 집으로 가기 위해 길을 걷고 있었다. 기분 좋은 화창한 날씨였지만 그는 줄곧 고개를 푹 숙인 채 파란 하늘은 올려다보지도 않았다. 봄 이후로 그는 머리가 하얗게 세고 얼굴에는 수심이 가득했다. 얼마 전 외동딸을 잃은 슬픔에서 헤어나올 수가 없었다. 아내가 세상을 떠난 후로 하나밖에 없는 딸은 그의 인생에서 유일한 낙이었다.

세바스티안이 문을 열어 의사 선생을 맞았다. 세바스티안의 태도에는 존경심 이상의 것이 담겨 있었다. 의사 선생은 제제만 씨 가족과 가까운 친구이기도 했지만 하인들에게도 언제나 예의를 갖추어 친절하게 대했기 때문이다. 그래서 하인들도 의사 선생을 절친한 친구처럼 따르고 좋아했다.

"별일 없지, 세바스티안?"

의사 선생이 계단을 오르며 물었다. 서재로 들어가자 제제만 씨가 자리에서 일어나 반겨 주었다.

"마침 잘 왔네, 친구. 스위스 여행에 대한 이야기를 다시 하고 싶네. 클라라의 상태가 많이 좋아졌는데 자네 생각은 여전히 똑같은가?"

"제제만, 자네답지 않게 왜 그러나! 벌써 세 번씩이나 불러서 똑같은 말을 하게 만드는군. 아무래도 자네를 설득하기는 어렵겠네. 자네 어머니라면 내 뜻을 알아주셨을 텐데."

"그래, 자네의 인내심도 한계에 다다랐겠지. 하지만 딸아이와의 약속을 어기기 싫은 내 마음도 이해해 주게나. 자네도 알다시피 클라라가 몇 달 동안이나 이 여행을 손꼽아 기다렸잖아. 지난번에 많이 아팠을 때도 조금 있으면 스위스로 가서 친구를 만날 수 있다는 생각으로 잘 견뎌 주었어. 그런데 이제 와서 갈 수 없다는 말을 하라니. 그렇지 않아도 많은 것을 포기하면서 살아야 하는 아이한테 실망을 안겨 줄 순 없네."

"하지만 말해야만 하네."

의사 선생의 목소리는 단호했다. 제제만 씨는 괴로운 표정으로 주저앉았다.

"생각해 보게. 이번 여름만큼 클라라의 상태가 나쁜 적은 없었네. 그런 상태에서 긴 여행으로 피로가 쌓이면 좋을 게 있겠나. 벌써 9월이니 산속은 추울 걸세. 요즘은 낮도 많이 짧아졌어. 클라라가 산에서 잘 수는 없으니 산에 머무를 수 있는 시간은 고작 하루에 한두 시간밖에 안 되겠지. 라가츠에서 산까지는 거리가 먼 데다 당연히 일꾼들이 산까지 클라라를 업고 가야 할 거야. 여러모로 이번 여행은 불가능하네. 내가 자네와 같이 가서 클라라한테 말하겠네. 똑똑한 아이니까 내 계획을 말해 주면 이해할 걸세. 라가츠에는 내년 5월에 가서 당분간 요양을 하자고 말할 생각이야. 기운을 좀 차리고 날씨가 완전히 따뜻해지면 이따금씩 산에 갈 수 있을 테니. 그 편이 지금 가는 것보다 훨씬 즐거울 걸세. 제제만, 자네도 알겠지만 클라라의 건강이 회복되려면 세심한 주의가 필요해."

체념한 표정으로 듣고 있던 제제만 씨는 자리에서 일어나 불안한 듯 물었다.

"친구, 사실대로 말해 주게. 클라라가 완전히 회복할 수 있다고 생각하나?"

의사 선생은 어깨를 으쓱하더니 생각에 잠긴 목소리로 대답했다.

"희망이 많지는 않네. 하지만 자네한테는 딸이 있다는 걸 잊지 말게. 자네를 매우 사랑하고 집에 돌아오기만을 기다리는 딸이지. 나처럼 텅 빈 집에서 혼자 식사를 해야 할 일은 없어. 자네 딸은 집에서 행복하게 지내고 있네. 비록 포기해야 하는 것도 많지만 풍족하게 자라고 있잖나. 그게 바로 축복이야. 사랑하는 딸이 곁에 있다는 걸 행운으로 여기게."

제제만 씨는 방 안을 왔다 갔다 했다. 깊은 생각에 잠길 때면 늘 하는 버릇이었다. 그는 불쑥 친구 앞에서 멈추더니 어깨를 두드렸다.

"좋은 생각이 있어. 예전과 너무 달라진 자네의 침울한 얼굴을 더는 보고 있을 수가 없네. 자네한테는 변화가 필요해. 자네가 우리 대신 스위스로 하이디를 만나러 가면 어떻겠나?"

의사 선생은 갑작스러운 제안에 깜짝 놀랐다. 제제만 씨는 스스로 너무나 좋은 생각이라고 기뻐하면서 대답할 틈도 주지 않고 의사 선생의 팔을 클라라의 방으로 잡아끌었다. 클라라는 의사 선생을 반갑게 맞이했다. 슬픔에 잠긴 의사 선생이지만 클라라를 만나러 올 때마다 즐거운 이야기를 들려주었다. 클라라도 그의 슬픔을 잘 알기에 예전처럼 밝은 모습을 되찾아 주려고 노력했다.

제제만 씨와 의사 선생은 클라라 옆에 앉았다. 제제만 씨가 딸의 손을 잡고 자신도 스위스 여행을 몹시 기다렸다고 말했다. 딸이 실망할 것이 뻔했기 때문에 여행 계획을 연기해야 한다는 말을 짧게 하고 재빨리 의사 선생의 계획을 이야기했다.

의사 선생이 대신 그곳에 다녀온다면 큰 도움이 될 거라고 강조한 것이다.

클라라는 눈물을 참을 수 없었다. 울면 아버지가 마음 아파한다는 걸 알았지만 어쩔 수 없었다. 아픈 동안에도 하이디를 만나러 갈 날만을 손꼽아 기다려 왔기에 포기하기가 힘들었다. 하지만 아버지가 자신의 건강을 가장 중요하게 생각한다는 사실도 잘 알았다. 클라라는 울음을 그치고 의사 선생을 바라보았다.

"선생님, 저 대신 꼭 하이디를 만나러 가주세요. 다녀오셔서 전부 이야기해 주세요. 하이디가 잘 지내는지, 할아버지하고 페터, 염소들에 대한 얘기도요. 하이디한테 자주 들어서 진짜 아는 사이처럼 느껴지거든요. 하이디하고 페터네 할머니한테 선물도 전해 주세요. 무슨 선물이 좋을지 벌써 생각해 놨거든요. 다녀오실 거죠, 네? 간유를 열심히 먹겠다고 약속할게요!"

그 말 때문인지 의사 선생의 얼굴에 미소가 번졌다.

"클라라가 그렇게까지 말하니, 꼭 다녀와야겠구나. 너희 아빠와 내가 바라는 대로 통통하게 살이 붙고 건강해질 테니까. 내가 언제 출발하면 좋을지도 생각해 봤니?"

"내일 아침에요."

"그래. 이렇게 날씨가 좋을 때 하루라도 빨리 산으로 가야지."

제제만 씨도 거들었다.

그러자 의사 선생이 짐짓 나무라듯 계면쩍게 웃었다.

"이젠 아직도 출발 안 했냐고 야단칠 기세로군! 좋아, 곧바로 출발 준비를 하겠네."

하지만 클라라는 아직도 의사 선생에게 할 말이 많았다. 자신을 대신해서 그곳에서 뭘 보고 와야 하는지, 하이디에게는 무슨 말을 전해 줘야 하는지 등등이었다. 하이디에게 보낼 선물은 로텐마이어 양과 함께 챙겨서 나중에 의사 선생의 집으로 보내기로 했다. 의사 선생은 적어도 며칠 안으로 출발해 그곳에서 본 것을 전부 이야기해 주겠다는 약속을 하고 돌아갔다.

하인들은 지시를 받기도 전에 집 안에서 일어나는 일을 전부 아는 재주가 있다. 세바스티안과 티네테는 특히 그 재주가 뛰어났다. 세바스티안이 의사 선생을 배웅하러 아래층으로 내려가는 동안 클라라가 종을 울려 티네테를 불렀다.

"내가 좋아하는 조그만 케이크를 잔뜩 사와. 여기에 꽉 채워서."

클라라가 커다란 상자를 건네주며 말했다. 티네테는 못마땅한 표정으로 상자 한 귀퉁이를 집어 들고 달랑거리면서 나가며 건방진 말투로 중얼거렸다.

"괜한 호들갑이야."

한편 세바스티안은 의사 선생에게 현관문을 열어 주면서 말했다.

"작은 아가씨한테 제 안부도 꼭 전해 주세요."

의사 선생이 친절한 목소리로 말했다.

"아니, 세바스티안, 내가 여행가는 걸 벌써 알고 있군."

"아, 그게 아니라…… 잘은 모릅니다……. 아, 맞아요. 식당에서 우연히 작은 아가씨의 이름이 들려서…… 생각이 꼬리에 꼬리를 물다 보니 제 마음대로 추측을……."

세바스티안이 헛기침을 하면서 더듬더듬 말했다.

"여행가는 게 맞네. 생각이 많을수록 아는 것도 많은 법이지. 안부 꼭 전하겠네. 그럼 잘 있게."

의사 선생이 웃으면서 대답했다. 그가 뒤돌아가려는 찰나 로텐마이어 양이 도착했다. 세찬 바람에 그녀가 두른 숄이 돛처럼 활짝 펴졌다. 의사 선생은 그녀가 지나갈 수 있도록 뒤로 한 발 물러났다. 그녀 역시 그가 지나갈 수 있도록 한 발 물러섰다. 의사 선생에게 특별한 배려와 존경심을 보이는 것은 그녀도 마찬가지였다. 이렇게 두 사람이 서로 뒤로 한 발짝 물러섰을 때 세찬 바람이 또다시 불어와 숄이 돛처럼 활짝 펴지며 로텐마이어 양이 현관문까지 밀려갔다. 의사 선생은 떠밀리는 그녀의 몸을 가까스로 피했다. 로텐마이어 양은 바람 때문에 약간 성이 났지만 예의를 갖추어 인사를 했다. 의사 선생은 그녀의 화를 누그러뜨리는 데 대단히 능숙했다. 여행 계획을 이야기하고 하이디에게 보낼 짐을 잘 챙겨 달라고 부탁했다. 그런 일을 할 수 있는 사람은 그녀밖에 없다고 추켜세우는 것도 잊지 않았다. 그러고는 저택을 떠났다.

클라라는 하이디에게 보낼 짐을 보면 로텐마이어 양이 사사건건 트집 잡을 것이라고 생각했다. 하지만 뜻밖에도 그녀는 기분이 무척 좋아 보였다. 그녀는 테이블을 싹 치우고 챙길 물건들을 전부 그 위에 쭉 펼쳐 놓았다. 종류가 워낙 많아서 짐을 챙기기가 쉽지 않았다. 우선 하이디가 추운 겨울에도 아무 때나 페터네 할머니를 만나러 갈 수 있도록 모자 달린 두꺼운 외투를 챙겼다. 할아버지가 이불로 꽁꽁 싸매고 데려다 주지 않아도 되도록 말이다. 페터네 할머니가 추운 바람이 부는 겨울날에 두르도록 따뜻한 숄도 챙겼다. 흰 빵이 지겨우면 커피와 함께 드시라고 케이크도 여섯 상자나 챙겼다. 엄청나게 큰 소시지도 준비했다. 원래는 빵과 치즈 외에는 먹어 보지 못한 페터에게 주려던 선물이었다. 하지만 페터가 혼자 다 먹어 버릴까 봐 세 식구가 나눠 먹을 수 있도록 페터의 엄마 브리기트에게 주기로 했다. 저녁에 오두막 바깥에 앉아 파이프 담배를 즐기는 할아버지를 위해 담배쌈지도 넣고, 하이디를 위해 특별히 여러 가지 깜짝 선물을 넣은 작은 꾸러미도 준비했다.

로텐마이어 양은 저것들을 전부 어떻게 포장하면 좋을지 생각에 잠겼다. 클라라는 폴짝폴짝 뛰면서 좋아할 하이디의 모습을 떠올리며 흐뭇해했다. 짐을 싸는 일은 곧바로 끝났다. 이제 세바스티안이 의사 선생의 집으로 옮기기만 하면 되었다.

16

하이디를 찾아온 손님

산 너머로 동이 트면서 전나무 가지에 상쾌한 바람이 불어와 하이디가 좋아하는 살랑거리는 소리가 났다. 그 소리에 눈을 뜬 하이디는 침대에서 벌떡 일어났다. 빨리 나가고 싶은 마음에 옷을 챙겨 입는 시간도 아까울 정도였다. 하지만 언제나 단정한 차림이어야 한다는 사실을 잘 알기에 천천히 옷을 챙겨 입고 사다리를 내려갔다. 할아버지의 침대는 벌써 비어 있었다. 할아버지는 매일 아침 일찍 일어나 날씨가 어떨지 밖으로 나가 살펴보는 습관이 있었다. 파란 아침 하늘에 붉게 물든 구름이 흘러갔다. 태양이 울퉁불퉁한 산꼭대기와 목초지를 황금빛으로 적셨다.

"우와, 예뻐라!"

밖으로 달려나가면서 하이디가 소리쳤다.

"안녕히 주무셨어요, 할아버지. 정말 예쁘지 않아요?"

"벌써 일어났니?"

전나무 아래로 달려간 하이디는 살랑거리는 나뭇가지 아래에서 즐겁게 뛰어다녔다. 바람이 불어오는 소리에 맞춰 폴짝폴짝 더 높이 뛰었다. 할아버지는 염소우리로 가서 젖을 짰다. 염소들을 깨끗하게 씻기고 빗질도 해주고 밖으로 데리고 나왔다. 염소들도 평소와 같은 하루 일과가 시작되었다. 하이디는 염소들에게 달려가 목을 끌어안고 쓰다듬었다. 염소들은 "매애" 하고 인사를 건넨 뒤 하이디의 어깨에 머리를 문지르며 애정을 표시했다.

데이지와 더스키가 양쪽에서 세게 눌렀지만 하이디는 아무렇지도 않았다. 심하게 누르는 갈색 염소에게 "더스키, 넌 말썽꾼만큼이나 말썽쟁이야."라고 하자 곧바로 더스키가 뒤로 물러섰다. 데이지는 자신은 말썽꾼 같다는 말을 들을 수 없다는 듯 약간 떨어진 곳에 서 있었다. 언제나 데이지는 더스키나 말썽꾼보다는 점잖았다.

아래쪽에서 페터의 휘파람 소리가 들리더니 곧이어 염소 떼가 모습을 드러냈다. 까불기 좋아하는 방울새가 맨 앞에 섰다. 순식간에 염소들이 하이디에게 달려와 인사라도 하듯 하이디를 이리저리 밀쳐 댔다. 하이디는 자신에게 다가오지 못한 채 수줍어하는 눈송이에게로 갔다. 하이디에게 할 말이 있는 페터가 엄청 큰 소리로 휘파람을 불자 염소들이 놀라서 흩어졌다.

"오늘 같이 가자."

"안 돼, 페터. 프랑크푸르트에서 손님들이 언제 올지 모르거든. 그래서 집에 있어야 해."

"또 그 소리야?"

페터가 투덜거렸다.

"손님들이 오기 전까지는 어쩔 수 없어. 손님이 오는데 내가 집에 없으면 되겠어?"

"할아버지가 계시잖아."

그때 오두막에서 할아버지의 외침이 들려왔다.

"왜 아직도 안 가고? 대장이 꾸물거리는 거냐, 군대가 꾸물거리는 거냐?"

페터는 얼른 돌아서서 지팡이를 휘둘렀다. 염소들은 그 신호를 알아듣고 풀밭을 향해 가파른 산길을 오르기 시작했고 페터도 뒤따라갔다.

프랑크푸르트에서 돌아온 후 하이디에게 변한 것이 몇 가지 있었다. 하이디는 매일 아침 일어나면 침대를 깔끔하게 정리했다. 그리고 오두막 안을 돌아다니면서 의자를 제자리에 두거나 물건을 벽장에 정리한 뒤 의자로 올라가 걸레로 테이블을 깨끗하게 닦았다. 할아버지는 하이디가 말끔하게 정리해 놓은 집 안을 보고 흐뭇해하며 혼잣말을 했다.

"집 안이 매일 일요일처럼 깨끗하구나. 하이디가 집을 떠났다 돌아오더니 많이 컸어."

페터가 산으로 올라가자마자 하이디와 할아버지는 아침을 먹었다. 그러고서 하이디는 청소를 시작했지만 좀처럼 빨리 끝내지 못했다. 청소를 방해하는 것들이 너무나 많았다. 열린 창문으로 비친 눈부신 햇살이 마치 하이디에게 밖으로 나오라고 말하는 것 같았다. 참지 못하고 달려나가 보니 날씨가 너무나 화창했다. 땅이 포근하고 뽀송뽀송해서 하이디는 잠시 바닥에 주저앉아 풀밭과 나무, 산을 감상했다.

문득 세 발 의자를 집 안 한가운데에 놓아둔 채 식탁을 닦지도 않고 나왔다는 생각이 나서 얼른 안으로 들어갔다. 하지만

잠시 후 바람에 살랑거리는 전나무 소리가 하이디를 또 불러냈다. 할아버지는 헛간에서 바쁘게 일하다 가끔 밖으로 나와서 하이디가 살랑거리는 전나무 아래에서 뛰노는 모습을 바라보았다. 다시 헛간으로 들어가자마자 밖에서 하이디의 목소리가 들렸다.

"할아버지, 할아버지! 빨리 나와 보세요!"

할아버지는 무슨 큰일이라도 생겼나 싶어서 얼른 밖으로 나왔다. 하이디가 산길 아래로 뛰어 내려가는 모습이 보였다.

"손님들이 와요! 드디어 왔어요!"

하이디가 뒤돌아보며 소리쳤다.

"의사 선생님이 맨 앞에 오고 계세요!"

하이디는 얼른 달려가 반갑게 인사했다.

"의사 선생님! 다시 한 번 정말 감사해요!"

"반갑구나. 뭐가 고맙지?"

"할아버지 집으로 올 수 있게 해주셨잖아요!"

의사 선생의 얼굴이 환해졌다. 그렇게 반갑게 맞아 주리라고는 생각지 못했던 것이다. 그는 내내 침울한 기분으로 산을 올라와서 주변의 경치가 얼마나 아름다운지도 눈치채지 못했다. 몇 번밖에 만난 적이 없는 하이디가 자신을 기억하지 못할 것이라고 생각했다. 게다가 클라라나 할머니 대신 자신이 와서 몹시 실망할 줄 알았다. 하지만 뜻밖에도 하이디는 의사 선생의 팔을 꼭 껴안고 반갑게 맞아 주었다.

"가자, 하이디."

의사 선생은 아버지처럼 다정하게 하이디의 손을 잡았다.

"할아버지가 계신 집으로 안내해 주렴."

하지만 하이디는 움직이지 않았다. 어리둥절한 표정으로 산 아래를 쳐다보았다.

"클라라랑 할머니는 어디 계세요?"

"실망스러운 소식을 전해야겠구나, 하이디. 나 혼자 왔단다. 클라라가 많이 아파서 여행을 할 수가 없었어. 그래서 할머니도 못 오셨고. 하지만 낮이 길어지고 날씨가 따뜻해지는 봄이 되면 꼭 올 거야."

하이디는 크게 실망했다. 오랫동안 손꼽아 기다렸던 일이 한순간에 물거품이 되었다는 사실을 믿을 수 없었다. 그래서 아무 말도 하지 않은 채 가만히 있었다. 의사 선생도 마찬가지였다. 하지만 잠시 후 하이디는 의사 선생님을 보고 달려왔을 때의 기분을 떠올렸다. 의사 선생님이 이렇게 먼 곳까지 자신을 만나러 온 것이었다.

하이디는 의사 선생의 얼굴을 올려다보고는 프랑크푸르트에서 봤을 때와는 달리 슬퍼 보인다는 사실을 깨달았다. 하이디는 누군가 슬퍼하는 모습을 보면 견딜 수 없었다. 특히 친절한 의사 선생이 슬퍼 보이다니 더욱 그러했다. 분명 클라라나 할머니와 같이 오지 못했기 때문에 슬퍼하는 것이라고 생각했다.

"곧 봄이 올 거예요. 산에서는 시간이 빨리 지나가거든요. 봄에 오면 더 오래 있을 수 있으니까 클라라도 더 좋아할 거예요. 자, 어서 할아버지한테 가요."

두 사람은 손을 잡고 오두막으로 갔다. 하이디는 의사 선생의 그늘진 얼굴을 보면서 산에서는 여름도 금방 찾아온다고 다시 한 번 확인시켜 주었다. 자신도 정말로 그 말을 믿게 되었다. 그래서 오두막에 도착해 할아버지를 보고는 이렇게 외쳤다.

"이번엔 못 왔지만 봄이 되면 온대요."

할아버지는 하이디에게 들어서 의사 선생을 잘 알고 있었다. 그는 손을 내밀어 반갑게 맞았다. 두 사람은 밖에 놓인 의자에 나란히 앉았다. 의사 선생이 옆에 하이디가 앉을 자리를 만들어 주었다. 그들은 9월의 햇살을 받으며 이야기를 나눴다. 의사 선생은 제제만 씨가 여행을 제안했다는 말을 했다. 요즘 계속 기운이 없는 차에 좋은 생각인 것 같아서 오게 되었다고 했다. 그러고는 하이디에게 프랑크푸르트에서 보낸 선물이 산으로 올라오는 중이라고 귓속말을 했다. 자신보다 훨씬 반가울 것이라고 덧붙였다. 하이디는 기대에 부풀었다.

"산의 가을은 무척 아름답습니다. 계시고 싶은 만큼 오래 계시다 가세요."

할아버지는 안타깝게도 오두막에는 머물 곳이 없지만 되르플리에는 괜찮은 여관이 있다고 말했다.

"멀리 라가츠까지 갈 필요 없어요. 되르플리에 있는 여관은 소박하지만 깨끗하거든요. 매일 여기로 올라오세요. 가고 싶은 곳으로 제가 안내해 드리죠."

의사 선생은 무척 기뻐하면서 할아버지의 제안을 받아들였다.

어느새 한낮이 되어 해가 머리 위로 뜨고 전나무도 고요했다. 할아버지는 안으로 들어가 식탁을 들고 나오더니 의자 앞에 놓았다.

"하이디, 식사를 준비하자꾸나. 우리의 생활을 있는 그대로 보여 드리자. 음식은 간단하지만 의사 선생님도 식당은 정말 멋지다고 생각하실 게야!"

"정말 멋지네요."

의사 선생이 태양에 반짝이는 골짜기를 내려다보며 감탄했다.

"이렇게 멋진 식사에 초대해 주셔서 감사합니다. 이곳에서는 뭐든지 맛있을 것 같군요."

하이디는 부지런히 왔다 갔다 하며 벽장에서 필요한 것들을 꺼내왔다. 의사 선생을 즐겁게 해줄 수 있다는 사실만으로도 몹시 기뻤다. 안으로 들어가 음식을 준비하던 할아버지는 잠시 후 김이 모락모락 나는 염소젖이 담긴 그릇과 노릇하게 구운 치즈를 들고 나왔다. 여름 동안 말려둔 고기도 얇게 썰었다.

의사 선생은 그 어느 때보다 맛있게 먹었다.

"클라라도 꼭 와야겠군요. 오늘 제가 먹은 것처럼만 먹는다면 완전히 딴 사람이 될 거예요. 통통하게 살이 찌고 볼이 발그레해질 겁니다."

그때 등에 커다란 짐을 진 사람이 올라왔다. 그 짐꾼은 짐을 내려놓더니 산속 공기를 한껏 들이마셨다.

"내가 프랑크푸르트에서 가져온 짐이란다."

의사 선생이 맨 바깥 부분의 포장을 풀었다.

"자, 이제 네가 직접 꺼내 보렴."

하이디는 기대에 부풀어서 곧바로 물건을 꺼내기 시작했다. 물건을 전부 꺼내 펼쳐 놓은 뒤 하이디가 놀란 눈으로 쳐다보았다. 의사 선생이 케이크 상자를 보여 주며 페터네 할머니께 커피와 함께 드시라고 가져온 것이라고 하자 그제야 입을 열었다. 당장 할머니께 달려가고 싶었다. 하지만 의사 선생이 내려갈 때쯤 같이 내려가서 들르자는 할아버지의 말을 따르기로 했다. 할아버지는 하이디가 꺼낸 담배쌈지를 보고 얼굴이 환해졌다. 얼른 파이프에 담배를 채운 할아버지는 의사 선생과 나란히 담배를 피우면서 이야기꽃을 피웠고, 하이디는 계속 멋진 선물을 풀어 보느라 바빴다. 잠시 후 하이디는 두 사람에게로 달려가 대화가 잠시 멈출 때까지 기다렸다가 말했다.

"의사 선생님 말씀이 틀렸어요. 저는 선물들보다 선생님이 오신 게 훨씬 더 좋아요!"

할아버지와 의사 선생은 웃음을 터뜨렸다. 그러고는 전혀 예상치 못했다고 의사 선생이 말했다.

해질 무렵이 되어서야 의사 선생은 자리에서 일어났다. 마을로 내려가 방을 구하기 위해서였다. 의사 선생은 하이디의 손을 잡았고 할아버지는 페터네 집에 전해 줄 케이크 상자와 숄, 소시지를 들었다. 페터네 집에 이르러 하이디는 의사 선생에게 작별 인사를 했다.

"내일 염소들하고 같이 풀밭에 올라가실래요?"

하이디로서는 이것이 의사 선생에게 해줄 수 있는 가장 좋은 일이었다.

"그거 좋겠구나. 같이 가자."

의사 선생은 할아버지와 함께 되르플리로 내려가고, 하이디는 페터네 집으로 들어갔다. 할아버지가 문 앞에 내려다 준 선물을 하이디가 하나씩 들고 안으로 들어갔다. 우선 케이크 상자를 들고 갔는데 휘청거릴 정도로 무거웠다. 그다음에는 소시지와 숄을 차례로 가져가 할머니가 만져 볼 수 있도록 앞에 놓았다.

"프랑크푸르트에서 클라라랑 클라라네 할머니가 보낸 거예요."

할머니와 브리기트는 깜짝 놀랐다. 브리기트는 얼마나 놀랐는지 하이디가 그 무거운 것들을 집 안으로 옮기는데도 도와주지 않고 쳐다보기만 했다.

"할머니, 케이크가 마음에 드세요? 만져 보세요. 촉촉하고 부드러워서 잘 드실 수 있을 거예요."

"그렇구나. 이런 걸 보내 주다니 정말 친절한 사람들이구나."

할머니가 이번에는 따뜻하고 부드러운 숄을 만져 보았다.

"겨울에도 정말 따뜻하겠어. 이렇게 좋은 선물은 생전 처음 이구나."

할머니는 케이크보다 숄이 더 마음에 드는 것 같았다. 브리 기트는 식탁에 놓인 소시지를 경이로운 표정으로 바라보았다. 그렇게 커다란 소시지는 처음 보았다. 게다가 자신과 어머니, 페터의 것이라니.

"저걸 어떻게 하면 좋을지 산 아저씨께 여쭤봐야겠어."

브리기트는 믿을 수 없다는 표정으로 고개를 흔들었다.

"그냥 드시면 돼요."

하이디가 말했다.

그때 페터가 헐레벌떡 뛰어 들어왔다.

"산 아저씨가 오고 계세요. 하이디더러 그만 집에 갈 시간이 라고……."

페터는 소시지를 발견하고는 말문이 막혔다. 하이디는 페터 가 하려던 말을 알아듣고 할머니에게 입을 맞추며 작별 인사 를 했다.

이제 할아버지는 페터네 집을 그냥 지나치는 법이 없었다. 할머니에게 기분 좋은 인사를 건네는 것을 잊지 않았다. 할머니도 할아버지의 발자국 소리가 들리는지 귀를 기울였다. 하지만 오늘은 너무 시간이 늦었다. 아침에 일찍 일어난 하이디가 잠자리에 들어야 할 시간이 벌써 지났기 때문이다. 평소 할아버지는 하이디가 잠을 충분히 자야 한다고 생각했다. 그래서 오늘은 열린 문 사이로 짧은 인사만 건넸다. 할아버지는 하이디의 손을 잡고서 별이 반짝이는 밤하늘 아래를 걸으며 평화로운 집으로 향했다.

17

행복한 나날

다음 날 아침 일찍 의사 선생은 되르플리에서 페터와 염소들과 함께 산을 올라왔다. 그는 몇 번이나 페터와 대화를 나눠 보려고 했지만 번번이 실패했다. 페터는 좀처럼 말이 없었고, 질문을 해도 겨우 한마디 정도로 대답할 뿐이었다. 결국 두 사람은 말없이 걷기만 했다. 오두막에 도착하니 하이디가 벌써 데이지와 더스키를 데리고 나와 있었다. 셋 다 몹시 기분이 좋아 보였다.

"같이 갈 거야?"

페터가 평소와 다름없이 물었다.

"당연하지. 의사 선생님도 같이 가실 거야."

페터는 낯선 손님을 힐끗 쳐다보았다. 그때 할아버지가 나와 의사 선생에게 반갑게 인사를 건네고 페터의 어깨에 점심이 든 자루를 걸어 주었다. 평소보다 묵직했다. 의사 선생이 아이들과 함께 점심을 먹을지도 모른다는 생각에 큼직한 말린 고기를 넣었기 때문이다. 페터도 특별한 것이 들었다는 생각에 입이 귀까지 걸렸다.

세 사람은 풀밭을 향해 출발했다. 염소들은 하이디를 둘러싸고 조금이라도 가까이 다가가려고 서로 밀쳐 댔다. 평소와 똑같은 광경이었다. 염소들에 둘러싸인 채 잠시 걸어가던 하이디가 자리에 멈춰 섰다.

"자, 어서들 가. 자꾸 나한테 와서 치대지 마. 난 오늘은 의사 선생님이랑 갈 거야."

그러고는 눈송이를 토닥거리며 얌전하게 굴라고 말했다.

의사 선생은 하이디와는 대화를 이어나가려고 노력할 필요가 전혀 없었다. 하이디가 염소와 산봉우리, 꽃이며 새에 대한 이야기를 끊임없이 재잘거렸기 때문이다. 페터는 몇 번이나 의사 선생을 노려보았지만 아무도 눈치채지 못했다. 머지않아 풀밭에 도착했다.

하이디가 앞장서서 자신이 가장 좋아하는 곳으로 달려갔다. 그곳에서는 저 멀리 푸른 산골짜기가 한눈에 펼쳐지고 고개를 들면 눈 덮인 산봉우리가 햇살에 반짝였다. 두 개의 똑같은 잿빛 산봉우리가 파란 하늘에 우뚝 솟아 있었다. 발에 닿은 풀이

따뜻하고 뽀송뽀송했다. 하이디는 의사 선생을 불러 같이 앉았다. 풀을 찾아 돌아다니는 염소들의 목에서 달랑거리는 방울 소리가 들렸다. 다른 꽃들에 둘러싸여 여름에 피었던 얼마 남지 않은 초롱꽃들이 상쾌한 아침 바람에 살랑살랑 고개를 흔들었다. 하늘에는 독수리가 조용하게 커다란 동그라미를 그리며 날았다. 그 모든 풍경을 바라보는 하이디의 눈동자가 행복으로 반짝였다. 하이디는 의사 선생도 기분 좋은 얼굴을 하고 있는지 슬쩍 쳐다보았다. 하이디와 눈이 마주치자 그는 아직 슬픔이 채 가시지 않았지만 이렇게 말했다.

"그래, 하이디. 이곳은 정말 아름답구나. 하지만 여기에서 슬품 따윈 잊어버리고 기뻐할 수 있을까?"

"여기에서는 아무도 슬퍼하지 않아요. 프랑크푸르트에서만 슬퍼해요."

의사 선생의 얼굴에 미소가 번졌다.

"하지만 프랑크푸르트에서 여기까지 슬픔을 가지고 왔다면? 그러면 어떻게 해야 할까?"

"어떻게 해야 할지 모를 때는 하느님한테 말하면 돼요."

"그래, 좋은 생각이구나. 하지만 슬픔을 안겨 준 사람이 하느님이라면 어떻게 하지?"

하이디는 잠시 동안 생각에 잠겼다. 하느님이 언제나 도움의 손길을 내미신다는 사실을 알고 있지만, 자신의 경험에서 그 질문의 답을 찾아보려고 했다.

"그럴 때는 기다리면 돼요. 하느님이 슬픔을 통해서 뭔가 좋은 걸 주시려고 한다는 생각을 하면서요. 끔찍할 정도로 슬픈 일이 생기면 그 슬픔이 영원히 계속될 것 같고 좋은 일은 하나도 생기지 않을 것 같다는 생각이 들잖아요."

"하이디, 앞으로도 그 믿음을 잃지 않았으면 좋겠구나."

의사 선생은 이렇게 말하고 눈앞에 펼쳐진 풍경을 바라보았다. 그러고는 잠시 후 입을 열었다.

"여기에서조차 슬픔의 그림자가 몰려와서 아름다운 풍경을 제대로 감상하지 못하고 슬픔이 더욱 깊어진다면? 무슨 말인지 이해할 수 있겠니?"

하이디는 잠시 심각한 표정이 되었다. 눈부신 햇살과 산의 아름다운 풍경을 하나도 보지 못하는 페터네 할머니가 떠올랐다.

"네, 이해할 수 있어요. 할머니의 찬송가가 도움이 될지도 몰라요. 할머니는 그 노래가 빛을 돌려준다고 하시거든요."

"아는 노래가 있니?"

"태양에 관한 노래밖에 기억이 안 나요. 긴 노래의 일부분이에요. 할머니가 아주 좋아하셔서 늘 그 부분만 세 번씩 읽어 드리거든요."

"어디 한번 들어 보자꾸나."

의사 선생이 바위에 등을 기대고 들을 준비를 했다.

하이디가 박수를 치면서 즐거워했다.

"할머니가 좋아하는 구절부터 시작해도 될까요? 새 희망이 솟아난다고 좋아하시는 부분이에요."

의사 선생이 고개를 끄덕이자 하이디가 암송하기 시작했다.

하느님에게 근심 걱정을 털어놓아라

짐을 전부 맡겨라

그분은 모든 기도를 들어주시고

결국은 안도하게 해주시네

하느님은 넘치는 사랑과 지혜로

위로해 주시네

희망이 새롭게 샘솟아나네

하이디는 의사 선생이 듣고 있는지 궁금해서 잠시 멈추었다. 그는 두 손으로 얼굴을 가린 채 가만히 앉아 있었다. 하이디는 의사 선생이 깜빡 잠들었다고 생각했다. 노래를 더 듣고 싶다면 깨어나서 부탁하실 거야. 하지만 그는 잠든 것이 아니라 생각에 잠겨 있었다. 그 노래를 들으니 어린 시절 의자에 앉아 있는 어머니 곁에 서서 바로 그 노래를 들었던 기억이 떠올랐다. 마치 사랑이 담긴 어머니의 눈빛이 느껴지고 부드러운 목소리가 들리는 듯했다. 오랫동안 기분 좋은 추억에 잠겨 있던 그가 고개를 드니 하이디가 생각에 잠긴 커다란 눈망울로 쳐다보고 있었다. 그는 하이디의 손을 가볍게 토닥거리고는 한층 밝아진 목소리로 말했다.

"정말 좋은 노래구나! 나중에 여기에 다시 오면 또 불러 다오."

페터는 의사 선생이 전혀 마음에 들지 않았다. 몇 주 만에 겨우 같이 풀밭에 올라왔는데 하이디는 의사 선생 옆에 딱 붙어 앉아서 자기는 거들떠보지도 않았다. 페터는 못마땅한 얼굴로 땅을 찼지만 아무도 그 모습을 보지 못했다. 의사 선생의 등 뒤에 대고 주먹을 휘두르기까지 했다. 이 모습 역시 아무도 보지 못했다. 어느새 해가 머리 위에 떴다. 점심 먹을 시간이었다. 페터는 두 사람을 향해 소리쳤다.

"점심들 먹어요!"

그 말에 하이디가 자리에서 일어났다. 자신의 몫을 가져와 의사 선생에게 나눠 주려는 것이었다. 하지만 의사 선생은 배고프지 않다며 염소젖만 마시고 좀 더 높은 곳으로 올라가 보고 싶다고 했다. 그러자 하이디는 자신도 염소젖만 마시겠다고 했다. 한시라도 빨리 의사 선생에게 염소들이 좋아하는 온갖 향기로운 풀이 가득한 곳을 보여 주고 싶었다. 예전에 방울새가 산골짜기 아래로 떨어질 뻔한 곳이었다. 하이디는 페터에게 자기와 의사 선생이 마실 염소젖을 짜달라고 했다.

"염소젖만 먹을 거야? 자루에 든 건 어쩌고?"

페터가 놀라서 물었다.

"그건 네가 먹어. 염소젖부터 짜주고."

그 말을 듣자 페터는 재빨리 움직였다. 평소에는 절대로 그러는 법이 없었다. 페터는 아침부터 묵직한 가방에 무엇이 들었는지 궁금해서 견딜 수 없었다. 염소젖을 짜서 건넨 뒤 자루를 열어 보았다. 커다란 고깃덩어리가 들어 있었다. 눈이 휘둥그레진 페터가 고기를 꺼내려는 순간, 의사 선생을 노려보며 주먹을 휘둘렀던 생각이 났다. 할아버지는 의사 선생 때문에 고기를 챙겨 넣은 것이 분명했다. 페터는 미안한 마음이 들어 잠시 주춤했다. 그래서 방금 전에 자신이 서 있던 곳으로 달려

갔다. 더 이상 싸우고 싶은 마음이 없다는 뜻으로 양손을 쫙
펴고 팔을 높이 들었다. 미안한 마음이 줄어들 때까지 계속 그
러고 있었다. 그런 다음 제자리로 돌아와 한결 편해진 마음으
로 먹기 시작했다.

하이디와 의사 선생은 이야기를 나누며 더 높은 곳으로 올
라갔다. 잠시 후 의사 선생은 내려가야겠다고 말했다. 하이디
는 염소들과 좀 더 있고 싶었지만 할아버지네 오두막까지만 같
이 내려가겠다고 했다. 그래서 두 사람은 손을 잡고 다정하게
내려왔다. 하이디는 염소들이 가장 좋아하는 장소와 여름에

피는 가장 예쁜 꽃을 알려 주었다. 할아버지에게 배운 대로 다른 꽃들의 이름도 말해 주었다. 마침내 의사 선생은 하이디에게 그만 올라가 보라고 했다. 하이디와 작별 인사를 한 그는 혼자 산을 내려갔다. 몇 번이고 뒤돌아볼 때마다 하이디는 여전히 제자리에 서서 손을 흔들었다. 자신이 외출할 때마다 그렇게 손을 흔들어 주던 사랑하던 딸의 모습이 떠올랐다.

한 달 내내 맑고 화창한 날씨가 이어졌다. 의사 선생은 매일 아침 오두막으로 올라와 오랫동안 여기저기 산책을 했다. 할아버지와 같이 갈 때도 많았다. 두 사람은 오래된 전나무가 세찬 바람에 흔들리고 독수리의 둥지가 자리한 높은 곳까지 올라갔다. 그들이 나타나면 커다란 독수리가 하늘 높이 날아올랐다. 의사 선생은 할아버지와 함께 있는 시간이 무척 즐거웠다. 산과 식물에 대해서라면 모르는 것이 없는 할아버지의 해박한 지식에 번번이 놀랐다. 할아버지는 아무리 높은 곳이라도 조그만 식물들이 자라고 있는 곳을 보여 주었다. 뿐만 아니라 산에 사는 동물에 대해서도 잘 알았다. 동굴이나 땅속 구멍, 나무 안에 사는 동물들에 대한 이야기를 많이 들려주었다. 의사 선생은 "덕분에 매일 새로운 것을 배웁니다."라고 말했다.

의사 선생은 특별히 날씨가 좋은 날에는 하이디와 함께 풀밭에 올라갔다. 하이디가 가장 좋아하는 자리에 앉아서 함께 이야기를 나누거나 하이디가 읊어 주는 노래를 들었다. 페터가 끼는 일은 없었다. 하지만 하이디를 빼앗겼다는 사실을 받아들였기 때문인지 의사 선생에게 나쁜 마음을 품지는 않았다.

9월의 마지막 날, 의사 선생의 휴가가 끝났다. 그는 프랑크푸르트로 돌아가기 전에 아쉬운 얼굴로 오두막에 나타났다. 집처럼 편안해진 산을 떠난다는 사실을 몹시 서운해했다. 할아버지도 무척 아쉬운 표정이었다. 하이디 역시 매일 아침 의사 선생을 만나는 일이 이제는 당연한 것처럼 느껴져서 즐거운 시간이 끝났다는 사실을 믿을 수가 없었다. 할아버지와 의사 선생은 작별 인사를 나누었다. 하이디는 의사 선생을 배웅하려고 같이 산을 내려가기 시작했다. 잠시 후 의사 선생이 하이디의 머리를 쓰다듬으며 말했다.

"이제 가보렴. 널 프랑크푸르트에 데려갔으면 좋겠구나."

하이디는 잠시 머뭇거렸다. 삐죽 솟은 집들과 돌로 포장된 길, 로텐마이어 양과 티네테의 얼굴이 떠올랐다.

"저는 의사 선생님이 또 여기로 저와 할아버지를 만나러 오셨으면 좋겠어요."

하이디가 머뭇거리면서 말했다.

"그래, 그래야지. 꼭 다시 오마. 잘 있으렴."

악수를 하기 위해 손을 내민 하이디는 의사 선생의 눈가에 맺힌 눈물을 본 것 같았다. 그는 재빨리 뒤돌아서 내려갔다. 하이디는 가만히 서서 의사 선생의 뒷모습을 바라보았다. 마음이 너무나 아팠다. 그러다가 "선생님! 선생님!" 하고 소리치며 쫓아갔다. 의사 선생이 뒤돌아보니 하이디가 뛰어와서는 흐느끼며 말했다.

"제가 프랑크푸르트로 같이 갈게요. 가서 선생님이 있으라는 만큼 오래 있을게요. 하지만 가기 전에 할아버지한테 말씀드려야 해요."

의사 선생이 하이디의 어깨에 손을 올리고 달래 주었다.

"아니다, 아니야. 넌 산속에 있어야 해. 그러지 않으면 또 병이 날 거야. 나중에 내가 늙어서 병이 들면 그때 날 보러 와다오. 그럴 때 누군가 나를 생각해 주고 사랑해 주는 사람이 있다면 참 좋겠구나."

"당연히 갈게요. 부르시면 당장 달려갈게요. 그리고 저는 할아버지만큼이나 의사 선생님을 사랑해요."

의사 선생은 하이디에게 고맙다고 말하고 다시 발걸음을 옮겼다. 하이디는 그의 모습이 작은 점이 되어 사라질 때까지 손을 흔들었다. 의사 선생은 마지막으로 손을 흔들기 위해 뒤돌아보면서 생각했다.

'산은 아픈 마음과 몸을 치료해 주는 곳이야. 다시 살아갈 힘이 생겼어!'

18

되르플리의 겨울

그해 겨울, 산에는 눈이 잔뜩 쌓였다. 페터의 오두막은 창턱까지 눈에 덮였다. 거의 매일 밤새도록 눈이 내려서 페터는 아침마다 거실 창문을 통해 밖으로 나가야 했다. 밤새 눈이 꽝꽝 얼어붙지 않았으면 발과 손, 머리까지 눈 속에 빠지기 일쑤였다. 페터는 엄마가 건네준 커다란 빗자루로 눈을 쓸어 문까지 길을 만들었다. 현관문에서 멀리 떨어진 곳에 눈을 쌓아 두어야만 했다. 그렇게 하지 않으면 문을 열자마자 커다란 눈더미가 쏟아졌기 때문이다. 그리고 눈이 살짝 녹아 얼어 버리면 문 앞에 단단한 벽이 생길 수도 있었다. 집 안에서 창틈으로 빠져나갈 수 있을 만큼 몸집이 작고 잽싼 사람은 페터뿐이었다.

하지만 밤새 눈이 꽁꽁 얼면 페터는 좋아했다. 엄마가 내어준 조그만 썰매로 되르플리까지 쌩쌩 달릴 수 있었기 때문이다. 산 전체가 눈썰매장으로 변해 어디든지 신나게 갈 수 있었다.

할아버지도 오두막 주변에 쌓인 눈을 조심해서 치웠다. 전에 약속한 대로 첫눈이 내리자마자 하이디와 염소들을 데리고 마을로 내려갔다.

되르플리의 교회와 목사관 옆에는 쓰러져 가는 집이 한 채 있었다. 스페인에서 용감하게 싸워 큰돈을 번 군인의 집이었다. 그는 되르플리에서 여생을 보낼 생각으로 그 집을 지었다. 하지만 조용한 시골 생활에 금세 싫증을 느낀 그는 떠나서 다시는 돌아오지 않았다. 그 집은 그렇게 텅 빈 채로 버려졌다. 몇 년 후 주인이 세상을 떠나자 산골짜기에 사는 먼 친척이 물려받았지만 너무 낡아서 돈 들일 생각을 하지 않았다. 수리는 하지 않고 얼마 되지 않는 돈을 받고 사람들에게 빌려주었다. 몇 년이 지난 후 하이디의 할아버지가 어린 아들을 데리고 되르플리로 와서 그 집에서 얼마 동안 살았다. 그리고 그 집은 또다시 버려지게 되었다. 벽과 지붕에 구멍이 나고 금이 가서 얼음처럼 차가운 겨울바람이 그대로 들어왔다. 할아버지는 겨울 동안 되르플리에서 지낼 생각으로 그 집을 다시 빌렸다. 손재주가 뛰어난 할아버지는 그 집을 사람이 살 만한 곳으로 고쳤다. 가을 동안 부지런히 왔다 갔다 하면서 고쳐 놓고 10월 중순에 하이디와 함께 이사를 했다.

그 집 뒤편에는 천장이 둥근 건물이 있었다. 예전에 예배당으로 쓰였지만 지금은 폐가나 마찬가지였다. 한 벽면 전체가 무너져 내렸고 여기저기 벽에 잔뜩 금이 갔다. 담쟁이덩굴이 창문 전체를 가렸고 지붕은 금방이라도 무너져 내릴 것만 같았다. 문짝도 사라지고 없었고, 돌로 포장된 바닥에는 잡초가 무성했다. 벽이 흔들리고 천장의 일부도 주저앉았다. 나머지는 튼튼한 기둥이 겨우 받치고 있을 뿐이었다. 할아버지는 여기에 나무로 된 칸막이를 받쳐 놓고 바닥에 짚을 깔아 겨울 동안 염소들이 지낼 우리로 만들었다.

그곳을 지나면 절반쯤 폐허가 된 통로가 있었는데 벽면에 커다란 금이 가서 하늘과 들판을 볼 수 있었다. 통로의 끝부분에 이르면 단단한 떡갈나무로 만든 문이 나왔다. 그 문을 열면 멀쩡한 방이 나왔다. 한쪽 구석에는 거의 천장까지 닿을 만큼 커다란 흰색 타일을 입힌 난로가 보였다. 그 타일은 오래된 성이 보이는 숲을 배경으로 사냥꾼과 개의 모습, 떡갈나무 아래 고요한 호수에서 낚싯대를 흔드는 어부의 모습이 담긴 그림과 함께 파란색으로 장식되어 있었다. 난로 주변에는 의자가 놓여 있었다. 하이디는 방문을 열자마자 난로로 달려가 의자에 앉아서 그림을 살펴보았다. 그림을 쭉 보다 보니 난로 뒷부분과 벽 사이의 공간이 눈에 띄었다. 원래는 사과를 보관하던 곳인 모양이지만 할아버지가 그곳에 하이디의 침대를 놓아두었다.

산 위의 집에서 쓰던 그대로 마른 풀로 만든 매트리스와 깔개, 두꺼운 이불을 가져온 것이었다. 침대를 본 하이디의 얼굴이 환해졌다.

"와, 할아버지! 제 방이에요! 정말 예뻐요! 할아버지는 어디서 주무실 거예요?"

"추우니까 넌 난로 옆에서 자렴. 자, 이제 내 방을 보여주마."

작은 방으로 들어가 보니 할아버지의 잠자리가 마련되어 있었다. 침대 옆에 있는 문을 열자 커다란 부엌이 보였다. 하이디가 지금까지 본 그 어떤 부엌보다도 컸다. 아직도 손볼 부분은 많았지만 할아버지는 벽면을 조그만 벽장이 잔뜩 있는 것처럼 보이도록 고쳐 놓았다. 커다란 바깥문은 못과 나사를 이용해 꽉 닫히도록 고쳤다. 기다란 잡초 사이에 무당벌레며 거미가 잔뜩 숨어 있어서 그렇게 해야만 안심이 되었다.

하이디는 겨울 동안 지낼 새 집이 무척 마음에 들었다. 다음 날 페터가 놀러 왔을 때는 벌써 집 안 구석구석까지 살펴본 후였다. 하이디는 페터에게 전부 구경시켜 주었다. 구석에 놓인 편안한 침대에서는 잠도 잘 왔다. 첫날에는 아침에 일어났을 때 평소와 다름없이 산 위의 다락방인 줄 알고 밤새 눈이 많이 내려 전나무 소리가 들리지 않는가 보다 생각했다. 그러다 마을로 내려왔다는 생각이 퍼뜩 들었다. 그래도 잠시 어리둥절했는데 옆방에서 할아버지가 염소들에게 말 거는 소리가 들렸

다. 염소들은 마치 하이디에게 빨리 일어나라고 말하는 듯 매애거렸다. 그제야 하이디는 산 위든 산 아래든 할아버지가 계신 집에 있다는 사실을 깨닫고는 서둘러 일어나 염소들에게 달려갔다.

마을로 이사 온 지 나흘째 되던 날 아침이었다.

"오늘은 페터네 할머니를 만나러 갈래요. 보고 싶어하실 거예요."

하지만 할아버지는 허락해 주지 않았다.

"오늘도 안 되고 내일도 안 된다. 눈이 너무 많이 쌓였어. 지금도 계속 내리고 있고. 페터조차 눈 속을 헤치고 다니기가 힘들어. 너처럼 작은 애는 눈 속에 파묻혀서 찾을 수도 없을 게다. 눈이 얼 때까지 기다리렴. 그럼 편하게 걸어갈 수 있을 테니까."

하이디는 기다리기가 싫었지만 할 일이 어찌나 많은지 하루가 어떻게 지나가는지도 모를 지경이었다. 우선 학교에 다녀야 했다. 공부도 열심히 했다. 반면 페터는 학교에 잘 나가지 않았다. 그래도 마음씨 좋은 선생님은 "오늘도 페터가 안 왔구나. 공부를 열심히 하면 좋을 텐데. 눈이 많이 쌓여서 못 왔을 거야."라고 말할 뿐이었다. 하지만 페터는 저녁에도 식은 죽 먹기로 눈길을 헤치고 하이디를 보러 왔다.

며칠 동안 내리던 눈이 그치고 온통 하얗게 변한 세상 위로 눈부신 햇살이 쏟아졌다. 하지만 해님은 풀이나 꽃처럼 추운 겨울 날씨가 싫다는 듯 곧바로 산 뒤로 숨어 버렸다. 밤에는 달빛이 눈을 비추고 서리가 내렸다. 아침이 되면 온 세상이 수정처럼 반짝반짝 빛났다. 평소처럼 눈에 푹 빠질 것이라는 생각을 하면서 창문으로 나온 페터는 꽁꽁 언 바닥에 발을 내려놓자마자 마치 주인 없는 썰매처럼 빙글빙글 돌았다. 하지만 곧 중심을 잡고 멈춰 서서 눈이 단단하게 굳었는지 쿵쿵 굴러 보았다. 눈이 굳은 사실을 알게 된 페터는 몹시 신이 났다. 언덕의 눈이 굳어서 하이디가 올라올 수 있었기 때문이다. 페터는 집 안으로 들어가 벌컥벌컥 염소젖을 들이켜고 빵 조각을 주머니에 넣으며 의기양양하게 말했다.

"오늘은 학교에 갈래요."

"잘 생각했구나. 공부 열심히 하고 와."

엄마가 말했다.

페터는 얼어붙은 문 대신 창문을 통해 밖으로 나갔다. 재빨리 썰매를 앞에 놓고 번개처럼 올라탔다. 썰매는 되르플리까지 쌩쌩 달렸다. 도저히 속도를 멈출 수 없어 마이엔펠트 골짜기까지 지나서야 멈춰 섰다. 학교에 늦었다는 것을 알면서도 페터는 기분이 좋았다. 마을로 올라가려면 또다시 한참 가야 하는데 수업은 이미 시작되었을 것이다. 서둘러 봤자 소용없었다. 페터가 느긋하게 되르플리에 도착하자 하이디는 학교에서 돌아와 할아버지와 점심을 먹고 있었다. 한시라도 빨리 기쁜 소식을 전해 주고 싶은 마음에 문을 벌컥 열고 달려갔다.

"드디어 됐어요!"

"무슨 소란이냐, 염소대장! 되긴 뭐가 돼?"

"눈이 굳었어요!"

"아, 이젠 할머니를 보러 갈 수 있어!"

하이디가 무슨 뜻인지 곧바로 이해하고 외쳤다.

"그런데 왜 학교에 안 왔어, 페터? 썰매를 타고 금방 올 수 있었잖아."

하이디는 이유 없이 학교에 결석하는 것은 잘못이라고 생각했다.

"썰매가 너무 멀리까지 내려갔어. 그래서 늦어서 안 갔어."

"그건 군대로 치면 탈영이나 마찬가지야. 탈영한 군인은 벌을 받아야지."

페터는 긴장한 표정으로 모자를 만지작거렸다. 할아버지는 페터가 존경하는 사람이었기 때문이다. 할아버지의 꾸중이 이어졌다.

"대장이 그렇게 행동한다면 훨씬 나쁘지. 네 염소들이 도망치거나 네 명령을 따르지 않으면 넌 어떻게 하지?"

"때리고 혼내요."

"말 안 듣는 염소처럼 규칙을 어기는 사내아이가 매를 맞는 건 어떻게 생각하지?"

"맞아도 싸요."

"그럼 내 말 잘 들어라, 염소대장. 앞으로 학교에 있어야 할 시간에 또 썰매를 타고 꾀부리면 그땐 나한테 맞을 줄 알아라."

할아버지의 마지막 말에 정신이 번쩍 든 페터는 회초리가 있는지 집 안을 두리번거렸다. 하지만 이내 할아버지의 인자한 목소리가 이어졌다.

"자, 너도 좀 먹어라. 다 먹고 하이디를 너희 집에 데려가 다오. 해가 지면 집에 데려다 주고 저녁을 먹고 가거라."

페터는 방금 전과 180도로 달라진 할아버지의 목소리에 싱긋 웃으며 자리에 앉았다. 하이디는 할머니를 보러 갈 생각에 신이 나서 남은 감자와 치즈를 전부 페터에게 주었다. 페터는 할아버지가 접시에 가득 담아 준 음식까지 맛있게 먹었다. 하이디는 벽장에서 클라라가 보내 준 외투를 꺼내 입고 외투에 달린 모자를 쓴 후 페터 옆에 섰다. 페터가 다 먹을 때까지 도저히 기다릴 수 없었다.

"빨리 좀 먹어."

하이디가 재촉하는 바람에 페터는 남은 음식을 한꺼번에 입에 넣었다. 두 사람은 드디어 페터네 집으로 출발했다. 하이디는 마을로 이사 온 첫날 데이지와 더스키가 먹지도 않고 고개를 푹 숙인 채 가만히 서 있기만 했다는 이야기를 해주었다.

"할아버지가 그러시는데 내가 프랑크푸르트에 있을 때랑 똑같은 거래. 걔네들은 산 위의 풀밭을 한 번도 떠난 적이 없거든. 페터, 넌 그게 어떤 기분인지 모를 거야."

페터는 생각에 잠겨 있느라 하이디의 말을 제대로 듣지 않았다. 집에 도착해서야 우울한 표정으로 입을 열었다.

"산 아저씨한테 맞는 것보다 학교에 가는 게 낫겠어."

하이디도 같은 생각이라고 말했다.

집에 들어가 보니 옷을 수선하고 있는 브리기트의 모습만 보였다.

"할머니는 누워 계셔. 심한 감기 때문에 많이 아프시단다."

그런 일은 처음이었다. 할머니는 하이디가 올 때마다 구석자리에 앉아 반겨 주었다. 하이디는 얼른 옆방으로 달려갔다. 할머니가 좁은 침대에 얇은 이불을 덮고 누워 있었다. 다행히 클라라가 보내 준 따뜻한 잿빛 숄을 두르고 있었다.

"하느님, 감사합니다."

할머니는 단번에 하이디의 발소리를 알아들었다. 사실 할머니는 가을 내내 속으로 걱정을 했다. 하이디가 프랑크푸르트에서 온 손님 때문에 바쁘다는 말을 페터한테 듣고는 그 손님이 하이디를 다시 데려갈까 봐 걱정했던 것이다. 또한 손님이 돌아갔다는 소식은 들었지만 다른 사람이 와서 하이디를 데려갈 것만 같았다.

"할머니, 많이 아프세요?"

하이디가 곁으로 바짝 다가가 물었다.

"아니야. 나 같은 늙은이들은 찬바람이 불면 온몸이 쑤시는 거란다."

"봄이 오면 괜찮아지시는 거예요?"

하이디가 걱정스러운 표정으로 물었다.

"봄이 되기 전에 다시 물레 앞에 앉을 거야. 오늘은 자리에서 일어나려고 했는데. 내일은 틀림없이 일어날 수 있단다."

하이디는 그제야 안심했다. 할머니를 다시 한 번 들여다보고는 눈을 반짝이며 말했다.

"할머니, 프랑크푸르트에서는 밖에 나갈 때 숄을 어깨에 둘러요. 침대에서 이불처럼 덮어도 되는 건가요?"

"내가 숄을 두른 건 이불이 얇아서야. 이게 있어서 얼마나 다

278

행인지."

"할머니, 침대가 머리 쪽이 낮아요. 그 반대가 되어야 하는데."

"그래서 불편하단다."

할머니는 베개의 편안한 부분을 찾아 머리를 기대려고 했지만 베개가 너무 얇아 나무만큼 딱딱했다.

"베개가 원래 높지 않았던 데다 너무 오래돼서 더 납작해졌구나."

"클라라한테 제가 프랑크푸르트에서 썼던 침대를 보내 달라고 할 걸 그랬어요. 푹신한 베개가 세 개나 있어서 차곡차곡 올려놓았죠. 전 침대에서 자꾸 떨어졌는데 아침이 되기 전에 다시 베개를 똑바로 베야 했죠. 그렇게 자는 게 올바른 방법이니까요. 할머니도 그렇게 주무실 수 있어요?"

"그래, 편하겠구나. 제대로 된 베개가 있으면 숨쉬기도 쉬울 거야."

할머니는 머리를 살짝 들어 올리면서 한숨을 쉬었다.

"하지만 그런 얘기는 하지 말자꾸나. 난 다른 아픈 노인들에 비하면 운이 좋은걸. 매일 맛있는 빵에, 따뜻한 숄에…… 그리고 하이디가 이렇게 와줬잖니! 노래를 읽어 주겠니?"

하이디가 할머니의 찬송가집을 가져와 노래를 읽었다. 전부 잘 알고 있는 노래지만 오랜만에 읽으니 새롭게 느껴졌다. 두 손을 모은 채 누워 있는 할머니의 늙고 야윈 얼굴이 환하게 밝아졌다. 하이디는 잠시 멈추고 물었다.

"할머니, 이제 좀 괜찮으세요?"

"그래. 많이 좋아지는 것 같구나. 계속 읽어다오."

하이디가 마지막 구절까지 이르자 할머니가 그 부분을 몇 번이나 읊조렸다.

가슴에는 슬픔이 차오르고 눈은 어두워져도

나는 그분을 믿네

때가 되면 슬픔이 지나가리

안전한 집으로 가게 되리니

할머니는 그 구절에 마음이 편해지는 것 같았다. 하이디도 화창한 봄날 산에 있는 집으로 돌아갈 생각이 나서 좋았다.

"집이 얼마나 좋은 건지 저도 잘 알아요."

잠시 후 날이 어두워지기 시작하자 하이디는 자리에서 일어났다.

"할머니가 괜찮아지셔서 다행이에요."

할머니가 하이디의 손을 꼭 잡았다.

"그래, 이제 행복하단다. 계속 이렇게 누워 있어야만 한다고 해도 걱정하지 않을 거야. 조용하고 캄캄한 데서 며칠 동안 누워 있다 보면 전부 포기하고 싶어진단다. 다시는 햇빛을 볼 수 없을 테니까. 하지만 네가 와서 이렇게 좋은 글귀를 읽어 주면 내 심장이 다시 움직인단다. 네가 나한테 얼마나 큰 위안이 되는지.”

하이디는 할머니에게 작별 인사를 하고 페터와 함께 밖으로 나왔다. 눈이 달빛을 받아 밝은 낮처럼 환했다. 페터는 하이디를 뒤에 앉히고 썰매에 탔다. 그러고는 마치 새처럼 언덕 아래로 미끄러져 내려갔다.

하이디는 포근한 침대에 누워 할머니의 푹 꺼진 침대를 떠올렸다. 노래를 듣고 좋아하시던 모습도 떠올렸다. 매일 읽어 드리면 훨씬 건강해질 것이라는 생각이 들었다. 하지만 다시 할머니를 보러 가려면 일주일은 더 있어야 했다. 그보다 오래 기다려야 할지도 몰랐다. 하이디는 어떻게 하면 좋을지 고민하다가 퍼뜩 좋은 생각이 떠올랐다. 빨리 아침이 되어 실행에 옮기고 싶었다. 그렇다고 기도를 빼먹고 얼른 잠자리에 들 수는 없었다. 하이디는 할아버지와 페터네 할머니, 그리고 자신을 위해 기도했다. 그런 다음 포근한 풀 침대에 누워 아침까지 푹 잠을 잤다.

19

페터, 모두를 놀라게 하다

다음 날 페터는 늦지 않게 학교에 갔다. 책가방에 점심 도시락도 넣었다. 되르플리에 사는 아이들은 집으로 가서 점심을 먹고 오지만 멀리 사는 아이들은 책상에 앉아 의자에 발을 올린 채 무릎에 도시락을 올려놓고 먹었다. 점심을 먹은 다음에는 1시까지 자유 시간을 보내고 다시 수업이 시작되었다.

페터는 학교가 끝나면 언제나 하이디의 집에 들렀다. 어느 날 페터를 보자마자 하이디가 문으로 달려갔다.

"왜 그래?"

페터가 어리둥절한 표정으로 물었다.

"넌 글을 배워야 해."

"벌써 배웠는걸."

"제대로 배워야지. 뭐든지 읽을 수 있게."

"그건 불가능해."

페터가 곧바로 말했다.

"난 그렇게 생각하지 않아. 이젠 그런 말 안 믿어. 클라라네 할머니가 배울 수 없는 사람은 없다고 하셨는걸. 정말 맞는 말이야."

페터는 갑자기 프랑크푸르트에 사는 할머니 이야기가 나오자 어리둥절해했다.

"가르쳐 줄게. 내가 방법을 알아. 너도 할머니한테 매일 노래를 읽어 드릴 수 있어."

"난 못 해."

페터가 투덜거렸다.

하이디는 그 말을 듣자마자 미리 준비해 놓은 계획을 실행에 옮겼다. 성난 모습을 보여 주는 것이었다. 하이디가 짐짓 눈을 부라리며 페터에게 말했다.

"배우지 않으면 어떻게 되는지 잘 들어. 아줌마 말씀대로 넌 프랑크푸르트로 가야 할 거야. 난 거기 학교가 어떤지 잘 알아. 언젠가 마차를 타고 나갔을 때 클라라가 커다란 건물을 가리키면서 말해 줬어. 그 학교에 다니는 남자애들은 어른이 될 때까지 거기에 있어야 한대. 내 눈으로 직접 봤어. 거기에는 우리 선생님처럼 마음씨 좋은 선생님만 있는 게 아니야. 선생님들이 아주 많이 있는데 전부 교회 갈 때처럼 검은색 옷을 입고 이만큼 기다란 모자를 써."

하이디는 바닥에서부터 위로 손을 올리며 모자가 얼마나 긴지 보여주었다. 순간 페터는 등골이 오싹해졌다.

"거기 가면 그런 선생님들한테 배워야 한다고."

하이디는 잔뜩 흥분한 표정으로 열을 올렸다.

"네 차례가 되었는데 책을 못 읽거나 대답을 제대로 하지 못하면 선생님들이 널 완전히 무시할 거야. 티네테한테 당하는 것보다 끔찍할걸. 티네테가 얼마나 끔찍한데."

"알았어. 배우면 되잖아."

페터가 뾰루퉁하게 대답했다.

순간 하이디의 얼굴에 다시 미소가 감돌았다.

"좋아. 당장 시작하자."

하이디는 페터를 식탁으로 떠밀었다. 거기에는 벌써 책 한 권이 놓여 있었다. 클라라가 보내 준 꾸러미 안에 있던 책인데 노래하듯 쉽게 알파벳을 공부하는 방법이 들어 있었다. 하이디는 그 책이 마음에 쏙 들었다. 페터를 가르칠 때 사용하면 좋겠다고 생각했다.

두 사람은 나란히 앉아 책을 보면서 수업을 시작했다. 페터는 첫 번째 문장을 몇 번이나 반복해서 써야 했다. 하이디가 완전하게 외워야 한다면서 계속 시켰기 때문이다.

"아직도 잘 이해를 못하네. 내가 처음부터 끝까지 읽어 줄게. 무슨 뜻인지 알면 훨씬 쉽게 느껴질 거야."

하이디가 첫 번째 문장을 읽었다.

A, B, C를 모르면
교장실에 불려 갈 거야.

"난 교장실에 안 갈 거야."

페터가 중얼거렸다.

"A, B, C 세 글자를 빨리 배워. 그럼 안 가도 돼."

하이디가 재촉했다. 페터는 하이디가 그만하라고 할 때까지 계속 읽었다. 하이디는 노래처럼 재미있는 문장이 페터에게 조금씩 효과가 있다는 것을 깨달았다. 다음번에 배울 내용을 미리 알려 주면 좋겠다는 생각도 들었다.

"나머지도 읽어 줄게. 그럼 앞으로 어떻게 될지 알 수 있어."

D, E, F, G를 읽지 못하면
운 나쁜 하루가 될 거야.

H, I, J, K 를 잊어버리면
온종일 울고 싶은 일만 주르륵.

L, M을 제대로 모르면
벌금을 내야 할걸!

N, O, P, Q를 모르면
앞으로 고생길이 훤할 거야.

R, S, T에서 막히면
멍텅구리라고 놀림당할걸?

페터가 너무 조용하게 듣고만 있어서 하이디는 읽던 것을 멈추고 빤히 쳐다보았다. 페터는 읽는 법을 배우지 못하면 벌어지게 될 어마어마한 일들에 망연자실했다. 하이디는 그 모습을 보고 마음이 누그러져서 얼른 안심시켜 주었다.

"걱정하지 마. 매일 저녁마다 우리 집에 와서 오늘처럼 공부하면 금방 배울 거야. 그럼 아무 일도 안 생겨. 하지만 매일 와야 해. 학교 다니는 것처럼 빼먹거나 하면 안 돼. 눈 오는 날에도 와야 해. 집에 가만히 있는 것보다 훨씬 나으니까."

페터는 프랑크푸르트의 학교가 계속 떠올라서 매일 오겠다고 약속했고, 정말로 매일 공부를 하러 왔고 열심히 배웠다. 비록 문장을 외우는 것은 쉽지 않았지만 조금씩 실력이 좋아졌다.

할아버지는 종종 파이프 담배를 피우면서 두 아이가 공부하는 모습을 바라보며 빙긋이 웃었다. 페터는 힘든 공부가 끝나면 저녁을 먹고 가는 일이 많았다. 맛있는 저녁 식사를 생각하면 힘들게 공부한 것이 아깝지 않았다. 마침내 U를 배울 차례가 되어 하이디가 읽어 주었다.

U와 V를 헷갈리면
아무도 모르는 곳으로 끌려가게 될 거야.

"난 절대 안 헷갈려."

페터는 말은 그렇게 하면서도 누군가가 목덜미를 잡고 아무도 모르는 곳으로 데려갈까 봐 무서워서 열심히 공부했다. 다음 날 하이디가 다음 문장을 읽었다.

W를 제대로 모르면
벽에 걸린 회초리를 맛보게 될 거야.

페터는 재빨리 방 안을 둘러보았다.
"없잖아."

"그래. 없어. 하지만 할아버지의 옷장에 뭐가 들었는지 알아? 내 팔뚝만 한 지팡이가 있어. 이 문장을 읽을 땐 회초리 대신 할아버지의 지팡이를 떠올려 봐."

페터는 개암나무로 만든 단단한 지팡이가 떠올랐다. 얼른 책에 코를 박고 열심히 공부했다. 다음 날도 공부가 계속되었다.

X를 기억 못하면
온종일 굶게 될 거야.

페터는 빵과 치즈가 든 벽장을 쳐다보더니 심드렁하게 대꾸했다.

"난 안 잊어버릴 거야."

"좋아. 그럼 오늘 한 글자 더 배우자. 내일은 마지막으로 한 글자만 배우면 돼."

페터는 내키지 않았지만 하이디는 벌써 읽기 시작했다.

Y를 잊어버리면
학교에서 놀림당할 거야.

페터는 검은 옷에 기다란 모자를 쓴다는 프랑크푸르트 학교의 선생님들이 떠올랐다. 그래서 눈 감고도 알아볼 수 있을 정도로 Y자를 열심히 공부했다. 다음 날 페터는 의기양양한 모습으로 나타났다. 이제 한 글자만 배우면 끝나기 때문이었다. 평소와 마찬가지로 하이디가 문장을 큰 소리로 읽었다.

Z에서 우물쭈물하면
식인종한테 보내 버릴 거야.

"식인종이 어디 사는지는 아무도 모르는걸."
페터가 웃기는 소리 하지 말라는 듯 말했다.
"할아버지는 아실걸. 내가 당장 달려가서 여쭤볼게. 지금 목사관에 계시거든."
하이디는 정말로 자리에서 일어나 달려갔다. 그러자 페터가 다급하게 붙잡았다.
"잠깐, 기다려!"
페터는 Z를 배우지 못하면 할아버지와 목사님이 와서 정말로 자신을 식인종에게 보내 버릴지도 모른다고 생각했다. 하이디가 그 자리에서 멈추었다.
"왜?"
"아무것도 아냐. 가지 마. 배울 거야."
페터가 투덜거렸다.
하이디는 식인종이 정말로 어디 사는지 궁금했기 때문에 할아버지에게 달려가서 물어보고 싶었다. 하지만 잔뜩 겁에 질린 페터의 얼굴을 보고는 포기하고 자리로 돌아와 앉았다. 포기하는 대신 페터를 괴롭혔다. Z를 절대로 잊어버리지 못하도록 자꾸만 되풀이해서 시켰다. 그다음에는 곧바로 단어 읽는 법으로 넘어갔다. 페터로서는 엄청나게 발전한 모습이었다.

그즈음부터 눈이 다시 내리기 시작했다. 며칠 동안 계속 내린 눈이 잔뜩 쌓여서 산길을 올라갈 수가 없었다. 할머니를 만나지 못한 지 벌써 3주째였다. 그래서 하이디는 페터가 하루빨리 자신을 대신해 할머니에게 노래를 읽어 드리게 만들어야 한다는 생각에 마음이 급하기만 했다. 그러던 어느 날 저녁, 공부를 마치고 집으로 돌아간 페터가 엄마에게 말했다.

"나 할 수 있어요."

"뭘 말이니, 페터?"

"읽는 거요."

"정말이니? 어머니, 들으셨어요?"

브리기트가 소리쳤다. 할머니도 그 말을 들었지만 페터가 과연 어떻게 배운 건지 의아했다.

"이제 제가 노래를 읽어 드려야 해요. 하이디가 그러라고 했거든요."

엄마가 찬송가집을 꺼내오고 할머니는 들을 준비를 했다. 페터가 식탁에 앉더니 정말로 책을 읽기 시작했다. 페터가 한 구절을 읽을 때마다 엄마가 외쳤다.

"어머나, 정말 믿을 수가 없구나!"

할머니는 아무런 말도 하지 않았지만 열심히 들었다.

다음 날 학교에서 평소와 마찬가지로 읽기 수업 시간이 있었다. 페터의 차례가 되자 선생님이 말했다.

"페터는 오늘도 건너뛰어야겠구나. 아니면 단어 한두 개라도 읽어 볼래, 페터?"

페터는 책을 들더니 한 글자도 틀리지 않고 세 줄을 읽었다. 선생님은 깜짝 놀라 쳐다보기만 할 뿐이었다. 그러다 마침내 말했다.

"기적이 일어났구나! 지금까지 몇 년 동안이나 너한테 글 읽는 법을 가르치려고 했지만 소용없었어. 가망이 없다고 포기했었는데 갑자기 그렇게 술술 잘 읽다니, 도대체 어떻게 된 일이니?"

"하이디 덕분이에요."

선생님은 천진난만한 표정으로 앉아 있는 하이디를 보았다.

"페터, 네가 요즘 많이 좋아졌다는 걸 선생님도 느끼고 있었단다. 예전엔 몇 주씩이나 학교에 안 오더니, 요즘은 하루도 안 빠지고 나오잖아. 어떻게 된 거지?"

"산 아저씨 때문이에요."

페터의 대답에 선생님은 더욱 놀라면서 조심스럽게 말했다.

"한 번 더 읽어 보렴."

페터는 세 줄을 더 읽었다. 이번에도 한 글자도 틀리지 않았다. 정말로 읽을 수 있게 된 것이었다. 그날 수업이 끝나자마자 선생님은 목사님에게 그 소식을 전했다. 두 사람은 하이디와 할아버지가 마을에 얼마나 좋은 영향을 끼치는지 이야기했다.

페터는 그날 이후 매일 저녁마다 큰 소리로 노래를 읽었다. 하루에 딱 하나만 읽었다. 두 개를 읽으라고 할 수도 없었고 할머니가 강요하지도 않았다. 브리기트는 여전히 아들에게 일어난 엄청난 변화를 믿을 수가 없었다. 페터가 잠자리에 들고 나면 몇 번씩이나 어머니에게 말했다.

"페터가 읽는 법을 배우다니, 앞으로 못할 일이 없겠어요!"

할머니는 브리기트의 그 말에 언젠가 이렇게 대답했다.

"그래. 그 애가 글을 읽게 되다니 정말 기쁘구나. 하지만 난 빨리 봄이 와서 하이디가 오면 좋겠다. 똑같은 노래인데 페터가 읽으면 뭔가 다르게 느껴지거든. 중간에 빼먹고 읽어서 빠진 내용을 생각하다 보면 다음 구절을 놓친단다. 그래서 하이디가 읽어 줄 때가 훨씬 마음이 편해져."

페터가 꾀를 부리는 것은 사실이었다. 어려운 단어가 나오면 그냥 건너뛰었다. 단어가 많으니 한두 개 단어를 빠뜨려도 할머니가 눈치채지 못할 것이라고 생각한 것이다. 그래서 페터가 노래를 읽을 때면 무슨 말인지 이해할 수 없을 때가 많았다.

20

또 다른 손님들

기나긴 겨울이 지나고 5월이 되었다. 마지막 눈이 녹고 시냇물이 골짜기 아래로 졸졸 흘렀다. 초록옷으로 갈아입은 산이 따사로운 햇살에 눈부시게 빛났다. 싱그러운 풀밭 사이로 예쁜 꽃들이 피어나기 시작했다. 전나무 위로 바람이 불어와 잎이 떨어지고 새잎이 피어날 준비를 했다. 저 높이 파란 하늘에는 독수리가 원을 그리면서 날아가고 황금빛 태양이 오두막 위로 눈부시게 쏟아졌다. 아울러 땅도 따뜻하게 말라서 앉을 수 있게 되었다.

하이디는 다시 산으로 올라갔다. 사방팔방으로 뛰어다니면서 예전에 좋아하던 것들을 구경했다. 하나같이 예뻐서 뭐가 가장 좋은지 말할 수가 없었다. 산 위에서 불어오는 바람은 가

까이 다가올수록 점점 거세지면서 전나무의 나뭇가지를 뒤흔들었다. 하이디는 땅에 누워 풀밭을 기어 다니는 딱정벌레를 바라보았다. 윙윙거리는 벌레 소리가 마치 하이디의 마음처럼 "산에 돌아왔어! 산에 돌아왔어!"라고 노래 부르는 것 같았다. 그 어느 때보다 유난히 아름다운 봄날이었다.

귀에 익은 망치 소리와 톱질하는 소리가 들렸다. 하이디는 헛간으로 달려가 할아버지가 뭘 하는지 보았다. 헛간 앞에는 새로 만든 의자가 놓여 있었고, 할아버지는 또 다른 의자를 만들고 있었다.

"아, 이걸 왜 만드시는지 알아요!"

하이디가 즐거워하며 소리쳤다.

"프랑크푸르트에서 손님이 오시니까 만드시는 거죠? 저건 할머니 거, 이건 클라라 거. 그런데 하나 더 만드셔야 할 거예요."

하이디가 달갑지 않은 목소리로 덧붙였다.

"로텐마이어 양은 안 올까요?"

"잘 모르겠다. 하지만 올지도 모르니까 미리 준비해 두는 게 좋겠구나."

하이디는 팔걸이가 없는 나무의자를 생각에 잠긴 표정으로 쳐다보며 로텐마이어 양이 그 의자에 앉은 모습을 상상해 보았다.

"로텐마이어 양은 이런 의자에는 앉지 않을 것 같아요, 할아버지."

"그럼 푸른잔디로 만든 소파에 앉으라고 하면 되지."

할아버지가 조용한 목소리로 말했다. 하이디는 그것이 과연 어떨지 가늠해 보는데, 페터가 휘파람을 부르며 외치는 소리가 들렸다. 잠시 후 하이디는 그 어느 때보다 반갑게 달려드는 염소들 틈에 둘러싸였다. 페터가 염소들 사이를 헤치고 나오면서 편지 한 통을 건넸다.

"자, 이거."

다른 말은 없었다.

"저 위 풀밭에서 편지를 가져왔어?"

하이디가 신기하다는 듯 물었다.

"아니."

"그럼 어디서 났어?"

"내 자루에서."

사실 페터가 편지를 받은 것은 어제였다. 어제 되르플리의 우체부로부터 받은 편지를 자루에 넣어 두었다. 그리고 오늘 아침 가방에 빵과 치즈를 넣고 하이디네 오두막으로 염소 두 마리를 데리러 왔을 때까지도 깜빡했다. 그러다가 점심 시간에 가방에서 마지막 남은 빵 부스러기를 털다가 편지를 발견한 것이다. 하이디는 편지 주소를 보고 할아버지에게 달려갔다.

"할아버지, 이것 좀 보세요! 클라라한테서 온 편지예요. 읽어 드릴까요?"

할아버지는 곧바로 들을 준비를 했다. 페터도 궁금해하며 문설주에 편한 자세로 기댔다.

하이디에게

짐은 벌써 다 쌌어. 아빠가 준비되시는 대로 2~3일 안으로 출발할 거야. 하지만 아빠는 같이 못 가실 것 같아. 일 때문에 파리에 가셔야 하거든. 의사 선생님은 날마다 빨리 출발하라고 재촉하신단다. 뭘 그렇게 꾸물거리냐고 성화야. 가을에 너하고 할아버지랑 함께 보낸 시간이 정말 즐거우셨나 봐. 지난겨울 놀러 오실 때마다 여행 이야기를 들려 주셨단다. 그곳이 얼마나 평화로운 곳인지, 맑은 산 공기를 마시면 누구든지 건강해질 거라고 하셨어. 의사 선생님은 여행에서 돌아오신 후 훨씬 밝고 건강해지셨단다. 아빠도 의사 선생님이 몇 년은 젊어 보인다고 하셔.

하이디, 하루빨리 널 만나고 싶어. 페터랑 염소들도 보고 싶고. 우선 라가츠로 가서 두 달 동안 요양한 다음 되르플리에 갈 거야. 날씨가 좋을 때마다 너희 오두막으로 올라갈 거야. 할머니도 같이 가실 거야. 할머니도 널 많이 보고 싶어하셔. 참, 로텐마이어 양은 같이 안 가! 할머니는 틈만 나면 로텐마이어 양에게 "스위스 여행 같이 안 갈래요? 가고 싶으면 언제든지 말해요."라고 하신단다. 그때마다 로텐마이어 양은 방해가 되고 싶지 않다면서 정중하게 거절해. 하지만 진짜 이유는 따로 있어. 세바스티안이 널 되르플리까지 데려다 주고 와서 그곳이 얼마나 위험한지 모른다며 잔뜩 겁을 줬거든. 산봉우리가 뾰족하고 산골짜기는 험난하고 바위가 튀어나오고 비탈길은 뒤로 자빠질 만큼 경사가 심하다면서 말이야. 염소라면 몰라도 사람은 절대로 못 올라간다고! 그 얘길 듣고 로텐마이어 양은 스위스에 가기 싫어하는 거야. 티네테도 겁을 잔뜩 먹었어. 그래서 할머니하고 나만 갈 거야. 세바스티안은 우리를 라가츠까지만 데려다 줄 거고.

빨리 보고 싶어.

할머니도 안부 전해 달라셔.

곧 만나자. 안녕.

사랑하는 친구 클라라가

하이디가 편지를 다 읽자 페터는 화난 표정으로 지팡이를 마구 휘둘렀다. 그 모습에 놀란 염소들이 허둥지둥 산 아래로 내려갔다. 페터는 여전히 눈에 보이지 않는 유령과 싸움이라도 하듯 지팡이를 휘두르며 따라갔다. 프랑크푸르트에서 또 손님이 온다는 말에 화가 치밀어 오른 것이다.

반면 하이디는 몹시 신이 났다. 내일 당장 페터네 할머니한테 알려야겠다고 생각했다. 할머니도 분명 반가워할 것이다. 게다가 할머니는 그동안 하이디에게 들어서 제제만 씨네 가족에 대해 잘 알고 있었다.

하이디는 다음 날 점심 때 일찌감치 페터네 집으로 출발했다. 날씨가 좋아서 혼자 갈 수 있었다. 따사로운 햇살이 내리쬐고 뒤에서는 바람이 솔솔 불어와 즐거운 마음으로 산길을 달렸다. 할머니는 평소대로 구석자리에 앉아 실을 잣고 있었다. 하지만 얼굴에는 걱정이 가득했다. 전날 페터가 몹시 화가 난 얼굴로 돌아와서는 프랑크푸르트에서 하이디를 보러 사람들이 잔뜩 올 것이라고 말했던 것이다. 할머니는 걱정되어 밤새 잠을 잘 수 없었다. 하이디가 집 안으로 들어와 언제나처럼 자신을 위해 준비된 작은 의자에 앉아서 반가운 소식을 전했다. 이야기를 할수록 점점 신이 나던 하이디가 말을 하다 말고 물었다.

"할머니, 왜 그러세요? 하나도 좋지 않으세요?"

"좋고말고. 네가 그렇게 좋아하는 모습을 보니까 좋구나."

"하지만 걱정스러운 표정이에요. 혹시 로텐마이어 양이 올까봐 그러세요?"

그 생각을 하자 하이디도 걱정되기 시작했다.

"아니다, 아무것도 아니야. 손 좀 이리 다오. 네가 정말로 옆에 있는지 확인해야겠구나. 난 힘들겠지만, 너한테는 아주 잘

된 일이야."

"저한테만 잘된 일은 싫어요. 할머니가 힘들면 저도 싫어요."

할머니는 프랑크푸르트에서 사람들이 정말로 하이디를 데려가려고 온다고 생각했다. 하이디가 건강해졌으니 분명히 데려가려고 할 것이다. 할머니는 바로 그것을 걱정했다. 하지만 하이디가 눈치채지 못하기를 바랐다. 마음씨 착한 하이디가 알면 프랑크푸르트로 따라가지 않겠다고 할 것이기 때문이다. 그것은 옳지 않은 일이었다. 그래서 할머니는 다른 이야기를 꺼냈다.

"내가 기분이 좋아지는 방법이 있지. 그 노래를 다시 읽어다오. <먹구름이 몰려와도> 그 노래 말이야."

하이디는 찬송가집에 나오는 노래들을 전부 알고 있었기 때문에 금방 찾아서 읽기 시작했다.

먹구름이 몰려와도

하느님은 우리에게

평화를 주시네

아무것도 우리를 괴롭힐 수 없네

하느님이 우리를 보살펴 주시는 한

기쁨은 계속되리니

"그 사실을 항상 기억해야겠구나."

어느새 할머니의 얼굴에서 근심이 사라졌다.

날이 저물어 하이디는 집으로 갔다. 오두막으로 올라가는 동안 하늘의 별들이 반짝거리며 인사를 건네는 듯했다. 하이디는 가끔씩 멈춰 서서 하늘을 올려다보았다. 가슴속에서 평화가 샘솟아 짧게 감사 기도를 했다. 역시 저 위 오두막에서 반짝반짝 빛나는 하늘을 올려다보는 할아버지의 모습이 보였다.

한 달 내내 구름 한 점 없는 하늘에서 따사로운 햇살이 쏟아졌다. 할아버지는 아침마다 밖을 내다보며 감탄했다.

"올해는 정말로 날씨가 좋구나! 풀과 꽃들이 무성하게 자라겠어. 페터가 염소들을 잘 감시해야겠구나. 그렇지 않으면 잔뜩 먹어 대서 뚱뚱보가 되겠는걸."

페터는 그 말을 듣고는 마치 '걱정 붙들어 매시라니까요.'라고 말하는 듯 지팡이를 힘차게 휘둘렀다.

5월이 지나고 6월이 되면서 낮이 길어지고 햇살도 더욱 따뜻해졌다. 사방이 꽃으로 뒤덮여 달콤한 향기가 진동했다. 6월 말로 접어들던 어느 날, 하이디는 집안일을 끝마치고 밖으로 나왔다. 전나무 뒤쪽으로 올라가서 금계국 꽃밭을 내려다볼 생각이었다. 활짝 핀 금계국이 햇살을 받아 빛나는 모습은 무척 아름다웠다. 그런데 오두막 모퉁이에 이른 하이디가 크게 소리를 질렀다. 할아버지가 깜짝 놀라 헛간에서 뛰어나왔다.

"할아버지! 이리 와보세요! 얼른 와보세요!"

좋아서 어쩔 줄 모르는 모습이었다.

하이디가 가리킨 쪽을 보니 기다란 행렬이 올라오고 있었다. 장대로 받친 의자를 든 남자 두 명이 앞장섰다. 의자에는 여자 아이가 앉아 있었다. 그 뒤로 말을 탄 부인이 보였다. 부인은 젊은 남자와 즐겁게 이야기를 나누고 있었다. 그 뒤로 남자 두 명이 더 있었다. 한 명은 휠체어를 끌고 다른 한 명은 꽁꽁 싸맨 꾸러미가 든 바구니를 등에 멨다.

"왔어요! 드디어 왔어요!"

하이디가 잔뜩 신이 난 얼굴로 폴짝폴짝 뛰었다. 프랑크푸르트에서 그렇게 기다리고 기다리던 손님들이 온 것이다. 오두막에 도착하자 짐꾼들은 의자를 내려놓았다. 하이디가 달려가서 클라라를 껴안았다. 말에서 내린 할머니에게도 뛰어가 인사했다. 할머니는 앞으로 다가와 손을 내민 할아버지에게로 얼굴을 돌렸다. 두 사람은 서로에 대한 이야기를 많이 들었던 터라 마치 오랜 친구처럼 허물없이 인사했다.

"정말 멋진 곳에 살고 계시는군요! 이렇게 아름다운 곳은 처음이에요. 왕도 부러워하겠어요. 하이디도 정말 건강해 보이는군요. 6월의 장미꽃 같아요."

할머니는 하이디의 발그레한 볼을 다정하게 쓰다듬었다.

"너무 좋아서 어디를 먼저 봐야 할지 모르겠어요. 넌 어떠니, 클라라?"

클라라는 이런 곳은 생전 처음이었다.

"천국이 따로 없네요. 아, 할머니, 여기서 살았으면 좋겠어요!"

할아버지는 휠체어에 담요를 깐 뒤 클라라 쪽으로 밀고 갔다.

"평소 앉는 의자로 옮겨야지? 그게 훨씬 편할 테니까. 지금 앉은 의자는 엄청 딱딱할 거야."

할아버지는 튼튼한 팔로 클라라를 번쩍 들어 올려 휠체어에 사뿐히 앉혀 주었다. 그런 다음 담요도 덮어 주었다. 평생 환자들을 돌봐 준 사람처럼 익숙해 보였다. 그 모습에 할머니도 매우 놀랐다.

"아픈 사람을 돌보는 방법을 어디에서 배우셨나요? 내가 아는 간병인들을 전부 그리로 보내서 배우게 하고 싶네요. 어쩌면 그렇게 능숙하세요?"

"배운 게 아니라 경험 덕분이지요."

군인 시절이 떠올라 할아버지의 얼굴에 잠시 그늘이 스쳤다. 당시 할아버지는 전쟁터에서 심한 부상을 입은 상사를 구출했다. 상사는 그 후 움직이지 못하고 꼼짝없이 누워 있어야만 했다. 그런데 돌볼 수 있는 사람은 할아버지밖에 없었다. 할아버지는 그가 세상을 떠날 때까지 정성스럽게 간호해 주었다. 그

래서 알아서 척척 능숙하게 클라라를 보살필 수 있었던 것이
다.

클라라는 앞에 펼쳐진 풍경에서 눈을 뗄 수가 없었다. 전나
무며 뾰족하게 솟은 잿빛 봉우리가 햇살에 반짝였다.

"하이디, 너랑 같이 뛸 수 있다면 얼마나 좋을까? 네가 이야
기해 준 것들이 정말 내 눈앞에 전부 있어!"

하이디는 전나무 쪽으로 가려고 휠체어를 힘껏 밀었다. 클라
라는 그렇게 커다란 나무는 처음 봤다. 기둥은 곧게 뻗어 있고
나뭇가지는 땅에 닿을 만큼 무성했다. 아이들을 뒤따라온 할
머니도 그렇게 큰 나무는 난생 처음이었다. 할머니는 나무들
을 바라보며 얼마나 오랫동안 그 자리에 선 채 골짜기 아래를
내려다보았을까 하고 생각했다. 수많은 사람이 태어나고 죽는
동안 하늘을 향해 높이 뻗어 나갔으리라.

하이디는 휠체어를 끌고 염소우리로 가서 문을 활짝 열고 구
경시켜 주었다. 염소들이 없는 시간이라 별다른 구경거리는 없
었다.

"아, 할머니. 페터가 데이지하고 더스키를 데리고 올 때까지
여기 있고 싶어요."

"지금 볼 수 있는 것들만 먼저 구경하자꾸나."

할머니가 휠체어 뒤를 따라오며 말했다.

"저 예쁜 빨간색 꽃하고 파란 실잔대 좀 보세요. 아, 꺾을 수

있으면 얼마나 좋을까."

클라라의 말을 듣자마자 하이디
가 달려가서 한 움큼 꺾어와 클라
라의 무릎에 놓아 주었다.

"풀밭에 올라갈 때까지 기다려. 거
기는 온통 꽃천지거든. 여기보다 금계국
이랑 실잔대도 훨씬 많아. 노란색 시스투스도. 이파리가 엄청
나게 큰 꽃도 있어. 할아버지는 그걸 빛나는 눈동자라고 부르
셔. 향기가 아주 좋은 작은 밤색 꽃도 있어. 거기에 가면 시간
가는 줄 몰라. 정말 예쁘거든!"

설렘으로 가득한 하이디의 눈동자를 보고 클라라도 꽃밭이
궁금해 못 견딜 지경이었다.

"제가 그렇게 높은 곳까지 올라갈 수 있을까요, 할머니? 하이
디, 너하고 같이 걸어서 올라갈 수 있다면 얼마나 좋을까."

"내가 휠체어를 밀어줄게. 조금만 힘을 줘도 잘 굴러가니까
문제없어."

하지만 직접 보여 주려고 휠체어를 힘차게 미는 바람에 하마
터면 언덕 아래로 떨어질 뻔했다. 다행히 할아버지가 제때 손
잡이를 붙잡아 주었다.

손님들이 주변을 둘러보는 동안 할아버지는 식탁과 의자를
가지고 나와 식사 준비를 끝마쳤다. 염소젖과 치즈도 데웠다.

잠시 후 모두 식탁에 앉았다. 클라라네 할머니는 산골짜기를 넘어 산봉우리와 파란 하늘까지 훤히 내려다보이는 특별한 식당을 보고 감탄했다. 시원한 바람까지 불어와 나뭇가지가 살랑거리는 소리가 마치 음악처럼 들렸다.

"이렇게 맛있는 음식은 처음이에요. 정말 훌륭해요. 아니, 이게 어떻게 된 일이지? 클라라, 구운 치즈를 두 조각이나 먹고 있는 거니?"

"정말 맛있어요, 할머니. 라가츠에서 먹은 음식보다 훨씬 맛있어요."

클라라가 즐거운 표정으로 또 한 입 베어 물었다.

"많이 드세요. 맑은 공기는 무슨 음식이든지 맛있게 해주는 마법의 재료랍니다."

할아버지와 할머니는 대화가 잘 통해서 금세 가까워졌다. 마치 오랜 친구 같았다. 시간이 금방 지나갔다. 할머니가 서쪽 하늘을 쳐다보더니 말했다.

"이제 가야겠구나, 클라라. 해가 저물고 있어. 일꾼들이 네 의자와 내 말을 가지고 금방 도착할 거다."

그 말에 클라라의 표정이 시무룩해졌다.

"할머니, 더 있으면 안 돼요? 한 시간, 아니 두 시간만요. 네? 아직 오두막 안을 구경하지도 못했는데. 하이디의 침대도 못 봤는걸요. 아, 낮이 열 시간쯤 된다면!"

"나도 아쉽구나."

할머니도 오두막 안을 구경하고 싶었다. 모두 자리에서 일어나 안으로 들어갔다. 할아버지가 클라라의 휠체어를 밀었다. 하지만 문이 좁아 휠체어가 들어가지 않자 할아버지는 클라라를 번쩍 안아 올렸다. 할머니는 신기한 듯 집 안을 둘러보았다. 집 안이 깔끔하게 정리되어 있어 기분이 좋았다.

"하이디, 네 방은 저 위에 있니?"

할머니는 이렇게 묻고는 사다리를 오르기 시작했다.

"음, 향기로운 냄새구나. 여기에서 자면 정말 건강해지겠어."

할머니는 창을 통해 바깥을 내다보았다. 할아버지가 클라라를 안고 사다리를 올라갔다. 하이디도 뒤따랐다. 네 사람이 들어서자 하이디의 방이 북적거렸다. 클라라도 하이디의 침대를 보고 감탄했다.

"하이디, 정말 멋진 방이야! 침대에 누워 하늘을 보고 전나무가 흔들리는 소리를 들을 수 있잖아! 게다가 향기로운 냄새까지. 세상에, 이렇게 멋진 방이 있다니!"

그때 할아버지가 할머니를 보고 말했다.

"제게 좋은 생각이 있는데 반대하지 않으셨으면 좋겠습니다. 클라라를 잠시 여기에 두고 가시면 어떨까요? 여기 있으면 금방 건강해질 겁니다. 이불과 담요를 잔뜩 가져오셨으니 편안한 이부자리를 만들 수 있습니다. 제가 책임지고 보살필게요. 걱정하지 않으셔도 됩니다."

클라라와 하이디는 말할 수 없이 기뻤다. 할머니도 할아버지를 보고 환하게 웃었다.

"정말 친절하시군요. 제 마음을 그대로 읽으신 것 같아요. 저도 속으로 클라라가 여기서 지내면 분명히 건강해질 거라는 생각을 하고 있었답니다. 하지만 폐가 될 것 같아 아무 말도 못했는데, 먼저 그렇게 말씀해 주시니 제 고민이 한번에 해결되었네요. 어떻게 감사를 드려야 할지 모르겠어요."

할머니는 다정하게 할아버지의 손을 잡았다.

할아버지는 곧바로 준비를 시작했다. 우선 클라라를 밖에 놓인 휠체어로 옮겼다. 신이 난 하이디가 할아버지의 뒤를 졸졸 따라다녔다. 할아버지는 이불을 힘껏 들어 올리며 말했다.

"겨울에도 끄떡없겠군요! 아주 유용하겠어요."

"가져오길 잘했네요. 미리 준비해서 손해볼 건 없다니까요. 산으로 여행을 가는 거라, 만약을 대비해서 가져왔지요. 요긴하게 쓸 수 있다니 정말 다행이에요."

두 사람은 다시 하이디의 방으로 올라가 클라라의 침대를 만들었다. 이불을 차곡차곡 쌓아 올려서 마치 요새처럼 보이도록 만들었다.

"풀에 찔릴 일은 없겠어요."

할머니는 이부자리를 가지런히 정리하고 다시 한 번 부드럽게 매만졌다. 그리고 흐뭇한 표정으로 아이들이 있는 밖으로 나왔다. 아이들은 함께 있는 시간 동안 뭘 할지 열심히 의논하고 있었다. 밖으로 나온 할머니에게 하이디가 물었다.

"얼마 동안 있을 수 있어요?"

"그건 할아버지한테 여쭤봐야겠구나."

마침 밖으로 나온 할아버지가 엄숙한 표정으로 우선 한 달 동안 지내보면 산속 공기가 클라라의 건강에 도움이 될지 알 수 있을 것이라고 대답했다. 그렇게까지 오래 같이 있게 될 줄 몰랐던 아이들은 박수를 치며 좋아했다.

할머니는 클라라의 의자를 들고 온 일꾼들을 그대로 돌려보내고 돌아갈 준비를 했다.

"작별 인사는 안 할래요, 할머니. 저희가 어떻게 지내는지 또 들르실 테니까요. 그렇죠? 할머니가 또 오시면 좋겠지, 응, 하이디?"

하이디는 대답 대신 박수를 치며 좋아했다.

할머니가 말에 올라타자 할아버지가 고삐를 잡고 가파른 길을 내려갔다. 할머니가 극구 사양했지만 할아버지는 되르플리까지는 길이 험해서 말을 타고 가려면 위험하므로 안전하게 데려다 주겠다고 했다. 할머니는 되르플리에서 혼자 하룻밤 묵고 라가츠로 돌아가 이따금씩 산에 들르기로 했다.

할아버지가 돌아오기도 전에 페터가 염소들을 끌고 왔다. 염소들이 순식간에 하이디와 클라라를 둘러쌌다. 하이디는 한 마리씩 이름을 부르며 클라라에게 소개했다. 클라라는 드디어 눈송이와 방울새, 데이지와 더스키를 직접 보게 되었다. 물론 말썽꾼도 잊지 않았다. 페터는 조금 떨어진 곳에 선 채 새로운 손님이 건네는 친절한 인사에 대답도 하지 않고 노려보기만 했다. 기분이 나쁠 때면 늘 그러듯 지팡이를 앞뒤로 마구 휘두르더니 염소들을 몰고 가버렸다.

그날 하루 중 클라라가 가장 행복했던 순간은 바로 하이디와 함께 풀로 만든 침대에 누워 별이 반짝이는 하늘을 바라볼 때였다.

"아, 하이디. 마차를 타고 천국으로 달려가는 기분이야."

"별님이 왜 우릴 보고 저렇게 반짝이는지 알아?"

하이디가 물었다.

"몰라. 왜 그런데?"

"하늘에 있는 별들은 하느님이 땅에 있는 우리를 전부 보살펴 주셔서 걱정할 필요가 없다는 걸 잘 알기 때문이야. 결국 모든 일이 다 잘될 거라는 걸 아니까. 그래서 저렇게 우릴 보고 고개를 끄덕이면서 반짝이는 거야. 클라라, 어서 기도하자. 하느님한테 우리를 잘 보살펴 달라고 기도하자."

두 사람은 몸을 일으켜 세우고 기도를 했다. 그런 다음 하이디는 자리에 누워 팔을 머리에 대자마자 잠이 들었다. 하지만

클라라는 금방 잠들지 않고 밤하늘을 바라보았다. 별이 얼마나 아름다운지 눈을 감을 수가 없었다. 그동안 저녁에 밖에 나가본 적이 없는 데다 해가 저물면 커튼을 치기 때문에 클라라는 별을 볼 기회가 거의 없었다. 쏟아지는 졸음을 애써 참으면서 유난히 밝게 빛나는 두 개의 별이 아직도 방 안을 비추고 있는지, 하이디의 말처럼 고개를 끄덕이면서 반짝이고 있는지 바라보았다. 그렇게 한참 동안 별을 바라보던 클라라는 결국 졸음을 참지 못하고 잠이 들었다. 꿈속에서도 별이 반짝이는 것 같았다.

21

클라라의 행복한 나날들

다음 날 아침, 날이 밝자 할아버지는 평소와 마찬가지로 밖으로 나갔다. 해가 떠오르면서 산을 덮고 있던 안개가 걷히고 구름이 붉은색으로 빛났다. 조금 있으면 산골짜기 전체가 금빛으로 넘실거리면서 또 하루가 시작될 것이다. 할아버지는 오두막으로 들어와 조용하게 사다리를 타고 올라갔다. 방금 잠에서 깬 클라라가 침대 위로 춤추는 햇살을 깜짝 놀란 표정으로 바라보고 있었다. 처음에는 자신이 어디에 있는지 어리둥절해했다. 그때 옆에 누워 있는 하이디가 보이고, "잘 잤니? 피곤하진 않니?" 하고 묻는 할아버지의 다정한 목소리가 들렸다.

"네! 한 번도 안 깨고 잘 잤어요."

할아버지는 흐뭇한 표정으로 고개를 끄덕였다. 밤새 편안하게 이것저것 돌봐 준 것처럼 상냥하게 클라라를 들어 올렸다. 그때 잠에서 깬 하이디는 클라라가 벌써 옷을 입고 할아버지에게 안겨 있는 모습을 보았다. 한순간도 놓치기 싫은 마음에 하이디도 후다닥 일어나 옷을 입고 사다리를 내려왔다.

할아버지는 지난밤에 휠체어를 어디에 보관하면 좋을지 생각해 놓았다. 오두막 문이 좁아서 휠체어를 들여 놓을 수 없었으므로 헛간 입구의 널빤지 두 개를 떼어내고 그 안에 넣었다. 널빤지는 필요할 때 언제든지 옮길 수 있도록 도로 세워 놓았다. 하이디가 밖으로 나왔을 때는 이미 할아버지가 휠체어에 클라라를 태운 채 아침 햇살 속으로 걸어 나오고 있었다. 할아버지가 오두막 앞에 휠체어를 세우고 염소우리로 가는 동안 하이디가 아침 인사를 했다. 아침 일찍 자연으로 나온 것이 생전처음이었던 클라라는 신선한 산속 공기를 잔뜩 들이마셨다. 전나무의 향긋한 냄새가 콧속을 간질였다. 그동안 몇 번이고 상상 속으로 그려본 산이지만 이렇게까지 멋질 줄은 몰랐다.

"영원히 이곳에 있었으면 좋겠어."

클라라가 하이디에게 말했다.

"내 말이 맞지? 할아버지가 사는 여기가 정말 천국이지?"

그때 할아버지가 막 짜서 거품이 이는 염소젖이 가득 담긴 사발을 두 개 들고 염소우리에서 나왔다. 두 아이가 마실 염소젖이었다.

"염소젖은 아이들에게 무척 좋단다. 데이지한테서 짠 젖이야. 마시면 힘이 날 테니. 쭉 마셔. 건강을 위해서!"

염소젖을 마신 적이 없는 클라라는 처음에는 냄새를 맡기만 했다. 하지만 하이디가 단번에 비우는 것을 보고 마시기 시작했다. 염소젖은 설탕과 계피를 탄 것처럼 달콤하고 향긋했다.

"내일은 두 잔을 마시자."

할아버지는 클라라가 하이디를 좋은 본보기로 삼는 모습을 보자 흐뭇했다.

그때 페터가 염소들을 이끌고 나타났다. 염소들이 일제히 하이디에게로 달려가 큰 소리로 매애거렸다. 그 소리가 매우 시끄러워 할아버지는 페터를 따로 불러 이야기했다.

"잘 들어라. 오늘부터는 데이지가 가고 싶은 대로 가게 내버려 둬라. 젖이 더 많이 나와야 하니까. 녀석은 가장 맛있는 풀이 어디 있는지 잘 알 거다. 평소보다 높이 올라가고 싶어 하거든 너도 따라가고. 나머지 녀석들도 따라가겠지. 맛있는 풀이 어디 있는지는 데이지가 너보다 잘 아니까 좀 힘들어도 따라가거라. 그런데 왜 그렇게 잡아먹을 듯한 눈으로 그쪽을 노려보는 거냐? 널 방해할 사람은 아무도 없어. 자, 어서 출발해. 내말 명심하고."

평소 산 아저씨의 명령이라면 절대로 우물쭈물하는 법이 없는 페터는 곧바로 출발했다. 하지만 마음속에 뭔가가 쌓인 듯 하이디와 클라라를 돌아보면서 눈알을 굴렸다. 페터가 출발하자 염소들이 하이디를 밀면서 나아갔다. 페터가 바라던 바였다.

"너도 같이 가야 돼. 난 온종일 데이지를 따라다녀야 된단 말이야."

페터가 큰 소리로 말하자 하이디도 큰 소리로 대답했다.

"못 가. 클라라가 여기 있는 동안은 계속 못 가. 하지만 할아버지가 언제 다 같이 올라가자고 하셨어."

하이디는 벌써 염소들 사이를 빠져나와 클라라에게 달려갔다. 페터는 불끈 쥔 두 주먹을 휠체어가 있는 쪽에 대고 마구 휘둘렀다. 그러고는 혹시라도 산 아저씨의 눈에 띄었을까 봐 뒤돌아 냅다 달리기 시작했다. 그런 행동이 할아버지에게 발각되면 어떤 꾸중을 듣게 될지 생각도 하고 싶지 않았다.

한편 클라라와 하이디는 하고 싶은 일이 너무 많아 무엇부터 시작해야 할지 고민이었다. 하이디는 할머니에게 매일 편지를 쓰겠다는 약속부터 지키자고 주장했다. 할머니는 클라라가 오랫동안 오두막에서 불편함 없이 잘 지낼 수 있을지, 행여 건강이 나빠지지나 않을지 걱정하면서 꼬박꼬박 소식을 전해 달라고 했다. 클라라가 매일 어떻게 지내는지 알면 라가츠에서 편히 지낼 수 있을 것이라고 하셨다.

"안으로 들어가서 써야 해?"

클라라는 편지를 쓰자는 하이디의 의견에 찬성이었지만 안으로 들어가기는 싫었다. 하이디가 곧장 안으로 들어가 공책과 세 발 달린 낮은 의자를 가져왔다. 그리고 클라라의 무릎에 공책을 놔준 뒤 자기는 세 발 달린 낮은 의자를 가지고 와 긴 의자를 책상 삼아 앉았다. 둘은 편지를 쓰기 시작했지만 클라라는 자꾸만 한눈을 팔았다. 주변 경치가 너무나 아름다워서 눈을 뗄 수가 없었다. 거센 바람은 그치고 산들바람이 클라라의 볼을 간질이고 나무 사이로 살랑거렸다. 주위는 조그만 벌레들이 윙윙거리며 날아다니는 소리만 들릴 뿐이었다. 이따금씩 염소치기의 외침 소리가 울퉁불퉁한 바위산으로 울려 퍼졌다.

눈 깜짝할 사이에 아침이 지나갔다. 할아버지가 김이 모락모락 나는 그릇 두 개를 들고 나오면서 낮 동안은 계속 바깥에서 햇살을 쬐는 게 클라라에게 좋겠다고 말했다. 그래서 밖에서 즐겁게 점심 식사를 했다. 식사가 끝난 후 하이디는 전나무 그늘 아래로 클라라의 휠체어를 밀고 갔다. 두 사람은 거기에서 오후 내내 하이디가 프랑크푸르트를 떠난 후 있었던 일에 대해 이야기했다. 비록 특별한 일은 없었지만 클라라는 하이디도 잘 알고 있는 자기 집안 식구들에 대해 할 말이 무척이나 많았다. 두 사람이 즐겁게 이야기를 나누는 동안 새들도 대화에 끼고 싶은 듯 큰 소리로 지저귀며 노래했다.

시간은 쏜살같이 흘러 어느새 페터가 찌푸린 얼굴로 염소들을 몰고 돌아왔다.

하이디는 페터가 들렀다 갈 생각이 없는 것처럼 보이자 큰 소리로 인사를 건넸다.

"잘 가, 페터!"

클라라도 친절한 목소리로 인사했지만 페터는 아무런 대답 없이 곧장 염소들을 몰고 내려갔다.

클라라는 할아버지가 데이지를 우리로 데려가는 모습을 보더니 빨리 맛있는 염소젖을 마시고 싶은 생각이 들었다.

"정말 이상한 일이야. 하이디, 지금까지는 항상 억지로 먹었거든. 뭐든지 다 간유 맛이 나서 먹지 않고도 살 수 있다면 얼마나 좋을까 생각했어. 그런데 여기 오니까 할아버지가 빨리 염소젖을 가져다주셨으면 좋겠다는 생각이 들어."

"무슨 말인지 나도 알아."

하이디는 프랑크푸르트에서 아무리 맛있는 음식이 나와도 목에 걸려 넘어가지 않았던 기억을 떠올렸다.

클라라는 자신에게 일어난 변화가 놀라웠다. 지금까지 온종일 바깥에 있어본 적이 없는 데다 높은 산의 맑은 공기가 얼마나 큰 힘을 불어넣어 주는지 알지 못했기 때문이다. 할아버지가 염소젖을 가져다주자 클라라는 하이디보다도 먼저 마시고는 또 달라고 했다. 할아버지는 흐뭇한 얼굴로 사발을 가지고 안으로 들어갔다. 할아버지가 들고 온 사발에는 버터를 듬뿍 바른 빵 조각이 하나씩 들어 있었다. 그것은 특별한 저녁 식사였다. 할아버지는 낮에 조금 떨어진 곳에 있는 오두막집에 다녀왔다. 그곳에서 만드는 맛있는 버터를 큼지막한 덩어리로 사 온 것이다. 두 아이가 맛있게 먹는 음식을 지켜보고 있으니 저절로 흐뭇해졌다.

클라라는 그날도 잠들지 않고 계속 별을 보려고 했다. 하지만 하이디처럼 눈이 저절로 감겼고 금세 곯아떨어졌다. 그렇게 푹 잔 것은 난생처음이었다.

즐거운 시간은 계속 이어졌다. 하루나 이틀이 더 지난 어느 날, 생각지도 못한 일이 일어났다. 건장한 짐꾼 두 명이 각각 등에 침대와 이불을 지고 올라온 것이었다. 할머니의 편지도 들어 있었다. 하이디와 클라라가 하나씩 쓸 침대라고 했다. 이제 하이디에게도 풀로 만든 침대 대신 제대로 된 침대가 있어야 할 것 같다고 덧붙였다. 겨울에 되르플리로 내려갈 때 침대 하나를 가져가고, 나머지 하나는 오두막에 남겨 두어 클라라가 올 때마다 사용할 수 있게 했으면 좋겠다는 것이었다. 매일 편지를 보내 주어서 고맙고, 앞으로도 옆에 있는 것처럼 느껴지게 계속 써달라고 했다.

할아버지는 하이디의 다락방으로 가서 풀과 이불을 치웠다. 그리고 짐꾼들과 함께 침대 두 개를 옮겼다. 아이들이 누웠을 때 창문 밖을 내다볼 수 있도록 침대 두 개를 붙여 놓았다.

클라라는 오두막 생활이 날마다 얼마나 즐거운지에 대해 할머니에게 편지를 썼다. 할아버지는 매우 친절하고 사려 깊고, 하이디는 프랑크푸르트에 있을 때보다 훨씬 명랑하고 재미있었기 때문이다. 클라라가 아침에 일어나 가장 먼저 드는 생각은 '아, 아직 하이디네 집이야. 정말 행복해!'라는 것이었다. 할머니는 클라라의 편지를 보고 안심했다. 그래서 곧바로 산으로 아이들을 보러 갈 필요는 없겠다고 생각했다. 가파른 비탈길을 힘들게 오르지 않아도 되니, 다행스러운 일이었다.

한편 할아버지는 클라라를 대접하는 데 최선을 다했다. 날마다 클라라를 건강하게 만들 수 있는 새로운 방법을 생각해 냈다. 낮에는 산꼭대기로 올라가 특별한 풀과 약초를 구해 와 염소우리에 넣어 두었다. 저녁때마다 페터의 염소들이 그 냄새를 맡고 우리로 들어가려고 했지만 문은 언제나 굳게 잠겨 있었다. 할아버지가 다른 염소들에게 먹이려고 구해 온 것이 아니었기 때문이다. 오로지 데이지만을 위한 것이었다. 더 좋은 젖을 만들어 내라는 뜻이었다. 데이지를 위한 특별한 먹이는 과연 효과가 있었다. 데이지는 날이 갈수록 생기가 넘치고 두 눈이 총명하게 빛났다.

클라라가 온 지 2주째 되던 날부터 할아버지는 아침마다 클라라를 휠체어에 태우기 전에 서 보라고 했다. 클라라에게 다정한 목소리로 말했다.

"잠깐만 일어나 서 볼래?"

클라라는 할아버지를 기쁘게 해주고 싶은 마음에 서 보려고 했지만 너무 아파 할아버지에게 금세 매달렸다. 하지만 할아버지는 날마다 클라라가 조금씩 더 오래 서 있을 수 있도록 만들었다.

그해 산의 여름은 어느 때보다 아름다웠다. 날마다 구름 한 점 없는 하늘에서 태양이 빛나고 꽃들은 화려한 자태를 뽐내며 진한 향기를 풍겼다. 저녁이 되면 눈 덮인 산과 울퉁불퉁한 바위산이 붉은빛과 금빛으로 물들었다. 하지만 그 모습을 제대로 감상하려면 더 높은 곳으로 올라가야 했다. 하이디는 클라라에게 높은 풀밭에 가면 이 모든 풍경이 훨씬 아름답다고 말했다. 어느 날 저녁에도 그 이야기를 하다가 갑자기 그곳에 몹시 가고 싶어진 하이디는 헛간에서 의자를 만들고 있는 할아버지에게 달려갔다.

"할아버지, 내일 풀밭에 데려다 주실래요? 지금쯤 저 위는 정말 예쁠 거예요."

"그래, 알았다. 클라라가 내 부탁을 하나 들어준다면 말이야. 오늘 저녁에 혼자 일어서는 연습을 해보는 거야."

하이디는 기쁜 얼굴로 달려가 클라라에게 전했다. 클라라는 최선을 다하겠다고 약속했다. 풀밭에 올라간다는 생각만으로도 매우 기뻤다.

하이디도 잔뜩 신이 나서 염소를 몰고 돌아온 페터를 보자마자 소리쳤다.

"내일 우리도 풀밭에 올라갈 거야. 그리고 온종일 있을 거야."

페터는 아무 말을 하지 않은 채 성난 곰처럼 으르렁대더니 옆에서 얌전히 걷고 있는 방울새에게 애꿎은 지팡이만 휘둘렀다. 하지만 방울새가 잽싸게 눈송이의 등을 훌쩍 뛰어넘어 피했기 때문에 지팡이는 허공만 갈랐다.

클라라와 하이디는 다음 날 뭘 할지 잔뜩 기대에 부풀어 밤새 이야기를 나누기로 했다. 하지만 둘 다 머리가 베개에 닿자마자 잠에 빠져들어 이야기는 뚝 그치고 말았다. 클라라는 꿈속에서 초롱꽃이 가득 핀 넓은 들판을 보았고, 하이디는 저 멀리 요란한 소리를 내면서 나는 독수리를 보았다. 독수리가 "어서 와!" 하며 외치는 것 같았다.

22

아무도 예상하지 못한 일

다음 날 할아버지는 해가 뜨기도 전에 밖으로 나가 날씨가 어떨지 하늘을 올려다보았다. 저 멀리 산꼭대기에서 빛이 번지기 시작하더니 해가 떠올라서 어두운 그림자를 완전히 몰아냈다. 골짜기 전체에 새날이 밝았다. 그제야 할아버지는 헛간에서 휠체어를 꺼내와 오두막 앞에 세워 두고 아이들을 깨우러 갔다.

그때 페터가 염소들을 몰고 도착했다. 올라오는 내내 페터가 걸핏하면 지팡이를 휘두르는 바람에 염소들은 불안한 표정으로 페터와 멀찌감치 떨어져 걸어왔다. 페터는 잔뜩 화가 나 있었다. 하이디를 온전히 차지하지 못한 것이 벌써 몇 주째였다. 하이디는 여전히 휠체어 탄 여자애와 오두막이나 전나무 아래에서 놀았다. 여름 동안 단 한 번도 같이 풀밭에 올라가지 않더니, 이제는 그 여자애한테 보여 주겠다고 올라간다는 것이었다. 풀밭에서도 그 여자애하고만 놀 것이 뻔했다. 그 생각을 하니 화가 나서 견딜 수 없었다. 그때 텅 빈 휠체어가 눈에 띄었다. 페터는 분노로 이글거리는 눈빛으로 휠체어를 노려보았다. 모든 문제를 일으킨 원수 같은 물건이었다. 페터는 잠시 주위를 둘러보고 아무도 없다는 것을 확인했다. 오두막에서 누가 나오는 소리도 들리지 않았다. 분노가 치밀어 오른 페터는 휠체어를 홱 밀쳐 버렸다. 휠체어가 가파른 산 아래로 굴러떨어져 빠르게 굴러가더니 곧바로 시야에서 사라졌다.

페터는 마치 날개라도 달린 것처럼 재빨리 우거진 검은 딸기 덤불로 가서 숨었다. 휠체어가 어떻게 됐는지 궁금했지만 산아저씨에게 들키면 큰일이었다. 페터는 덤불에 숨은 채 심술궂은 표정으로 휠체어가 저 아래 바위에 부딪혀 퉁겨 나갔다가 "쾅" 하고 부서져서 산산조각이 나는 모습을 지켜보았다. 그 모습을 보고 통쾌해서 폴짝 뛰며 웃음을 터뜨렸다. 이제 원수 같은 여자애는 집으로 돌아가고 모든 것이 원래대로 돌아올 것이다. 그리고 하이디는 예전처럼 자주 풀밭에 올라갈 수 있을 것이다. 어쩌면 날마다 같이 갈지도 모른다. 페터는 자신이 끔찍한 짓을 저질렀다는 사실은 물론 어떤 결과가 벌어질지도 전혀 생각지 못하고 있었다.

요란한 소리에 하이디가 곧장 오두막에서 달려나왔고, 할아버지도 클라라를 안고 나왔다. 헛간 문이 활짝 열려 있었는데 휠체어가 보이지 않았다. 오두막 뒤편으로 달려간 하이디가 어리둥절한 표정을 지으며 돌아왔다.

"왜 그러냐, 하이디? 휠체어를 어디에 뒀지?"

할아버지가 물었다.

"할아버지가 문 앞에 세워 두었다고 하셨잖아요. 찾아봤는데 아무 데도 없어요."

그때 세찬 바람이 불어와 헛간 문이 큰 소리를 내며 닫혔다.

"바람에 날아가 버렸나 봐요. 되르플리까지 굴러갔다면 가져오는 데 시간이 걸려서 오늘 풀밭에 못 올라갈 거예요."

"그렇게 멀리까지 굴러갔으면 가져올 수도 없을 거다. 벌써 산산조각이 났을 테니까."

그러고 나서 할아버지는 아래를 내려다보면서 중얼거렸다.

"이상한 일이군."

휠체어가 떨어진 곳을 보니 헛간 모퉁이를 돌아야만 그쪽 방향으로 떨어질 수 있었던 것이다.

"아, 이를 어째!"

클라라가 울상을 지었다. 정말 속이 상했다.

"오늘도 못 가고 아마 영영 못 갈 거야. 휠체어가 없으면 집으로 돌아가야 할 테니까. 아, 어쩌면 좋아!"

"오늘은 계획한 대로 올라가자꾸나. 그다음 일은 좀 더 두고 보자."

할아버지가 다정한 목소리로 클라라를 위로했다.

두 아이는 금세 기분이 좋아졌다. 할아버지는 안으로 들어가서 담요를 가져와 햇볕이 가장 잘 드는 곳에 펼쳐 놓고 그 위에 클라라를 앉혔다. 그런 다음 아이들에게 염소젖을 가져다주고 데이지와 더스키를 우리에서 꺼내왔다.

"페터가 어딜 간 거지? 많이 늦었는데."

할아버지가 곰곰이 생각에 잠긴 표정으로 말했다. 평소와 달리 페터의 휘파람 소리가 들리지 않았다.

아이들이 아침 식사를 끝내자 할아버지는 담요와 함께 클라라를 안아 올렸다.

"자, 이제 출발하자. 염소들도 데려가고."

하이디는 더스키와 데이지의 목에 하나씩 팔을 두르고 즐거운 얼굴로 앞장섰다. 염소들이 하이디와 함께 있는 것이 좋은지 양쪽에서 밀어 대는 통에 하이디는 가운데에 꽉 낄 정도였다. 풀밭에 도착하니 염소들이 삼삼오오 무리를 지어 한가로이 풀을 뜯고 페터는 큰 대자로 누워 있었다.

"이런 게으름뱅이 녀석, 우리 집을 지나쳐 가다니, 도대체 무슨 짓이냐?"

할아버지의 호통 소리에 페터가 벌떡 일어났다.

"다들 자고 있었어요."

"혹시 클라라의 휠체어 못 봤니?"

"무슨 말씀이세요?"

페터가 못마땅하다는 듯 중얼거렸다.

할아버지는 더 이상 아무 말도 하지 않고 햇볕이 잘 드는 곳을 찾아 클라라를 앉혔다.

"어떠니?"

할아버지의 물음에 클라라가 대답했다.

"휠체어에 앉은 것처럼 편해요. 고맙습니다. 아, 여긴 정말 예뻐요."

"재미있게 놀아라."

할아버지는 내려갈 준비를 했다.

"점심이 든 자루는 저쪽 그늘에 놓아두었다. 페터한테 원하는 만큼 젖을 짜달라고 해. 꼭 데이지한테서 짠 젖이라야 한다. 저녁에 데리러 오마. 난 내려가서 휠체어가 어떻게 되었는지 알아봐야겠구나."

하늘은 구름 한 점 없이 파랬다. 눈 덮인 산봉우리는 반짝반짝 빛나고 헐벗은 바위산이 파란 하늘에 우뚝 솟아 있었다. 나란히 앉은 하이디와 클라라는 더없이 행복하기만 했다. 가끔씩 염소 한 마리가 와서 아이들 옆에 앉았다. 눈송이가 가장 자주 왔는데 다른 녀석들이 와서 몰아낼 때까지 하이디 옆에 앉아 휴식을 취했다. 덕분에 클라라는 염소들을 한 마리씩 관찰할 수 있었다. 클라라에게 다가와 어깨에 머리를 비벼대는 녀석들도 있었다. 믿는다는 징표였다.

　잠시 후 하이디는 온갖 꽃이 만발하는 풀밭으로 가서 작년처럼 예쁜지 확인하고 싶었다. 저녁이 되어 할아버지가 와야 클라라도 같이 갈 수 있는데, 그때가 되면 꽃봉오리들이 닫혀 있을 것이 분명했다. 하이디는 너무나 보고 싶은 마음에 망설이며 말했다.

　"클라라, 잠깐만 혼자 있을래? 나 꽃 좀 보고 올게. 아, 잠깐만."

하이디는 풀을 뜯어와 클라라의 무릎에 펼쳐 놓았다. 그러고 나서 눈송이를 데려와 옆에 앉혔다.

"자, 이러면 혼자 있지 않아도 돼."

"가서 마음껏 보고 와. 눈송이랑 있는 것도 좋아. 먹이를 주면 재미있을 거야."

클라라의 말에 하이디는 곧장 꽃밭으로 달려갔다. 클라라는 옆에 앉은 작은 염소에게 풀을 하나씩 주었다. 눈송이는 새로 사귄 친구 곁에서 편안하게 풀을 받아먹었다. 클라라는 이상하고도 새로운 경험이 신나기만 했다. 이렇게 아름다운 곳에서 자신을 믿어 주는 어린 염소와 혼자 있다는 사실이 무척 즐거웠다. 이처럼 큰 행복은 처음이었다. 지금까지는 늘 가만히 앉아 도움을 받기만 했는데, 다른 아이들처럼 뛰어다니고 누군가를 도와주는 기분이 어떤지 조금은 알 수 있을 것 같았다. 그렇게 생각하니 눈앞에 펼쳐진 풍경이 더욱 빛나 보이고 커다란 행복이 샘솟았다. 클라라는 눈송이의 목을 껴안으며 소리 내어 중얼거렸다.

"언제까지나 너랑 함께 있고 싶어."

한편 하이디는 노란색 시스투스와 파란색 초롱꽃, 그리고 달콤한 향기가 진동하는 갈색 앵초로 뒤덮인 꽃밭을 황홀한 얼굴로 바라보았다. 그러다 갑자기 헐레벌떡 클라라에게로 달려왔다.

"너도 가봐야 해. 꽃들이 정말 예쁘단 말이야. 이따가 저녁에는 이만큼 안 예쁠 거야. 내가 널 안고 갈 수 있을까?"

클라라는 고개를 저었다.

"안 될 거야, 하이디. 넌 나보다 작은걸. 아, 걸을 수만 있다면 얼마나 좋을까!"

하이디는 뭔가 좋은 방법이 없을까 주변을 둘러보았다. 페터가 높은 비탈길에 앉아 두 사람을 째려보고 있었다. 도저히 믿어지지 않는다는 표정으로 벌써 한 시간 넘게 그러고 있었다. 저 여자애가 돌아다니지 못하도록 원수 같은 휠체어를 망가뜨렸는데 버젓이 나타난 것이다. 여기 풀밭에서만큼은 저 애를 보고 싶지 않았는데. 물론 하이디는 저 여자애 옆에 바싹 붙어 떨어질 줄 몰랐다. 페터는 눈앞에 펼쳐진 광경을 도무지 믿을 수가 없었다.

"이리 좀 내려와, 페터."

하이디가 소리쳤다.

"싫어."

"내려와야 할걸. 빨리!"

"싫다니까."

하이디는 잔뜩 화가 난 얼굴로 페터에게 몇 걸음 다가가는가 싶더니 크게 소리를 지르며 달려갔다.

"당장 안 오면 네가 싫어할 만한 짓을 할 거야. 진짜야!"

페터는 갑자기 불안해졌다. 그렇게 끔찍한 짓을 저지른 걸 아무도 모른다는 사실에 안도했는데, 하이디가 모든 것을 알고 있다는 투로 말하다니. 그렇다면 할아버지한테 이를 것이 분명한데, 생각만으로도 끔찍했다. 결국 페터는 마지못해 자리에서 일어났다.

"알았어. 가면 되잖아. 대신 너도 그 말 취소해."

하이디는 잔뜩 겁먹은 페터의 얼굴을 보고 그만 용서해 주기로 했다.

"당연히 취소할게. 빨리 와. 겁낼 필요 없어."

하이디와 페터는 클라라의 양쪽 팔을 부축해 일으켜 세웠다. 문제는 부축해 주지 않으면 클라라가 서 있을 수 없다는 점이었다.

"클라라, 내 목에 팔을 둘러. 그리고 페터, 넌 클라라의 팔을 잡아 줘. 그러면 움직일 수 있을 거야."

페터는 한 번도 누군가를 부축해 본 적이 없었다. 클라라가 페터의 팔을 붙잡았지만 페터가 팔을 빳빳하게 펴고 있어 별로 도움이 되지 않았다.

"페터, 그렇게 하지 말고 팔을 구부려. 클라라가 기댈 수 있게. 절대로 팔을 풀지 마. 그래, 이제 좀 나아졌네. 이제 움직여 보자."

하지만 여전히 별 소용이 없었다. 클라라가 둘 사이에서 힘겹게 주저앉았다. 페터와 하이디의 키 차이가 많이 나서 중심을 잡기가 쉽지 않았던 것이다. 그래도 클라라는 발을 내디디려고 뻗었지만 금세 다리가 꺾였다.

"그러지 말고 한쪽 발을 땅에 단단하게 올려놔 봐. 그러면 훨씬 덜 아플 거야."

하이디가 조언했다.

"정말 그럴까?"

클라라는 못 미더워하면서도 그 말대로 해보더니 기뻐하며 소리쳤다.

"네 말대로야. 하나도 안 아파."

"다시 한 번 해봐."

하이디의 재촉에 클라라가 몇 걸음이나 앞으로 내디뎠다.

"아, 하이디. 나 좀 봐. 걷고 있어! 내가 걷고 있다고!"

"그래, 네가 정말 걷고 있어! 혼자 힘으로 걷고 있어! 아, 이걸 할아버지가 보셔야 하는데!"

클라라는 여전히 하이디와 페터에게 기대고 있었지만 한 걸음 뗄 때마다 비틀거림이 줄어들었다. 하이디는 좋아서 어쩔 줄 몰랐다.

"이제 날마다 풀밭에 올라와서 마음대로 돌아다닐 수 있어! 이젠 휠체어를 타고 다니지 않아도 돼. 정말 잘된 일이지?"

당연히 클라라도 같은 생각이었다. 남들처럼 건강해진다는 것만큼 클라라에게 행복한 일은 없었다.

꽃밭까지는 멀지 않았다. 클라라는 예쁜 꽃들로 가득한 따뜻한 풀밭에 앉았다. 방금 일어난 모든 일이 너무나 감격스러워 아무 말도 없이 알록달록한 꽃들을 보며 향기에 취했다. 페터는 꽃밭에 눕더니 금세 잠이 들었다. 하지만 하이디는 가만히 앉아 있을 수 없었다. 풀밭을 돌아다니다가도 클라라가 혼자서 걸었다는 생각이 떠올라 다시 클라라에게 달려갔다.

잠시 후 염소 몇 마리가 아이들이 있는 곳으로 천천히 다가왔다. 방울새가 앞장섰다. 원래 염소들은 꽃밭에서 풀 뜯는 것을 좋아하지 않았다. 하지만 너무 오랫동안 내팽개쳐 두었다는 것을 페터에게 알려 주기라도 하듯 흩어지기 시작했다. 염소 몇 마리가 하이디와 클라라를 발견하고 큰 소리로 울었다. 다른 녀석들도 일제히 매애거리면서 총총걸음으로 다가왔다. 깜짝 놀라 일어난 페터가 두 손으로 눈을 비볐다. 페터는 부서지기 전의 멀쩡한 휠체어가 오두막 앞에 세워져 있는 꿈을 꾸었다. 처음 잠에서 깼을 때 휠체어의 금색 못이 햇빛을 받아 반짝이는 모습이 보였다. 하지만 잠이 덜 깬 상태에서 노란 꽃을 잘못 본 것이었다. 휠체어를 부수었다는 끔찍한 사실이 떠올랐다. 하이디가 아무 짓도 하지 않겠다고 했지만 언젠가 들통 날까 봐 겁났다. 그래서 페터는 평소와 달리 고분고분하게 굴었고 무조건 하이디가 시키는 대로 했다.

잠시 후 하이디와 페터는 다시 클라라를 풀밭으로 데려갔다. 하이디가 점심이 든 자루를 가져왔다. 자루에는 할아버지가 넣어 준 맛있는 음식이 잔뜩 들어 있었다. 하이디가 조금 전에 페터를 협박한 것은 점심을 나눠 주지 않겠다는 뜻이었다. 하지만 이미 페터를 용서하기로 했으니 자루에 든 음식을 똑같이 셋으로 나누었다. 벌써 정오가 지나 모두 배가 무척 고팠다. 그런데 음식이 얼마나 많았던지 하이디와 클라라가 배불리 먹고 나서도 음식이 남았다. 덕분에 페터는 처음 받은 것만큼이나 많은 음식을 또 받았다. 페터는 부스러기까지 긁어먹었지만 평소처럼 즐겁지가 않았다. 마치 뱃속에서 뭔가가 물어뜯는 것 같고 영 개운치 않았다.

늦은 점심을 먹자마자 할아버지는 아이들을 데리러 올라왔다. 하이디는 할아버지를 발견하고 한달음에 달려갔다. 한시라도 빨리 할아버지에게 기쁜 소식을 전하고 싶었다. 얼마나 들떴는지 말이 제대로 나오지 않았지만 할아버지는 금방 알아듣고 얼굴이 환해졌다. 클라라가 앉아 있는 곳으로 다가가 이해심 가득한 미소를 띠며 말했다.

"그것 봐. 하면 되지?"

할아버지는 클라라를 일으켜 세우고 몇 걸음 더 걸을 수 있도록 도와주었다. 클라라의 허리를 안고 다른 손은 클라라가 잡을 수 있도록 앞으로 내밀었다. 클라라는 할아버지의 도움으로 훨씬 안정적으로 걸을 수 있었다. 신이 난 하이디는 옆에서 폴짝폴짝 뛰었다. 할아버지도 기분이 좋아 보였다. 잠시 후 할아버지는 클라라를 안아 올렸다.

"무리하면 안 되지. 이제 집에 갈 시간이다."

할아버지는 집을 향해 내려가기 시작했다. 오늘은 이만하면 충분하니 쉬어야 한다고 생각했기 때문이다.

그날 페터가 되르플리로 내려가 보니 사람들이 웅성웅성 모여 있었다. 수군거리면서 서로 밀치며 까치발을 한 채 뭔가 보는 것 같았다. 페터가 무슨 일인지 비집고 들여다보니 산산조각 난 휠체어가 보였다. 부서진 모습만 보더라도 얼마나 값나가는 물건이었을지 알 수 있었다.

"짐꾼들이 가져가는 걸 봤는데."

빵집 주인이 한마디 했다.

"틀림없이 엄청 비쌀 거야. 내가 장담하지. 어쩌다 저렇게 됐는지 모르겠네."

"산 아저씨가 그러는데 바람에 굴러떨어졌대요."

한 여자가 비싸 보이는 빨간색 가죽을 쳐다보면서 말했다.

"그 말이 맞아야 할 텐데. 누가 한 짓이라면 큰일이지. 프랑크푸르트에 사는 양반이 누가 범인인지 알아내서 가만두지 않을 테니까. 하지만 난 절대로 범인이 아니야. 산에 올라가지 않은 지 2년도 넘었거든."

그 뒤에도 결백을 주장하는 사람들의 말이 더 튀어나왔지만 페터는 더 이상 들을 수가 없었다. 그래서 슬그머니 빠져나와 마치 쫓기는 사람처럼 잽싸게 집으로 달렸다. 빵집 주인의 말에 겁을 잔뜩 집어먹었기 때문이다. 프랑크푸르트에서 금방이라도 경찰이 들이닥치면 어떡하지? 자신의 짓이라는 사실이 밝혀지면 감옥에 가게 될 것이다. 생각만으로도 머리털이 쭈뼛섰다. 집에 와서는 말하지도 먹지도 않고 곧장 침대에 누워 이불을 뒤집어쓰고 끙끙댔다.

"페터가 수영(풀밭에서 자라는 여러해살이풀로 시금초라고도 함 —옮긴이)을 먹고 배가 아파서 저러나 봐요. 끙끙대는 소리 좀 들어 보세요."

"내일은 점심을 넉넉히 싸주려무나. 내 빵을 좀 주거라."

할머니가 인자한 목소리로 말했다.

그날 밤 하이디와 클라라는 침대에 누워 별을 바라보았다. 문득 하이디가 말했다.

"하느님이 우리가 열심히 기도해도 그대로 들어주지 않는 게 잘된 일이라는 생각이 들어. 그렇지 않아? 하느님은 우리한테 더 좋은 게 뭔지 알고 계시니까."

"갑자기 왜 그런 말을 해?"

"프랑크푸르트에 있을 때 빨리 집에 가게 해달라고 열심히 기도했는데 하느님이 들어주지 않으셨어. 만약 그때 집에 돌아왔다면 넌 여기에 못 왔을 거야. 건강해지지도 못했을 거고."

클라라는 잠시 생각에 잠겼다가 말했다.

"그렇다면 아예 기도를 할 필요가 없겠네. 하느님이 우리한테 뭐가 좋은지 알고 계시니까."

"아니, 난 그렇게 생각하지 않아."

하이디가 재빨리 대답했다.

"매일 열심히 기도해서 하느님께 믿음을 보여 드려야 해. 세상 모든 것이 하느님에게서 나온다는 것을 우리가 잘 알고 있다는 걸 보여 드리는 거지. 우리가 하느님을 잊으면 하느님이 우리 마음대로 가게 내버려 두셔서 나쁜 일이 생겨. 너희 할머니가 그러셨어. 정말 할머니 말이 맞았어. 그러니까 우린 하느님께 널 걷게 해주셔서 감사드린다고 기도해야 해."

"말해 줘서 고마워, 하이디. 너무 행복해서 하마터면 기도하는 걸 잊어버릴 뻔했다."

다음 날 아침, 할아버지는 두 아이에게 할머니께 편지를 보내면 어떻겠냐고 했다. 보여 드리고 싶은 게 있으니 꼭 오시라는 내용으로 말이다. 그런데 아이들은 이미 할머니를 깜짝 놀라게 할 계획을 준비하고 있었다. 클라라가 혼자 걷는 연습을 열심히 한 다음 할머니에게 보여 주려는 것이었다. 아이들은 할아버지에게 얼마나 걸릴지 물었다. 할아버지는 일주일 정도 걸릴 것이라고 했다. 그래서 두 아이는 할머니에게 보내는 편지에 일주일 후에 산으로 와 달라고 적었다. 물론 그 이유는 말하지 않았다.

그다음 날부터 클라라에게 산에서의 가장 행복한 날들이 시작되었다. 클라라는 매일 아침 '난 건강해! 걸을 수 있어!'라는 생각을 하면서 깨어났다. 그리고 날마다 조금씩 더 많이 걸었다. 운동을 열심히 한 덕분에 식욕도 날로 좋아졌다. 할아버지는 매일 더 큰 빵에 버터를 잔뜩 발라 주었다. 염소젖도 몇 잔이나 채워 주고 클라라가 순식간에 비우는 모습을 흐뭇하게 바라보았다. 이렇게 일주일이 후딱 지나갔다.

23

또 만나!

할머니는 산으로 출발하기 하루 전에 편지를 보냈다. 꼭 올라오겠다는 내용이었다. 아침에 페터가 그 편지를 가지고 올라왔다. 할아버지가 하이디와 클라라, 염소들과 함께 벌써 나와 있었다. 두 아이를 바라보는 할아버지의 입가에 흐뭇한 미소가 흘렀다. 페터는 세 사람을 보자 꾸물거리면서 다가와 편지를 내밀었다. 그러고는 잽싸게 뛰어갔다. 마치 누가 쫓아오기라도 하는 것처럼 불안한 얼굴로 힐끔 뒤를 돌아보면서 말이다.

페터의 이상한 행동에 놀란 하이디가 할아버지에게 물었다.

"할아버지, 왜 요즘 페터가 덩치 큰 말썽꾼처럼 굴까요? 말썽꾼이 지팡이로 맞으려고 할 때마다 저러잖아요!"

"글쎄다, 맞을 만한 짓을 했나 보다."

페터는 세 사람이 안 보일 때까지 내달렸다. 어딘가 멈춰 섰을 때도 주변을 둘러보았다. 하루가 지날수록 점점 더 불안해졌다. 당장이라도 프랑크푸르트에서 온 경찰들이 덤불에서 튀어나와 목덜미를 움켜잡기라도 할 것처럼 마음이 가시방석이었다.

하이디는 할머니가 오실 때를 대비해서 오전 내내 집 안을 깨끗하게 청소했다. 클라라는 그 모습을 지켜보았다. 그러고 나서 두 아이는 단정한 옷차림으로 바깥에 있는 의자에 앉아 할머니가 오시기만을 기다렸다. 할아버지도 벌써 산에 올라가 파란색 용담꽃을 한아름 꺾어와 아이들에게 보여 주고는 안으로 들고 갔다. 하이디는 계속 일어났다 앉았다 하면서 할머니가 오는지 내다보았다.

마침내 짧은 행렬이 눈에 띄었다. 맨 앞에 선 길잡이 뒤로 말에 올라탄 할머니와 꽉 찬 바구니를 등에 멘 짐꾼이 올라왔다. 오두막이 있는 조그만 언덕에 이르러 두 아이의 모습이 눈에 들어오자 할머니는 걱정스러운 목소리로 외쳤다.

"아니, 클라라, 휠체어는 어디 있니? 어떻게 된 일이야?"

하지만 말에서 내려 아이들에게로 걸어오면서 할머니의 불안한 표정은 놀라움으로 바뀌었다.

"이럴 수가. 클라라, 정말 건강해 보이는구나. 몰라보겠어!"

하이디가 일어서자 클라라도 일어서서 같이 할머니에게로

걸어갔다. 클라라는 하이디의 어깨에 한 손을 올려놓았을 뿐 혼자서도 똑바로 걸을 수 있었다. 할머니가 어안이 벙벙한 표정으로 바라보았다. 할머니에게로 걸어가는 발그레한 두 아이의 얼굴이 행복하게 빛났다. 할머니는 곧 눈물을 쏟을 것 같은 표정으로 웃음을 터뜨리면서 클라라와 하이디를 번갈아 껴안았다. 다시 클라라를 껴안은 할머니는 가슴이 벅차올라 무슨 말을 해야 좋을지 몰랐다. 그때 오두막에서 나와 흐뭇한 표정으로 바라보는 할아버지의 모습이 보였다. 할머니는 클라라와 팔짱을 끼고 할아버지에게 걸어갔다. 손녀와 나란히 걷고 있다는 사실이 무척 감격스러웠다. 할머니는 흥분한 얼굴로 할아버지의 손을 꼭 붙잡았다.

"어떻게 감사를 드려야 할까요. 모두 하이디 할아버지께서 극진히 보살펴 준 덕분이에요."

"하느님이 주신 눈부신 햇살과 맑은 공기 덕분이지요."

"데이지의 맛있는 젖도 있어요."

클라라도 한마디 거들었다.

"할머니, 제가 그동안 염소젖을 얼마나 많이 마셨는지 몰라요! 정말 맛있어요!"

"통통해진 볼만 봐도 알겠구나. 이런 모습을 보게 되다니, 살도 찌고 키도 컸구나! 정말 믿어지지 않아. 이건 기적이야! 파리에 있는 네 아빠한테 전보를 쳐서 당장 오라고 해야겠다. 무슨 일인지는 말하지 말아야지. 이렇게 기쁘고 놀라운 소식은 처음일 게다. 아, 여기서 전보를 치려면 어떻게 해야 하지? 일 꾼들이 벌써 내려갔나?"

"벌써 내려갔지요. 하지만 급하면 페터한테 시키시면 됩니다."

할아버지는 이렇게 말하고 옆쪽으로 가서 손가락으로 휘파람을 불었다. 휘파람 소리가 메아리 되어 바위산에 울려 퍼졌다. 거의 동시에 페터가 백지장처럼 새하얀 얼굴로 헐레벌떡 달려왔다. 페터는 그것이 할아버지의 휘파람 소리라는 것을 잘 알았다. 이제 곧 경찰에 잡혀가겠다는 생각이 들어 겁에 질렸다. 하지만 할아버지는 페터에게 클라라의 할머니가 쓴 쪽지한 장을 건네주면서 곧장 되르플리의 우체국에 갔다 오라고 했다. 페터는 안심하고 얼른 출발했다.

오두막에 남은 사람들은 바깥에 놓인 식탁에 둘러앉아 점심을 먹었다. 할머니는 그제야 자초지종을 들을 수 있었다.

"믿을 수가 없어! 정말 놀랍구나."

할머니는 이야기를 듣는 내내 이렇게 말했다. 하이디와 클라라는 할머니를 깜짝 놀라게 해주려는 계획이 성공해서 무척 기뻤다.

한편 그때 클라라의 아빠도 깜짝 놀랄 만한 일을 준비하고 있었다. 파리에서 볼일을 예정보다 일찍 끝낸 제제만 씨는 딸이 너무나 보고 싶어 곧장 라가츠로 향했다. 그는 어머니가 산으로 떠난 직후 라가츠에 도착했다. 어머니가 산에 갔다는 소식을 들은 그는 마차를 타고 되르플리로 향했다. 거기서부터는 걸어서 올라가야 했다. 익숙하지 않은 산길이었기 때문에 몹시 힘들었다. 한참 올라갔지만 염소치기네 오두막도 나오지 않았다. 그는 클라라의 편지를 통해 마을과 하이디네 집 사이에 염소치기 페터의 집이 있다는 사실을 알고 있었다. 길을 잘못 들었다는 생각에 불안해져서 주위를 둘러보았다. 하지만 물어볼 사람이라고는 전혀 없고 윙윙거리는 벌레 소리와 이따금씩 새들의 지저귐 소리만 들릴 뿐이었다.

제제만 씨가 더위를 식히려고 잠시 멈추었을 때 마침 페터가 쪽지를 들고 달려 내려왔다. 그가 손짓으로 불렀지만 페터는 선뜻 다가오지 않았다.

"얘야, 이리 와봐라."

제제만 씨가 답답한 마음에 소리 내어 불렀다.

"이 길로 가면 할아버지와 하이디라는 아이가 사는 오두막이 나오니? 프랑크푸르트에서 온 손님들이 있는 집인데."

'경찰이다!'

공포에 사로잡힌 페터는 희미한 울부짖음 소리만 낸 채 허겁지겁 도망쳤다. 그러다 넘어져서 언덕 아래로 데굴데굴 굴렀다. 마치 휠체어가 굴러떨어지던 모습과 비슷했다. 그나마 휠체어처럼 산산조각이 나지 않아서 천만다행이었다. 하지만 손에 들고 있던 종이쪽지가 날아가 버렸다.

"이런! 산골에 사는 아이라 수줍음이 많은가 보군."

제제만 씨는 산골에 사는 아이가 낯선 사람을 보고 깜짝 놀라 도망쳤다고만 생각했다. 아이가 구르는 모습을 잠시 애처롭게 쳐다보던 그는 다시 길을 나섰다.

한참 동안 굴러가던 페터는 덤불에 걸려서 멈췄다. 그대로 누워 두려움을 가라앉히려는데 놀림 가득한 목소리가 들려왔다.

"아이쿠, 또 뭐가 떨어졌네. 내일은 또 뭐가 감자자루처럼 굴러떨어지려나."

그것은 다름 아닌 빵집 주인의 목소리였다. 빵을 만들다가 잠시 바람을 쐬려고 나온 것이었다. 페터는 빵집 주인의 목소리를 듣자마자 깜짝 놀라 벌떡 일어났다. 마치 휠체어가 누군가에게 떠밀려서 떨어진 것을 알고 있다는 말투였다. 온몸이 멍든 페터는 죄책감에 사로잡힌 채 휘청거리면서 산으로 올라갔다. 집으로 가서 이불을 뒤집어쓰고 싶은 생각뿐이었다. 그래야만 안심이 될 것 같았다. 하지만 아직 염소들이 풀밭에 있었다. 할아버지가 염소들을 너무 오래 혼자 두면 안 된다고 우체국에 빨리 다녀오라고 했다. 감히 할아버지의 말을 거스를 수는 없었다.

제제만 씨는 페터를 뒤로 하고 터벅터벅 걷다가 드디어 페터네 오두막을 발견했다. 길을 잘못 든 것이 아니라는 사실에 기운이 나서 힘차게 걸어갔다. 머지않아 뒤편으로 전나무 세 그루가 있는 오두막이 보였다. 그 모습에 힘이 나서 더욱 빨리 걸었다. 모두를 깜짝 놀라게 해줄 생각을 하니 저절로 웃음이 나왔다. 하지만 오두막에 있던 사람들은 이미 제제만 씨를 발견하고 반갑게 맞이할 준비를 서둘렀다.

오두막이 위치한 언덕까지 다 올라온 제제만 씨는 두 아이가 다가오는 모습을 보았다. 키 큰 금발 머리 소녀가 그보다 작은 검은 머리 소녀에게 살짝 기댄 채 걸어왔다.

걸음을 멈추고 그 모습을 멍하니 바라보던 제제만 씨의 눈가에 눈물이 맺혔다. 금발에 볼이 발그레했던 클라라의 엄마가 생각났다. 꿈인지 생시인지 알 수 없었다. 그때 클라라가 소리쳤다.

"아빠, 저를 못 알아보시겠어요? 제가 그렇게 많이 변했어요?"

제제만 씨는 얼른 달려가 딸을 안았다.

"변했고말고! 아니, 이게 어떻게 된 일이니? 정말 믿을 수가 없구나."

그는 한 걸음 물러나 딸의 모습을 자세히 들여다보고는 다시 끌어안았다. 두 사람의 행복한 재회를 놓치지 않으려고 할

머니가 서둘러 다가왔다.

"어떠니, 얘야? 네가 우리를 놀라게 하려고 했겠지만, 우리가 준비한 선물이 훨씬 멋지지?"

할머니는 이렇게 말하면서 아들에게 입맞춤했다.

"자, 어서 하이디 할아버지께 인사드리렴. 모두 할아버지 덕분이란다."

"네, 그래야지요. 아, 우리 하이디한테도 인사해야지. 하이디, 이렇게 건강하고 행복해진 얼굴을 보니 정말 좋구나. 알프스의 들장미처럼 싱그러워 보이는구나."

하이디는 환하게 웃었다. 친절한 제제만 씨가 산에 와서 저렇게 행복해하는 모습을 보니 정말로 기뻤다. 할머니는 아들을 할아버지에게로 이끌었다. 제제만 씨는 할아버지에게 진심으로 감사의 말을 전했다.

제제만 씨와 할아버지가 이야기하는 동안 할머니는 전나무가 있는 곳으로 걸어갔다. 전나무 사이 낮은 나뭇가지 아래에 예쁜 파란색 용담꽃이 수북하게 놓여 있었다. 그곳에서 자라는 것처럼 싱싱하고 예뻤다.

"아이고, 예뻐라! 하이디, 이리 와보렴. 네가 날 놀라게 해주려고 준비한 거니? 정말 예쁘구나."

"아뇨, 제가 한 게 아니에요. 하지만 누가 했는지 알아요."

"산에 올라가면 저 꽃들이 정말 많이 자라요. 오늘 아침에 누가 가서 꺾어 왔는지 알아맞혀 보세요."

클라라도 거들었다. 할머니는 흐뭇한 얼굴로 꽃을 보면서 한순간 클라라가 한 것이 아닐까 생각했다.

그때 나무 뒤쪽에서 발을 질질 끌며 걸어오는 소리가 들렸다. 페터였다. 페터는 오두막 바깥에서 할아버지가 낯선 사람과 있는 것을 보고 몰래 살금살금 걸어가는 중이었다. 그 모습을 본 할머니는 페터가 꽃을 가져다 놓고 부끄러워서 도망가는 것이라고 생각했다. 상을 줘야겠다는 생각에 페터를 불렀다.

"이리 와보렴, 얘야. 쑥스러워하지 말고."

페터는 겁에 질린 나머지 도망칠 생각조차 하지 못했다.

'이제 끝장이야.'

페터는 걱정 가득한 얼굴로 천천히 다가왔다.

"겁내지 말고. 자, 말해 보렴. 네가 그런 거니?"

할머니가 꽃을 가리키며 물었다. 페터는 고개를 푹 숙이고 있었기 때문에 할머니가 가리키는 쪽을 보지 못했다. 하지만 할아버지가 저쪽 오두막에서 쳐다보는 것이 느껴져서 떨리는 목소리로 대답했다.

"네."

"아니, 이런. 왜 그렇게 무서워하는 거니?"

"왜냐하면…… 다 망가졌으니까요……. 고칠 수 없으니까요."

페터는 힘겹게 말을 이었다. 다리가 후들거려서 제대로 서 있기도 힘들었다. 할머니는 페터를 유심히 쳐다보고는 할아버지에게 가서 아이의 머리가 어떻게 된 건지 물었다.

"아닙니다. 그런 게 아니에요. 클라라의 휠체어를 떠밀어 버린 게 사실은 바람이 아니라 자기라서 저러는 거예요. 벌 받을 게 무서워서. 당연히 벌을 받아야지요."

할머니는 그 말을 믿을 수가 없었다. 그렇게 나쁜 아이처럼 보이지 않았는데, 클라라에게 꼭 필요한 휠체어를 망가뜨렸다는 사실이 믿어지지 않았다.

하지만 할아버지는 처음부터 페터의 짓이라고 의심하고 있었다. 페터가 매일같이 클라라를 노려보거나 성을 내는 모습을 놓치지 않고 보았던 것이다. 할아버지는 그동안의 일을 합쳐서 생각해 볼 때 페터의 짓이 분명하다고 확신했다. 할머니에게 자초지종을 설명해 주었더니 할머니가 즉각 이렇게 말했다.

"이런, 가엾어라. 더 이상 저 애한테 벌을 주면 안 돼요. 저 애의 입장에서 너그럽게 생각해 주자고요. 느닷없이 낯선 손님들이 찾아와서 그동안 독차지하던 하이디를 붙잡고 놔주질 않으니, 애가 얼마나 외롭고 화가 났겠어요. 그래서 어리석은 분풀이를 한 거예요. 누구나 화가 나면 어리석은 짓을 하기도 하니까요."

할머니는 나무 아래에 앉으면서 다정한 목소리로 페터를 불렀다.

"이리 와 봐. 떨지 말고 내 말을 들으렴. 네가 클라라의 휠체어를 밀어서 산산조각 냈니? 넌 그게 잘못된 행동이라는 걸 알고 벌 받아야 한다는 것도 알았어. 그래서 아무한테도 들키지 않으려고 무진장 애를 썼을 거야. 그렇지? 하지만 나쁜 짓을 해 놓고 아무도 모를 거라고 생각한다면 크나큰 착각이란다. 하느님이 모든 것을 보고 듣고 계시기 때문이지. 하느님은 우리가 잘못을 숨기려고 하면 우리 마음속에 있는 파수꾼을 깨우신단다. 파수꾼은 작은 가시를 들고 우리를 쿡쿡 찌르지. 한시도 마음 편하게 있을 수 없도록 말이야. 계속 쿡쿡 찌르면서 조그만 목소리로 잔소리를 해. '들키고 말 거야. 큰일 날 거야.' 너도 지금까지 그런 일을 겪었겠지?"

페터는 부끄러워하면서 고개를 끄덕였다. 할머니의 말대로 정말 그랬다.

"그리고 네 생각하고 다른 결과가 일어났지? 클라라가 오히려 건강해졌어. 클라라는 휠체어가 없어져서 걸으려고 더욱 열심히 노력했고 정말로 걸을 수 있게 되었어. 하느님은 이렇게 악에서 선을 만들어 내신단다. 나쁜 일을 한 네가 오히려 고통을 받았잖니! 무슨 말인지 알겠니, 페터? 앞으로 해서는 안 되는 일을 하고 싶은 마음이 들면 지금 내 말을 꼭 기억하려무나. 네 마음의 파수꾼이 널 가시로 쿡쿡 찌르며 잔소리한다는 걸

말이야."

"네, 알겠습니다."

페터는 한결 진정된 목소리로 대답했지만 어떻게 될지 몰라서 마음속으로는 겁이 났다. 프랑크푸르트에서 온 '경찰'이 아직도 산 아저씨랑 같이 서 있었기 때문이다.

"그럼 됐다. 너한테 프랑크푸르트 손님들을 기억할 만한 선물을 주고 싶구나. 정말로 널 나쁘게 생각하지 않는다는 걸 보여 주고 싶거든. 가장 가지고 싶은 게 뭐니?"

그제야 페터는 서서히 이해되기 시작했다. 프랑크푸르트에서 온 저 할머니는 분명히 경찰 앞에서 자기편을 들어줄 것이 분명했다. 페터는 더 이상 무서워하지 않아도 된다는 것을 깨달았다. 그동안 자신을 짓누르던 바윗덩어리가 한순간에 사라

진 것 같았다. 게다가 페터는 잘못한 일이 있을 때는 곧바로 말하는 편이 낫다는 사실도 깨달았다. 그래서 말했다.

"저… 사실은 종이쪽지를 잃어버렸어요."

할머니는 무슨 말인지 잠시 어리둥절해하다가 전보를 말한다는 것을 깨닫고 상냥하게 말했다.

"괜찮다. 사실대로 말하다니, 착하구나. 잘못을 했을 때는 곧바로 말하면 문제가 훨씬 가벼워진단다. 자, 이제 뭘 가지고 싶은지 말해 보렴."

페터는 무엇이든 가지고 싶은 것을 고를 수 있다는 생각에 어리둥절해졌다. 마이엔펠트에서 1년에 한 번씩 열리는 축제가 생각났다. 거기에는 온갖 멋진 물건들이 가득했다. 염소들을 불러 모을 때 쓰면 좋을 것 같은 빨간 호루라기와 개암나무를 쉽게 자를 수 있는 접이식 칼도 있었다. 물건들을 구경할 때마다 하나라도 살 수 있다면 좋겠다고 생각했다. 페터는 곰곰이 생각에 잠겼다. 뭘 갖고 싶다고 해야 하지? 그때 좋은 생각이 떠올랐다.

"10라펜이요."

다음 축제가 열릴 때까지 곰곰이 생각해 두었다가 그 돈으로 사면 될 것 같았다.

할머니가 웃음을 터뜨렸다.

"아주 소박한 소원인걸?"

할머니는 지갑에서 동전을 몇 개 꺼냈다.

"이리 와보렴. 자, 여기에 1년에 든 주일의 수만큼 동전이 있단다. 일요일마다 동전을 하나씩 꺼내서 쓸 수 있어."

그러자 페터가 휘둥그레진 눈으로 물었다.

"평생 일요일마다요?"

할머니는 다시 웃음을 터뜨렸고 할아버지와 제제만 씨도 무슨 일인지 보려고 가까이 다가왔다.

"그래. 평생. 내 유언장에 넣어 주마. '염소치기 페터는 평생 일주일에 10라펜씩 받는다.'라고 말이야."

할머니는 제제만 씨를 돌아보았다.

"너도 잘 들었지? 네 유언장에도 넣어야 한다. 페터가 평생 일주일에 10라펜씩 받을 수 있다고 말이야."

제제만 씨도 찬성의 뜻으로 고개를 끄덕이며 웃음을 터뜨렸다.

페터는 손에 쥔 동전을 몇 번이고 쳐다보면서 꿈이 아닌지 확인했다. 할머니에게 고맙다는 말을 하고는 신이 나서 산으로 올라갔다. 이제 모든 괴로움이 끝난 데다 평생 일주일에 10라펜씩 받게 된 것이다!

한편 오두막에 남은 사람들은 기분 좋게 식사를 마치고 앉았다. 클라라가 할머니의 손을 잡으면서 말했다.

"아빠, 할아버지가 저를 위해서 얼마나 애쓰셨는지 아셔야 해요. 전 평생 잊지 않을 거예요. 이 은혜를 어떻게 갚으면 좋을지 계속 고민하고 있어요. 할아버지가 저한테 주신 행복의 절반만이라도 돌려 드릴 수 있다면 얼마나 좋을까요?"

"나도 그러고 싶구나."

제제만 씨는 할머니와 즐겁게 대화를 나누고 있는 할아버지를 바라보았다. 할아버지의 크고 거친 손을 따뜻하게 붙잡았다.

"어르신, 잠깐 저하고 얘기 좀 하시지요. 전 오랫동안 진정한 행복을 모르고 살았습니다. 무슨 뜻인지 아실 겁니다. 아픈 딸을 건강하게 만들어 줄 수도 없는데 돈과 성공이 무슨 소용일까요? 하지만 어르신 덕분에 저희 가족은 삶의 의미를 찾았습니다. 이 은혜는 평생 가도 못 갚겠지요. 감사의 의미로 뭐든지 해드리고 싶습니다. 무엇이든 말씀해 주세요. 힘닿는 데까지 도와드리겠습니다."

할아버지는 가만히 듣고 있었다. 제제만 씨가 행복해하는 모습을 보니 저절로 미소가 떠올랐다. 이윽고 할아버지가 엄숙한 목소리로 말했다.

"따님이 건강해져서 저도 정말로 기쁩니다. 그게 저한테는 충분한 보상이지요. 말씀은 고맙지만 저는 아무것도 원하지 않아요. 여기에 사는 한 저와 하이디한테는 부족한 게 없지요. 하지만 한 가지 소원이 있기는 합니다. 그것만 해결된다면 아무런 걱정이 없을 것 같군요."

"부디 말씀해 주세요."

"전 늙어서 앞으로 살날이 오래 남지 않았습니다. 그런데 제가 죽어도 하이디한테 남겨 줄 게 하나도 없어요. 이 험한 세상에 하이디가 기댈 수 있는 사람이라고는 저뿐인데 말이죠. 한 사람 또 있기는 하지만, 그 사람은 제 잇속만 차리지 하이디한테 신경도 안 쓸 테지요. 앞으로 하이디가 절대 남의 집에 가서 모르는 사람들 틈에서 사는 일이 없도록 해주신다면 그걸로 저한테는 충분한 보상입니다."

"그런 부탁은 하지 않으셔도 됩니다."

제제만 씨가 재빨리 대답했다.

"하이디는 이미 저희와 한가족입니다. 어머니와 클라라한테도 물어보세요. 제 생각과 같을 테니까요. 절대로 하이디가 남의 집에 들어가는 일이 없도록 하겠습니다. 약속 드립니다. 제가 살아 있는 한 하이디를 책임지고 보살피겠습니다. 하이디는 집을 떠나 프랑크푸르트에서 지내는 동안 몹시 힘들어했습니다. 하지만 좋은 친구도 많이 사귀었지요. 그중 한 명이 지금 프랑크푸르트에 있습니다. 그 의사 선생, 클라센 박사 말이지요. 그 친구는 조만간 모든 것을 정리하고 이리로 이사올 예정입니다. 작년에 어르신하고 하이디와 보낸 시간이 매우 행복했다고 하더군요. 그 친구도 하이디를 책임지고 보살펴 줄 겁니다. 이제 하이디한테는 든든한 보호자가 두 명이나 있어요. 그 친구나 어르신이나 앞으로 건강하셔야 합니다."

"하느님의 축복이 있기를."

할머니가 할아버지의 손을 따뜻하게 잡고 말했다. 그런 다음 할머니는 하이디를 안고 입맞춤을 했다.

"하이디, 넌 어떠니? 너도 소원이 있니?"

"네, 있어요."

하이디가 할머니의 얼굴을 올려다보며 얼른 대답했다.

"그래, 잘됐구나. 어서 말해 보렴."

"프랑크푸르트에서 제가 썼던 침대요. 푹신한 베개 세 개하고 따뜻한 이불도요. 그걸 페터네 할머니한테 드리고 싶어요. 지금은 침대머리 부분이 낮아서 숨쉬기가 불편하시거든요. 그 침대를 드리면 편하게 주무실 거예요. 추위 때문에 숄을 두를 필요도 없고요. 지금은 너무 추워서 침대에 누워서도 숄을 두르고 계셔야 해요."

하이디가 기대감에 찬 얼굴로 쉬지도 않고 단숨에 말했다.

"하이디는 정말 착하구나! 행복에 빠지면 다른 사람의 어려움을 잊어버리기 쉬운 법인데, 그거야 간단하지. 당장 프랑크푸르트로 전보를 쳐서 로텐마이어한테 침대를 보내라고 해야겠구나. 하루나 이틀 후면 도착할 거다. 페터네 할머니가 편하게 주무셨으면 좋겠구나."

하이디가 기뻐서 폴짝폴짝 뛰다가 소리쳤다.

"지금 당장 가서 알려 드려야겠어요. 제가 오랫동안 안 가서 무슨 일이 생겼을까 봐 걱정하고 계실 거예요."

"하이디, 뭐하는 게냐? 지금은 손님이 오셨는데 나중에 가야지."

할아버지가 한마디 했다.

하지만 할머니가 나서서 말했다.

"하이디 말이 맞아요. 우리 때문에 하이디가 너무 오랫동안 페터네 할머니를 만나러 가지 못했잖아요. 우리 다 같이 가요. 거기서 말이 올 때까지 기다렸다가 되르플리로 가서 전보를 치면 되겠어요. 아들아, 네 생각은 어떠니?"

그러자 제제만 씨가 자신이 본래 세웠던 여행 계획을 설명하기 시작했다. 그는 어머니와 함께 잠시 동안 스위스를 여행할 생각이었다. 클라라의 상태가 괜찮다면 한두 군데 더 데려가려고 했다. 그런데 이제는 클라라가 여행 내내 함께할 수 있을 만큼 건강해졌으니 아름다운 여름이 끝나 버리기 전에 빨리 여행을 떠나야겠다고 말했다. 자신은 되르플리에서 하룻밤 묵고 아침에 클라라를 데리고 가겠다고 했다. 그리고 라가츠로 가서 어머니와 만나 여행을 시작하겠다는 것이었다.

처음에 클라라는 갑자기 산을 떠나게 되어 슬펐지만, 앞으로 더 많은 것을 보게 될 생각을 하니 금세 기분이 나아졌다.

할머니는 하이디의 손을 잡고 페터네 오두막으로 내려갈 준비를 했다. 그리고 문득 생각났다는 듯 뒤돌아보며 말했다.

"그런데 클라라는 어떻게 내려가지요?"

할아버지가 빙긋 웃으면서 익숙한 솜씨로 클라라를 번쩍 안았다. 모두 산 아래로 내려가기 시작했다. 내려가면서 하이디는 클라라네 할머니에게 페터네 할머니에 대한 이야기를 했다. 할머니가 겨울마다 추위에 시달리고 먹을 것도 많이 없다는 말도 했다. 클라라네 할머니는 그 이야기를 전부 귀담아 들었다.

한편 브리기트는 페터의 셔츠를 밖에 널고 있다가 하이디일행을 보았다. 그래서 부리나케 안으로 들어가 어머니에게 전했다.

"모두 산에서 내려오고 있어요. 프랑크푸르트로 돌아가는게 분명해요. 아저씨가 아픈 애를 안고 가고요."

"맙소사, 하이디도 데려가니? 잠깐만이라도 보고 싶구나. 그애의 목소리를 한 번이라도 듣고 싶어."

할머니가 한숨을 쉬고 있을 때 문이 활짝 열렸다. 하이디가뛰어 들어와 할머니를 껴안았다.

"할머니! 할머니! 있잖아요, 프랑크푸르트에서 제 침대랑 푹신한 베개 세 개랑 따뜻한 이불이 올 거예요! 클라라네 할머니가 그러시는데 며칠 후면 도착한대요."

하이디는 할머니의 얼굴이 금세 환해질 것이라고 생각했지만 할머니는 슬픈 표정으로 희미한 미소만 지을 뿐이었다.

"아주 친절한 분이시구나. 네가 그렇게 좋은 사람들을 따라 간다니 잘된 일이야. 하지만 난 네가 없으면 무척 슬플 것 같구나."

"그게 무슨 말씀이세요?"

그때 클라라네 할머니가 안으로 들어와 평소처럼 상냥한 목소리로 말했다.

"그런 말씀 마세요. 하이디는 여기에 있을 거랍니다. 하이디가 페터네 할머니에게 얼마나 큰 위안을 주는지 우리도 잘 알아요. 물론 우리도 하이디가 보고 싶을 거예요. 또 만나러 올 거예요. 우리 손녀에게 기적과 행복을 선물해 준 고마운 산인데 해마다 와야지요."

그제야 페터네 할머니는 얼굴이 환해져서 클라라네 할머니의 손을 꼭 잡으며 감사함을 전했다. 하이디가 다시 할머니를 껴안고 소리쳤다.

"모든 일이 다 잘됐죠?"

"그래, 하이디. 세상에 이렇게 좋은 사람들이 있다니. 나처럼 불쌍한 늙은이를 생각해 주는 사람들도 있구나. 하느님에 대한 믿음이 더욱 깊어지게 하는구나."

"하느님이 보시기에는 우리 모두 하느님의 보살핌을 필요로 하는 불쌍한 사람들이지요. 아쉽지만 이제 그만 작별 인사를 해야겠군요. 하지만 내년에 또 올 거예요. 내년에 오면 꼭 다시

들를게요."

페터네 할머니는 클라라네 할머니의 따뜻한 말에 다시 한 번 고마움을 전했다. 클라라네 할머니와 모든 가족에게 하느님의 은총이 함께하기를 빌었다.

클라라네 할머니는 아들과 함께 되르플리로 내려가고, 할아버지는 두 아이들과 함께 집으로 돌아왔다.

다음 날 아침, 떠날 시간이 다가오자 클라라는 눈물을 흘리지 않을 수 없었다. 하이디가 최선을 다해 클라라를 위로해 주었다.

"내년 여름에 다시 올 수 있잖아. 그때는 처음부터 걸을 수 있을 테니까 훨씬 재미있을 거야. 매일 풀밭에 올라가서 꽃들을 구경하자."

클라라는 그 말에 눈물을 닦았다.

"페터하고 염소들한테도 인사 전해 줘. 특히 데이지한테는 꼭 전해 줘야 해. 맛있는 염소젖을 먹게 해준 데이지한테 선물이라도 하고 싶은데."

"그럼 소금을 보내면 돼. 데이지는 소금을 좋아하잖아."

하이디가 웃으면서 말했다.

"그래, 데이지가 날 잊지 않도록 소금을 잔뜩 보낼 거야."

그 사이 제제만 씨가 도착했다. 그는 잠시 할아버지와 이야기를 나누다가 클라라에게 이제 그만 가야 할 시간이라고 했다.

할머니를 태웠던 하얀 말이 클라라를 태우고 가려고 문 앞에서 기다리고 있었다. 잠시 후 클라라와 제제만 씨가 출발했다. 하이디는 두 사람이 보이지 않을 때까지 언덕에 서서 손을 흔들었다.

며칠 후 침대가 도착했다. 페터의 할머니는 밤새 푹 잘 수 있게 되었다. 클라라의 할머니는 하이디가 추운 겨울 날씨에 대해서 한 말을 기억하고 있었다. 그래서 침대와 함께 따뜻한 옷가지도 잔뜩 보냈다.

얼마 후 의사 선생이 돌아왔다. 그는 예전처럼 되르플리에 묵었다. 그리고 할아버지의 조언에 따라 되르플리의 빈집을 사들여 수리했다. 집 한쪽은 하이디와 할아버지가 겨울 동안 살 수 있도록 고쳤다. 집 뒤편에 데이지와 더스키를 위한 우리도 새로 지었다.

의사 선생과 할아버지는 점점 가까워졌고 집 공사가 끝나기만을 기다렸다. 의사 선생 역시 하이디와 가까운 곳에 살게 될 날을 즐겁게 기다렸다.

어느 날 공사가 한창인 집 안을 둘러보다가 의사 선생이 할아버지의 어깨에 팔을 올리고 말했다.

"하이디를 생각하는 마음은 어르신이나 저나 똑같을 거예요. 저에게도 하이디는 정말로 소중한 존재랍니다. 제 친딸처럼 아끼지요. 앞으로는 저도 어르신과 같이 하이디를 돌봐 주고 싶습니다. 제가 나중에 늙었을 때 하이디가 제 딸처럼 곁에 있어 주리라는 생각을 하면 마음이 따뜻해집니다. 제가 죽으면 전 재산을 하이디에게 남겨 줄 생각입니다. 어르신과 제가 세상에 없어도 아이가 편하게 살 수 있도록 말이에요."

할아버지는 아무 말 없이 의사 선생의 손을 잡았다. 두 사람은 서로를 이해하는 눈빛으로 바라보았다.

그때 하이디와 페터는 할머니와 함께 있었다. 하이디는 두 사람에게 여름 동안 있었던 일들을 전부 말해 주었다. 세 사람은 머리를 맞대고 열심히 이야기를 나누었다. 그 모습을 지켜보던 브리기트는 페터가 평생 주말마다 10라펜을 받게 되었다는 사실을 알고 무척 기뻐했다.

마침내 할머니가 하이디에게 찬송가 가사를 읽어 달라고 했다.

"앞으로 죽기 전까지 매일 하느님께 감사드려도 부족할 것 같구나."

HEIDI

지은이 요한나 슈피리

1827년 스위스의 히르첼에서 의사의 딸로 태어났다. 어머니는 찬송가 작사가로, 요한나 슈피리 역시 어려서부터 시 쓰기를 좋아했다. 1852년 결혼한 후에도 문학에 대한 관심을 꾸준히 키웠으며, 1871년 마흔네 살의 늦은 나이로 첫 작품을 썼다. 『하이디』는 그녀의 작품 중 가장 사랑받는 작품으로, 출간 후 큰 호응을 얻었다. 권위적인 교육관이 팽배했던 당시로서는 어린이를 독립된 인격체로 존중하고 자연의 힘으로 아이를 키운다는 주제가 매우 파격적이었기 때문이다. 1884년 아들과 남편의 죽음으로 깊은 슬픔을 겪은 슈피리는 그 후 창작 활동에만 전념하다 1901년 세상을 떠났다.

그린이 김민지

JC엔터테인먼트에서 온라인 게임 디자인을 했고, 애니메이션 <아크>의 캐릭터 디자인과 컬러 코디네이션 및 일러스트 작업을 했다. 그동안 그림을 그린 책으로는 『피터 팬』, 『어린왕자』, 『정글북』, 『이상한 나라의 앨리스』, 『오즈의 마법사』 등이 있다.

옮긴이 정지현

충남대학교 자치행정과를 졸업한 후 현재 번역에이전시 하니브릿지에서 아동서 및 소설 전문 번역가로 활동하고 있다. 번역 작품으로는 『미드나이터스 3』, 『핑크리본』, 『우체부 프레드 2』, 『감사』, 『길 위에서 사랑은 내게 오고 갔다』, 『엄지공주』, 『평화의 왕과 어린 나귀』 등 다수가 있다.

하이디 아름다운 고전 리커버북 시리즈 ⑪

지은이 I 요한나 슈피리 **그린이** I 김민지 **옮긴이** I 정지현
펴낸이 I 김종길 **펴낸곳** I 인디고
편집 I 이은지·이경숙·김보라·김윤아 **마케팅** I 박용철·김상윤
디자인 I 엄재선·손지원 **홍보** I 정미진·김민지 **관리** I 박인영
출판등록 I 1998년 12월 30일 제2013-000314호 **주소** I (04029) 서울특별시 마포구 월드컵로8길 41 (서교동483-9)
홈페이지 I indigostory.co.kr **전화** I (02)998-7030 **팩스** I (02)998-7924
블로그 I blog.naver.com/geuldam4u **페이스북** I www.facebook.com/geuldam4u
이메일 I geuldam4u@naver.com
초판 1쇄 인쇄 I 2020년 2월 25일 **초판 2쇄 발행** I 2020년 10월 20일 **정가** I 13,800원
ISBN 979-11-5935-062-7 03850

이 도서의 국립중앙도서관 출판시도서목록(CIP)은 e-CIP홈페이지(www.nl.go.kr/ecip)와 국가자료공동목록시스템(www.nl.go.kr/kolisnet)에서 이용하실 수 있습니다. (CIP제어번호 : CIP 2020005648)